Capitu

MEMÓRIAS PÓSTUMAS

DOMÍCIO PROENÇA FILHO

Capitu
MEMÓRIAS PÓSTUMAS

5ª edição

EDITORA RECORD
RIO DE JANEIRO • SÃO PAULO
2025

CIP-BRASIL. CATALOGAÇÃO NA PUBLICAÇÃO
SINDICATO NACIONAL DOS EDITORES DE LIVROS, RJ

P957c Proença Filho, Domício, 1936-
5. ed.   Capitu : memórias póstumas / Domício Proença Filho. - 5. ed. -
Rio de Janeiro : Record, 2025.

ISBN 978-85-01-92398-1

1. Capitu (Personagem fictício) - Ficção. 2. Ficção brasileira.
I. Título.

25-96133
CDD: 869.3
CDU: 82-3(81)

Meri Gleice Rodrigues de Souza - Bibliotecária - CRB-7/6439

Copyright © Domício Proença Filho, 2005

Texto revisado segundo o Acordo Ortográfico da Língua Portuguesa de 1990.

Todos os direitos reservados. Proibida a reprodução, armazenamento ou transmissão de partes deste livro, através de quaisquer meios, sem prévia autorização por escrito.

Direitos exclusivos desta edição reservados pela
EDITORA RECORD LTDA.
Rua Argentina, 171 – Rio de Janeiro, RJ – 20921-380 – Tel.: (21) 2585-2000.

Impresso no Brasil

ISBN 978-85-01-92398-1

Seja um leitor preferencial Record.
Cadastre-se no site www.record.com.br
e receba informações sobre nossos
lançamentos e nossas promoções.

Atendimento e venda direta ao leitor:
sac@record.com.br

Para Rejane.
Para Domício Jr. e Adriano, cúmplices.
Para as mulheres guerreiras, de alguma forma presentes no tecido do discurso.
E para Flavinho.

Agradecimentos especiais a Antonio Carlos Villaça,
Flávio Loureiro Chaves, Letícia Malard,
Márcia Lígia Guidin, Marco Lucchesi,
Maria Helena Alves de Almeida,
Rejane Maria Leal Godoy e Vera Lúcia Casa Nova
pela leitura rigorosa e estimulante dos originais
e pelas preciosíssimas sugestões.

Data venia

Conheci Bentinho e Capitu nos meus curiosos e antigos quinze anos. E os olhos de água da jovem de Mata-cavalos atraíram-me, seduziram-me ao primeiro contato. Aliados ao seu jeito de ser, flor e mistério. Mas tomou-me também a indignação diante do narrador e seu texto, feito de acusação e vilipêndio. Sem qualquer direito de defesa. Sem acesso ao discurso, usurpado, sutilmente, pela palavra autoritária do marido, algoz, em pele de cordeiro vitimado. Crudelíssimo e desumano: não bastasse o que faz com a mulher, chega a desejar a morte do próprio filho e a festejá-la com um jantar, sem qualquer remorso. No fundo, uma pobre consciência dilacerada, um homem dividido, que busca encontrar-se na memória, e acaba faltando-se a si mesmo. Retomei inúmeras vezes a triste história daquele amor em desencanto. Familiarizei-me, ao longo do tempo, com a crítica do texto; poucos, muito poucos, escapam das bem trançadas linhas do libelo condenatório; no máximo, concedem à ré o beneplácito da dúvida: convertem-na num enigma indecifrável, seu atributo consagrador.

Eis que, diante de mais um retorno ao romance, veio a iluminação: por que não dar voz plena àquela mulher, brasileira do século XIX, que, apesar de todas as artimanhas e do maquiavelismo do companheiro, se converte numa das mais fascinantes criaturas do gênio que foi Machado de Assis?

A empresa era temerária, mas escrever é sempre um risco. Apoiado no espaço de liberdade em que habita a Literatura, arrisquei-me.

O resultado: este livro em que, além-túmulo, como Brás Cubas, a dona dos olhos de ressaca assume, à luz do mistério da arte literária e do próprio texto do Dr. Bento Santiago, seu discurso e sua verdade.

Com a palavra, Capitu.

Domício Proença Filho

Texto-base usado para as transcrições e referências:
Machado de Assis. *Dom Casmurro*. Rio de Janeiro,
Instituto Nacional do Livro. Comissão
Machado de Assis, 1969.

I

Só agora, decorrido tanto tempo humano, posso, finalmente, contestar as acusações contra mim feitas pelo meu ex-marido, o Dr. Bento Santiago. E fazê-lo, porque, nestas paragens que ora habito, aprendi, com meu irmão Brás Cubas, as artes da narrativa além-tumular. Ficamos amigos, ele, eu e o senhor Quincas Borba, o filósofo, um homem extraordinário, não tão louco como alguns pensam e escreveram. Afinal, somos criaturas da mesma pessoa, diante de quem, confesso, fico dividida, talvez por força da ambivalência do seu texto: ao mesmo tempo que o admiro, há um lado meu que o rejeita. Ele é o grande responsável por tudo o que me aconteceu. Devo-lhe minhas tristezas, minhas alegrias; devo-lhe a fama que, modéstia à parte, acabei granjeando. Mas a ele coube também a construção da imagem negativa que me foi atribuída. A ele e, a bem da verdade, a uns tantos críticos de nomeada que se debruçaram sobre a minha história; alguns dentre eles me tiveram por frívola, outros, felizmente, nunca aceitaram a palavra do filho de D. Glória. Sou-lhes grata, ao fim e ao cabo, do fundo do meu coração.

Neste lugar de além-túmulo todos temos de assumir uma missão. A mim me foi dado trabalhar na direção da afirmação do discurso da mulher. Confesso-lhes que fiquei surpresa quando fui notificada da incumbência. Por que eu? Disseram-me que era por força dos altos desígnios e da minha personalidade forte. Aceitei. Curiosamente, tive como companheira e leitora de fé a Aurélia, Aurélia Camargo, que eu não conhecia e por quem logo me afeiçoei, uma mulher de rara distinção e encanto! Ela também teve problemas, antes e depois do casamento. Com um certo Seixas. Sua história, como a minha, também foi contada, ainda que apenas em parte, segundo seu próprio testemunho. Por um senhor chamado José de Alencar. Só que carregada de concessões, ela até que tentou afirmar-se, mas os tempos eram outros. "— Tive que ceder, minha amiga; Deus sabe o quanto me custou." Estimulada por ela, eu, Capitu, decidi escrever sobre o outro lado da minha história. Sob o manto diáfano da fantasia, afinal a melhor forma de chegar à verdade profunda da humana condição. Escuso-me, desde logo, por não revelar o método que empreguei na composição do texto. Brás Cubas me pediu reserva e discrição: — E não se preocupe, minha querida amiga, a obra em si mesma é tudo. Obrigo-me, pois, a guardar segredo sobre o extraordinário processo que regula discursos de tal natureza. Do tempo que levei para concluir o relato, também não posso dar a medida, porque, enfim, vivo nestes espaços. Só me permito adiantar-lhes, que, ao final da minha narrativa, o mínimo que lhes poderá advir é a sensação de perplexidade. Se o texto, por qualquer motivo, não chegar a agradá-los, terei feito, como nas tragédias gregas, a minha catarse. E você, se um dia amou como eu amei, desejou como eu desejei, vai certamente me entender.

Ao colocar, entretanto, o ponto final no meu texto, fiquei, como todo iniciante, um pouco insegura; sou uma mulher do século XIX. Quem me encorajou foi a palavra do Conselheiro Aires, que também se tornou meu amigo, o pai espiritual de que eu carecia. Ele e D. Carmo são criaturas únicas! Lembro-me ainda de sua orientação ao ler os primeiros capítulos: — Procure contar a sua história com simplicidade e não lhe ponha muitas lágrimas, minha filha. Evite também aquelas nossas conhecidas rabugens de pessimismo e não assuma os rigores da aridez nem os excessos da galhofa: não é o caso. Busquei seguir o seu conselho. Até porque não guardo rancor do meu ex-marido. Nunca abriguei em mim tal sentimento. Nem mesmo quando fingia que me havia visitado nas suas viagens à Europa. Ele precisava disso. Apenas lamento o seu equívoco e a sua incapacidade de se comunicar. E, onde quer que ele esteja, que nunca o encontrei por aqui, se souber desta minha narrativa, por certo, ao lê-la, poderá cuidar até, quem sabe, que a obra é dele. Não me importo. O texto é a morte do autor. Eu e você sabemos quem escreveu o livro. É o que conta.

II

Outro motivo, absconso, movia-me ainda a decisão e a pena.

Acresce que, algum tempo depois de ter chegado à cláusula dos meus dias, tive notícia da história que o meu ex-marido publicou. Fiquei, a princípio, indignada. Bem mais tarde e já mais calma, procurei analisar suas palavras e intenções. Este livro resulta, assim, desta análise e do cumprimento da missão que me foi confiada. Voltamos, pois, a ser personagens.

Esclareço, desde logo, que a marca do seu temperamento foi sempre a ambiguidade. Sua vida, como seu texto, o comprova à saciedade. Ele nunca se encontrou. Não me estranha, portanto, a afirmação de que o seu fim evidente, com a publicação de sua obra, era, literalmente, "atar as duas pontas da vida e restaurar na velhice a adolescência". Não o conseguiu, ele mesmo concorda. Faltou-se a si mesmo. Boa desculpa, para tentar mover a credibilidade do leitor. Conheço-o bem. Outro era, na verdade, o seu objetivo primeiro e sub-reptício: ele buscava livrar-se da culpa e da responsabilidade. Inseguro, alguém tinha que ser culpado do seu fracasso existencial. Eu fui a escolhida. É atitude comum, que, ao que sei, se tornou objeto de profundos estudos e reflexões. Prende-se à mais remota tradição. Releia a mitologia: lá se encontra a prática do lançamento ao mar, em Lêucade, do chamado *pharmakós*, "o que é imolado pela falta dos outros", também conhecido como *bode expiatório*; era o sacrifício de uma vítima humana que se fazia em benefício da coletividade: a imolação de um só assegurava a salvação de todos. Aprendi com o Conselheiro. Eu, como ele bem situou, fui o *pharmakós* escolhido pelo Dr. Bento Santiago, o seu bode expiatório pessoal. E ele atuou com sutileza, dissimulação e estilo trabalhado. Há que reconhecê-lo. A tal ponto que o seu texto se consagrou como exemplar. E mais: passou aos leitores uma visão enigmática da minha personalidade. O que não era difícil: afinal, ele nunca me conheceu em profundidade, ele nunca me entendeu, eu sempre fui um mistério para o meu marido. Por outro lado, e é o que mais me entristece, pintou-me o caráter de modo deletério, como interesseira, pragmática e calculista. E assumiu, o que seria curioso, se não fosse grave, a minha palavra. Repassarei o percurso traçado em seu discurso narrativo. O *meu* fim, mais que evidente, neste livro, é demonstrar a injustiça, a esmagadora injustiça do seu julgamento, a falta de sustentação do seu libelo acusatório. Não me julgo, exponho-me. Tenho esse direito.

Retornemos, pois, àquela mesma tarde de novembro, jamais esquecida pelo filho de D. Glória e tão reveladora para o meu sonho de menina e moça. Foi a primeira de tantas e inesquecíveis que marcaram, a ferro e a flor, a nossa comum existência.

III

Capitu! Capitu! Você não imagina o que eu acabo de ouvir!

Assustei-me, diante da palidez do seu rosto e do nervosismo de suas palavras:

Calma, Bentinho, o que foi que aconteceu? Diga, diga logo!

Foi horrível, Capitu, horrível!...

Fale, por favor, eu estou ficando nervosa...

Quase não acreditei!

Anda, fale!

Não há como fugir dos fatos. Vivemos, eu e Bentinho, uma realidade comum, em vários aspectos relatada no seu livro. Ao retomá-la, reproduzirei, com frequência e por vezes literalmente, passagens de seu texto, para que não me acusem de falsear o que aconteceu, e, sempre que tal ocorrer, situarei, para maior destaque e para garantia de distanciamento, suas palavras entre aspas. Prefiro assim, até porque ficarão bem mais evidentes as minhas ponderações. Longo foi o tempo em que fui sendo julgada sem direito de defesa. E apenas na palavra do outro. Por isso, tenho por legítimo valer-me dela para melhor dilucidá-la. Mesmo com o risco da paráfrase. Retomemos, pois, o relato do meu agitado companheiro de quintal:

"— Ia a entrar na sala de visitas quando ouvi proferir o meu nome e escondi-me atrás da porta" (A frase, na verdade, não foi bem essa. O Dr. Bento elaborou-a no seu discurso. Bentinho foi mais criança e mais direto: — Eu ia entrar na sala de visitas; ouvi falarem meu nome e, resolvi me esconder atrás da porta, para escutar o que eles iam dizer. Era José Dias quem falava, imagine! E com mamãe:)

"— D. Glória, a senhora persiste na ideia de meter o nosso Bentinho no seminário? É mais que tempo, e já agora pode haver uma dificuldade."

"— Que dificuldade?"

"— Uma grande dificuldade."

"— Minha mãe quis saber o que era. José Dias, depois de alguns instantes de concentração, veio ver se havia alguém no corredor." (Outra elaboração estilística: o que ele disse foi: — Mamãe quis saber o que era. José Dias que estava pensando, cogitando, veio ver se havia alguém no corredor).

E você?

Tremi de medo. Ele não deu por mim, graças a Deus, voltou e, "abafando a voz, disse que a dificuldade estava na casa ao pé, a gente do Pádua"...

— A gente do Pádua? a minha família? Você tem certeza?

É isso mesmo! Mamãe fez essa mesma pergunta: "— A gente do Pádua?"

E...

Ele continuou:

"— Há algum tempo estou para lhe dizer isto, mas não me atrevia. Não me parece bonito que o nosso Bentinho ande metido nos cantos, com a filha do *Tartaruga*, e esta é a dificuldade, porque se eles pegam de namoro, a senhora terá muito que lutar para separá-los."

Cínico! E sua mãe?

Ela disse: "— Não acho. Metidos nos cantos?"

Ele: "— É um modo de falar. Em segredinhos, sempre juntos. Bentinho quase não sai de lá. A pequena é uma desmiolada; o pai faz que não vê; tomara ele que as coisas corressem de maneira que... Compreendo o seu gesto; a senhora não crê em tais cálculos, parece-lhe que todos têm a alma cândida..."

Desmiolada? Ele disse desmiolada? (Eu fazia esforços ingentes para não sair dali e ir ter com ele, deitar-lhe as mãos ao gasnete, mas me contive) continue, Bentinho, continue...

"— Mas, Sr. José Dias", mamãe retrucou, com aquela calma na voz que você conhece, "tenho visto os pequenos brincando, e nunca vi nada que faça desconfiar. Basta a idade; Bentinho mal tem quinze anos. Capitu fez quatorze à semana passada; são dois crianções. Não se esqueça de que foram criados juntos, desde aquela grande enchente, há dez anos, em que a família Pádua perdeu tanta coisa; daí vieram as nossas relações. Pois eu hei de crer?..." e para meu tio: "Mano Cosme, você que acha?" Sabe o que ele fez? Respondeu com um "Ora!" que, eu entendi — você sabe como ele é — como isso "são imaginações do José Dias; os pequenos divertem-se, eu divirto-me; onde está o gamão?".

Não posso crer, Bentinho, não posso crer...

Pois foi assim como estou-lhe contando. Eles continuaram falando. Mamãe insistiu:

"— Sim, creio que o senhor está enganado."

"— Pode ser, minha senhora. Oxalá tenham razão, mas creia que não falei senão depois de muito examinar..."

"— Em todo o caso, vai sendo tempo", interrompeu mamãe, "vou tratar de metê-lo no seminário o quanto antes". Ai, Capitu, o que é que eu vou fazer?

Calma, Bentinho; o que aconteceu depois?

Sabe qual foi o comentário dele, ele, que se diz meu amigo?

Eu empalideci de desespero:

"— Bem, uma vez que não perdeu a ideia de ser padre, tem-se ganho o principal. Bentinho há de satisfazer os desejos de sua mãe. E depois a igreja brasileira tem altos destinos. Não esqueçamos que um bispo presidiu a Constituinte, e que o padre Feijó governou o Império..."

Foi Tio Cosme que não aguentou essa chorumela e não conteve seus antigos rancores políticos: "— governou como a cara dele!"

Eu estava cada vez mais nervoso, louco para vir falar com você e aquela conversa não acabava mais; José Dias procurava amenizar:

"— Perdão, doutor, não estou defendendo ninguém, estou citando. O que eu quero é dizer que o clero ainda tem grande papel no Brasil."

Para minha surpresa, Tio Cosme, veja você, Tio Cosme, não percebeu ou fingiu não perceber a importância do que estava sendo decidido naquela conversa: "— Você o que quer é um capote; ande, vá buscar o gamão. Quanto ao pequeno, se tem que ser padre, realmente é melhor que não comece a dizer missa atrás das portas. Mas olhe cá, mana Glória, há mesmo necessidade de fazê-lo padre?"

"— É promessa, há de cumprir-se", mamãe falou e eu segurei o choro... titio voltou, então, a ser o meu bom e velho Tio Cosme:

"— Sei que você fez promessa... mas uma promessa assim... não sei... creio que, bem pensado... Você que acha, Prima Justina?"

E ela?

Você a conhece, ela levou um susto com a pergunta e não disse nada.

Era de esperar...

Tio Cosme insistia: "— Verdade é que cada um sabe melhor de si; Deus é que sabe de todos. Contudo, uma promessa de tantos anos..."

Foi então que mamãe, de repente, começou a chorar!

...

Eu não entendia mais nada. Tio Cosme mudou de tom: "— Mas que é isso, mana Glória, está chorando? Ora esta! Pois isto é coisa de lágrimas?"

Hoje percebo: não era emoção, era culpa. Tanto que a velha senhora não respondeu. Limitou-se a assoar o nariz e saiu da sala, acompanhada de Prima Justina... E o falso do José Dias, sempre escorregadio, ainda ousou lamentar-se: "— Se soubesse, não teria falado, mas falei pela veneração, pela estima, pelo afeto, para cumprir um dever amargo, um dever amaríssimo..."

Grande dissimulado! Confesso que foi aí que comecei a odiar aquela sua mania de superlativar tudo.

Estávamos em 1857. A casa, de Bentinho, a da rua de Mata-cavalos.

IV

Bentinho adorava o agregado. Era mesmo dependente dele. De sua opinião, de seus conselhos. Admirava o seu jeito de falar, o seu modo de vestir. Sobretudo cada um dos superlativos que lhe pontuavam a fala, sempre lenta, pensada, jamais nascida de qualquer espontaneidade. Até o riso era objeto de cálculo; ia do esboço leve, quase imperceptível, à plenitude do rosto e do corpo, a balançar em gargalhadas estrepitosas. Mesmo a assunção da seriedade era artificial. Na verdade, ainda para aquele tempo, era uma figura ridícula. Imagine que usava calças curtas, engomadas, esticadíssimas, presilhas, totalmente ultrapassadas, rodaque, de chita; e as gravatas? de cetim preto, enrijecidas por um aro de aço por dentro, o que lhe deixava o pescoço imobilizado. Sei que era moda, mas não é só a roupa que faz a elegância. Usar rodaque para aparentar casaca, por exemplo, não valorizava, iludia. Aos tolos e enfatuados. Aquela cara chupada, a calvície, a magreza e, sobretudo, o mau gosto, eram um breve contra qualquer possibilidade de dandismo. Além disso, era bem mais velho do que os seus cinquenta e dois anos e insistia em comportar-se como os jovens de dezoito ou vinte. E o jeito de andar? Mais ridículo ainda: medindo os passos, vagarosos, cheio de cuidados, o mesmo cuidado que usava nos mexericos que lhe alimentavam a frustrada existência. Um pobre-diabo.

V

Pobre-diabo e falso. Tão falso, que, de natural rígido e vagaroso, quando lhe convinha, caminhava lépido e ágil na direção dos seus propósitos. Como no dia em que vislumbrou a possibilidade de viajar para a Europa às custas do filho de D. Glória, mas dessa história eu trato capítulos adiante. Não sei como o velho Dr. Santiago, homem sábio e experiente, a julgar pelo que dele me diziam, tinha caído na conversa do velhaco. Bentinho me contou que havia aparecido na antiga fazenda da família, em Itaguaí, logo depois que ele nascera. Dizia-se médico homeopata. Carregava um manual e uma maleta com medicamentos. Era um tempo de febres; por sorte, pura sorte, ele curou o feitor e uma escrava e, muito sabidamente, não quis receber nenhuma remuneração. O fazendeiro, sensibilizado, propôs que ficasse vivendo com a família, com um pequeno ordenado. Ele começou recusando: — Absolutamente! Levar a saúde à casa de sapé do pobre é um gesto justo e meritório... "— Quem lhe impede que vá a outras partes? Vá aonde quiser, mas fique morando conosco." O mau-caráter logo se revelou: concordou, que voltaria daí a dois meses; retornou em duas semanas... Aceitou casa, comida, e "o que lhe quisessem dar de festas"... E o Dr. Santiago retirou de suas preocupações a saúde da família e de seus serviçais. Brás Cubas, quando li para ele essa passagem, lembrou-me, entre risos, a teoria do humanitismo.

O pai de Bentinho é eleito deputado e vem para o Rio de Janeiro, com a família. O agregado vem também e ganha quarto próprio no fundo da chácara. As febres voltam a Itaguaí. Seus serviços são reconvocados. Mas diante da convocação, ele se deixa estar calado, assume aquela sua falsa seriedade, suspira, e acaba confessando que nunca fora homeopata! "Tomara esse título para ajudar a propaganda da nova escola, e não o fez sem estudar muito e muito; mas sua consciência não lhe permitia aceitar mais doentes." "— Mas você curou das outras vezes", diz o Dr. Santiago;

"— Creio que sim; mas o mais acertado é dizer que foram os remédios indicados nos livros. Eles, sim, abaixo de Deus. Eu era um charlatão!..." Bentinho me disse que, nesse momento, segundo o testemunho de sua mãe, muito emocionado, as lágrimas molhavam-lhe as palavras; mas, logo refeito, prosseguiu no seu discurso estudado: "— Não negue; os motivos do meu procedimento podiam ser e eram dignos; a homeopatia é a verdade, e, para seguir a verdade, menti; mas é tempo de restabelecer tudo."

Pediu, então, enfático e humilde, mas sem muita convicção, para ser despedido. Já era tarde. Insinuante, fizera-se indispensável. Ficou. Quando o velho passou a cuidar de outros pastos nestas paragens, chorou mais do que qualquer parente, passou alguns dias depressivo. Por fim, num gesto teatral, simulou: — Não, minha senhora, não posso, não devo, não quero abusar... D. Glória, enternecida, pedia-lhe "— Fique, José Dias!..." A resposta, rápida e imediata, fala por si: "— Obedeço, minha senhora, obedeço..." Desde então, nunca deixou os Santiago. E mais: recebeu, no testamento, uma apólice e quatro palavras de louvor. Copiou as últimas e pendurou-as no quarto, por cima da cama: "esta é a melhor apólice", repetia a quantos se referiam ao gesto.

Custa-me reconhecê-lo, mas, na verdade, José Dias acabou exercendo notável e rara influência na família. O Dr. Bento, nesse caso, tem razão. Não concordo, porém, quando afirma que as cortesias que fazia, ainda que, por vezes, dúbias, vinham antes da índole, do que do cálculo e que, talvez por isso convencesse os menos lúcidos. Das roupas, já lhes falei. Leituras, as tinha, mas periféricas. Valia-se delas apenas como apoio de ditos jocosos e de comentários sobre calor e frio, polos da Terra e Robespierre. Não se lhe pedissem explicitações ou aprofundamentos; encontrava sempre um jeito hábil de mudar o rumo da conversa. Dizia-se viajado: — Só não volto à Europa, Capitu, para viver com os muitos amigos que lá tenho, porque não posso deixar a família; abaixo de Deus, eu lhe digo, a nossa família é tudo. Dizia a mesmíssima coisa de D. Glória, do Dr. Cosme, de D. Justina e, mais enfaticamente, de Bentinho. A matriarca, muito religiosa, gostava "de ver que ele punha Deus no devido lugar", mesmo diante das provocações do Dr. Cosme. Ambos o obsequiavam com frequência. D. Glória com alguns cobres eventuais, o advogado com o encargo de copiar papéis dos autos de algum processo.

VI

A propósito, se você leu o livro do meu ex-marido, sabe que o Dr. Cosme era irmão e D. Justina era prima de D. Glória. O primeiro morava com ela, desde a morte do Dr. Santiago, o pai. A prima veio mais tarde para a residência de Mata-cavalos, que passou a ser conhecida como "a casa dos três viúvos".

O Destino, esse artífice sutil, costuma fazer das suas. O Dr. Cosme formara-se para "as serenas funções do capitalismo, mas não enriquecia no foro, ia comendo", como escreveu o autor do livro citado. Era advogado criminal. Seu escritório ficava na antiga Rua das Violas, perto do Júri, no extinto Aljube. O agregado, subserviente como em tudo, assistia a todas as suas defesas orais, até porque não tinha muito o que fazer na sua vidinha de parasita; chegou mesmo ao requinte de vestir-lhe e despir-lhe orgulhosamente a toga, cheio de mesuras e elogios; em casa, contava, com entusiasmo, detalhes da atuação do brilhante causídico: elegantíssimo! eloquentíssimo! persuasivíssimo! Capaz de ombrear com Demóstenes, e mais era Demóstenes! O Dr. Cosme, por mais modéstia que quisesse aparentar, assumia o riso da autoestima: — Ora, José Dias, deixa disso! Sirva-me lá um porto, anda homem!

Elegância, requintadas leitoras, era difícil descobrir, mesmo com boa vontade, num senhor gordo e pesado, malvestido e de olhos dorminhocos. Eloquência, nunca a percebi, até porque tinha a respiração curta. E não foi por não ter assistido a seus desempenhos forenses. Persuasivo, custa a crer: as causas que abraçava eram sempre de pequena monta e os exemplos de sua participação nas questões familiares eram antes marcados pela omissão ou pelo desinteresse.

O Dr. Santiago, aliás, registrou um hábito bastante revelador de seu comportamento, de que dou testemunho: ir para o escritório, todas as manhãs, ridiculamente montado numa besta, presente de D. Glória.

A propósito da besta e da montaria, houve um episódio significativo, que aquele senhor também conta, mas com outra visão. Bentinho estava com nove e tímidos anos. Ri muito quando assisti à cena. Mesmo tendo vivido dois anos na roça, meu amiguinho não sabia montar. E como era de esperar, tinha medo ao cavalo. A bem da verdade, tinha medo a tudo. Até a barata. Era uma tarde. O Dr. Cosme trazia a resignada besta pela rédea. De repente, tomou o filho de D. Glória pelos braços, ergueu-o e escancarou-o em cima do animal. Meu assustado companheiro deu de gritar desesperadamente: — Mamãe! Socorro! Eu quero minha mãe! D. Glória veio correndo, pálida, trêmula: "— Estão matando o meu menino, ai Jesus!" E célere desceu-o do selim entre afagos e palavras de tranquilidade: — Pronto, está tudo bem, meu filhinho, mamãe está aqui com você, fique calminho... O Dr. Cosme não se conteve: "— Mana Glória, pois um tamanhão destes tem medo de besta mansa?" "— Não está acostumado... Você não tinha o direito..." "— Deve acostumar-se. Padre que seja, se for vigário na roça, é preciso que monte a cavalo; e aqui mesmo, ainda não sendo padre, se quiser florear como os outros rapazes, e se não souber, há de queixar-se de você, mana Glória." "— Pois que se queixe; tenho medo." "— Medo! Ora, medo!".

O medroso sobrinho só aprendeu equitação bem "mais tarde, menos por gosto e mais por vergonha de dizer que não sabia montar", ele mesmo confessou. Mas a razão maior foi mesmo a pressão do tio e de José Dias. Na ocasião chegou a ser comentado que "agora ele ia namorar deveras", frase que, confesso, me incomodou. Talvez porque o Dr. Cosme, quando rapaz, "foi aceito por muitas damas" com a mesma exaltação com que fez política, ardores e entusiasmo que a idade e a gordura levaram junto com ideias e atitudes específicas. No único espaço em que se acomodou, o ofício de advogado, pautava-se pela mecanicidade. No mais, olhava, pilheriava, ou jogava gamão. O resto eram manhas e mexericos, arte maior daquela família.

VII

Bentinho vivia repetindo que sua mãe era boa criatura. Não era bem assim. D. Glória, apesar da aparente mansidão e da emotividade, era uma matriarca autoritária e dominadora. Um mérito lhe reconheço: era dona de uma personalidade forte. Provou-o, quando lhe morreu o marido, o Dr. Pedro de Albuquerque Santiago. Ela estava com trinta e um anos. Em pleno fulgor da maturidade. Poderia, efetivamente, ter voltado para a fazendola de Itaguaí; preferiu ficar no Rio de Janeiro, "perto da igreja em que meu marido está sepultado", ela disse. E logo agiu. Era D. Maria da Glória Fernandes Santiago, da gente dos Fernandes, família mineira de descendência paulista. Assumiu a administração da casa e dos negócios. Vendeu as terras e escravos, comprou outros, que pôs ao ganho ou alugou, adquiriu uma dúzia de prédios, várias apólices e deixou-se ficar em Mata-cavalos. Pareceu-me um jeito raro, mas próprio de algumas mulheres, poucas, é verdade. Mas já uma afirmação. Esse seu lado me fascinava e me dividia.

Naquela conversa vespertina de 1857, já chegara aos seus quarenta e dois. Bonita ainda e ainda jovem, procurava, entretanto forçar o empenho da natureza e escondia "os saldos da beleza e da juventude": vestido escuro, sempre, isento de adornos, xale preto, em triângulo, abrochado ao peito por um camafeu, que raras vezes deixava de usar. O preto, sinceramente, não lhe caía bem. Como bem não lhe ficavam os cabelos, em bandós, apanhados sobre a nuca por um velho pente de tartaruga; certa touca branca de folhos que, vez por outra, insistia em usar agredia-lhe a harmonia das linhas do rosto, e os sapatos de cordovão, rasos e surdos, estavam longe de fazer justiça ao seu porte e ao seu caminhar, mas era esse o seu uniforme de comando, todo o tempo do dia e ainda durante a noite. Raríssimas vezes se permitiu algum afastamento de tal imagem. Nunca tive coragem, mesmo depois de casada, de fazer-lhe estes reparos. Talvez me houvesse ouvido e usufruído de alguma benesse da autoestima. Assumiu o luto, preferiu permanecer a viúva, hoje estou certa. Era uma mulher presa à sua classe, ao seu tempo e a algumas roupas.

Fora realmente muito bonita, verdade se diga. O retrato na parede da antiga casa a mostrava, ao lado do Dr. Santiago, num tempo de vinte anos, belíssimos. A pose assumida para a foto não consegue ofuscar o brilho dos olhos redondos e negros, nem a flor que parece oferecer ao marido tem mais viço do que a pele de luminoso e róseo marfim. O pai de Bentinho, que conheço dessa foto, ali está, de cara rapada, à exceção de um pequeno trecho à altura das orelhas, os olhos também redondos, a gravata preta de muitas voltas, a postura elegante, o olhar dos que detêm senhorio. Pareciam felizes. Bentinho me garantiu que sempre o foram, que ali estava o retrato da felicidade conjugal. Espantei um intrometido pensamento que teimava em esvoaçar no meu cérebro: — ele nem olha para ela, parece mais preocupado com a própria imagem... Bentinho, inebriado, seguia elogiando a mãe e acrescentava que, se a felicidade pudesse "ser comparada à sorte grande, eles a haviam tirado num bilhete comprado de sociedade". Ele adorava comparações. E também citações clássicas. Tinha a mania de aproveitar os acontecimentos mais simples para ilustrá-los com um axioma e sua respectiva adaptação. No dia em que fez esse comentário, quando pendurávamos o retrato na parede de nosso lar de casados, não perdeu a oportunidade:

— Olha Capitu, diante dessa comparação que me veio, "concluo que não se devem abolir as loterias. Nenhum premiado as acusou ainda de imorais, como ninguém tachou de má a *boceta de Pandora*, por ter-lhe ficado a esperança no fundo; em alguma parte há de ela ficar".

Só bem mais tarde compreendi que a alusão à loteria tinha indiretamente algo a ver comigo: meu pai, funcionário público, só conseguiu ter casa própria justamente porque ganhou uma vez no jogo lotérico. E nós dois também estávamos investindo na loteria do nosso casamento. Era raro, mas por vezes Bentinho conseguia ser sutil.

Naquele momento limitei-me a perguntar-lhe quem tinha sido Pandora. Ele pacientemente me disse dessa figura mitológica de uma forma que merece um capítulo especial.

Mas antes devo justificar a restrição do meu juízo: D. Glória era, de fato, autoritária. De um autoritarismo cercado de palavras mansas, mas fundadas em decisão que não admitia contestações. Era a senhora dona de classe dominante, capaz de tentar, como tentou, conduzir o destino do filho. Seus menores gestos sempre traziam segundas intenções. O convite feito a D. Justina para vir morar com ela aparentemente traduzia o desejo de ter a prima ao pé de si e de propiciar-lhe não apenas o convívio familiar e o desfrute de uma vida mais confortável, mas, sobretudo, o interesse de ter uma senhora íntima ao pé de sua sozinhice: uma parenta era o ideal. Digo logo dela: andava, ao tempo, pelos seus quarenta anos, era magra, pálida, a boca fina e os olhos curiosos. Não era pessoa de meias-palavras; dizia sempre o que pensava e, nitidamente, jamais me aceitou plenamente. Nunca tive ilusões: tratava-me bem, mas nunca viu com olhos satisfeitos o meu casamento com o herdeiro dos Santiago. Mesmo porque tinha como certa a ida do filho da prima para o seminário, e tinha um prazer especial em só me chamar pelo nome de batismo: "— Como vai, Capitolina? Não vai voltar cedo para casa?" Naquele tempo, entretanto, esse sentimento era em mim apenas a vaga sombra de uma intuição. Há sensações assim, que apenas se insinuam no espírito, mas que se convertem, pouco a pouco, em certezas avassaladoras.

VIII

Pandora. É mais um episódio mitológico. Bentinho falou dela com entusiasmo. — Trata-se, Capitu, de uma vingança de Zeus, o Senhor do Olimpo, desta feita indignado com o ridículo a que o submetera o titã Prometeu, seu primo e o criador dos seres humanos. Imagine que ele dividiu um enorme boi em duas volumosas porções: uma continha cobertas de couro, as carnes e as entranhas; a outra, mais volumosa, era feita somente dos ossos, envoltos pela gordura branca do animal; caberia a Zeus escolher a que desejasse. O pai dos deuses, movido pela conhecida gulodice, preferiu a segunda. A primeira, coube então aos homens, como ficara estabelecido. Furioso ao dar-se conta do seu engano, Zeus castigou-os severamente: privou-os do fogo, na verdade símbolo da inteligência. Prometeu agiu de novo: roubou uma centelha das chamas celestes e devolveu o precioso dom aos seres humanos. Tomado de cólera ainda maior, Zeus convocou então todos os seus companheiros do Olimpo: — Temos que inventar algo que mexa com a segurança desses filhos daquele desabusado titã. Eu proponho que criemos alguém semelhante ao homem, mas que seja marcado por diferenças fundamentais e com fascínio semelhante ao das deusas imortais. Quero que essa criatura seja sua glória e sua perdição, sua derrota e sua vitória, seu complemento e seu contrário, seu bem e seu mal. Ele a idealizou; ordenou a Hefestos, o deus do fogo, que a moldasse em argila e lhe desse vida e determinou que todos os demais deuses olímpicos participassem de sua criação. Para você ter uma ideia, Atená encarregou-se de vesti-la e o fez com talento raro; Afrodite, a deusa do amor, passou-lhe todos os mistérios de que é senhora; Hermes, o deus mensageiro, concedeu-lhe o domínio da astúcia e das artimanhas e o dom palavra: estava criada a mulher! E essa primeira mulher é que recebeu o nome de Pandora que, em grego, quer dizer presente de todos os deuses. (Li tudo isso num livro muito bom, que tio Cosme me deu; se você quiser, eu empresto.) Tem mais: ele confiou à mulher uma caixa fechada, onde colocou todos os futuros males do homem: físicos, psíquicos e políticos, e, bem no fundo, apenas uma compensação: a Esperança. Essa caixa é que é a chamada boceta de Pandora. A sedutora criatura, conduzida por Hermes, desce à Terra; e quem encontra, logo ao chegar? Epimeteu, o irmão de Prometeu. Por mais que este tivesse avisado que ninguém deveria aceitar qualquer presente vindo dos deuses, o irmão fica encantado pela beleza de Pandora e apaixona-se por ela, à primeira vista. Ela lhe oferece a caixa de presente, insiste para que ele a abra... E Epimeteu, o imprevidente, abriu! E, então, o mundo povoou-se de todas as desgraças. Mas, de repente, Pandora fecha a maravilhosa caixa e aprisiona o único bem que ali se guardava: a Esperança. Assim Zeus ordenara. Assim fora cumprido. Daí em diante, só restaria ao ser humano o penar, o sofrimento. A idade áurea terminara. E vieram as pestes, as guerras, as doenças, as fomes, os desencontros. Tudo perdeu o encanto antigo e o homem se fez pequeno e voltou a defender e a venerar os deuses. Já não sabia viver sem eles. Perdera a noção de sua própria grandeza. E precisaria, para todo o sempre, da Esperança. Estava consumada a vingança divina contra os filhos de Prometeu, o titã. Não é uma história linda? Minha resposta não escondeu a minha irritação: — Francamente, não achei beleza nem graça nenhuma; essas historinhas mitológicas disfarçam, disfarçam, e acabam sempre culpando a mulher de tudo o que de ruim acontece no mundo! Não precisa me emprestar o livro não, não estou interessada... Ele ficou me olhando sem entender nada...

IX

Mas voltemos à tarde de novembro. Algo de novo revelou-se em nós, naquele dia, movido pela força das palavras. Éramos, até então, dois adolescentes a brincar juntos no quintal da nossa infância. E isso nos fazia rir e nos sentir felizes, ainda que não tivéssemos consciência do que fosse a felicidade. Naquele momento, nos demos conta de nós mesmos e do relacionamento que vínhamos construindo. Estávamos prontos para representar o espetáculo do percurso de nossa existência comum. Até então, vivêramos a preparação do cenário, a configuração dos personagens, a comparsaria. Findava o tempo dos ensaios. Agora emergia o conflito latente. Como gostava de dizer meu ex-marido, repetindo um velho tenor italiano de sua amizade e admiração, "a vida é uma ópera". Íamos estrear a nossa. Custei a entender mais essa comparação, repetida por ele, ao tempo de nosso casamento. Não era fácil conviver com alguém de tantas leituras e de tantos prazeres clássicos, e, no fundo, um músico frustrado. Ele me explicou pacientemente a imagem do amigo Marcolini, esse o nome do tenor, que conheci depois e que, ao tempo da imagem, já não tinha mais voz, embora insistisse que tinha, e que a falta de uso é que a estragava. Vivia às turras com empresários, em busca de um papel. Não conseguia nunca. A explicação vale um capítulo. Vamos a ele.

X

— Marcolini tem razão, Capitu, "a vida é realmente uma ópera, e uma grande ópera. O tenor e o barítono lutam pelo soprano, em presença do baixo e dos comprimários, quando não são o soprano e o contralto que lutam pelo tenor, em presença do mesmo baixo e dos mesmos comprimários. Há coros numerosos, muitos bailados e a orquestração é excelente..."

E Bentinho continuou, empolgadíssimo, retomando e resumindo palavras do frustrado cantor, tal como as reproduziu depois, no seu texto:

"— Deus é o poeta. A música é de Satanás, jovem maestro de muito futuro, que aprendeu no conservatório do céu. Rival de Miguel, Rafael e Gabriel, não tolerava a precedência que eles tinham na distribuição dos prêmios. Pode ser que também a música em demasia doce e mística daqueles outros condiscípulos fosse aborrecível ao seu gênio essencialmente trágico. Tramou uma rebelião que foi descoberta a tempo e ele expulso do conservatório. Tudo se teria passado sem mais nada, se Deus não houvesse escrito um libreto de ópera, do qual abrira mão, por entender que tal gênero de recreio era impróprio de sua eternidade. Satanás levou o manuscrito consigo para o inferno. Com o fim de mostrar que valia mais que os outros, — e acaso para reconciliar-se com o céu — compôs a partitura, e logo que acabou foi levá-la ao Padre Eterno."

Daí em diante, Bentinho, cada vez mais entusiasmado, alongou-se na explicação. Permito-me, por minha vez, resumir o seu relato. Deu-se então que Satanás lhe pediu que a escutasse, a emendasse, a fizesse executar. O Criador Supremo recusou-se. O autor insistiu, suplicou. Deus então, sempre misericordioso, autorizou-o a montar o espetáculo, desde que fora do céu. Satã animou-se: criou um teatro especial, o planeta Terra, e inventou uma companhia inteira, com todas as partes e todos os integrantes. Solicitou ao Senhor que ouvisse os ensaios. Nem isso ele concedeu. Bastava-se com a autoria do libreto e a divisão dos direitos de autoria.

Para Marcolini, é a essa divina recusa que se devem os vários desconcertos do mundo, ainda que para alguns é justamente neles que reside a beleza da obra, por força da quebra da monotonia. Para os amigos do maestro, compositor e arranjador entendem que dificilmente se encontrará obra mais bem acabada, apesar de alguns encontrarem certas imperfeições e lacunas; admitem mesmo que o tempo pode trazer correções e acertos. Os admiradores do libretista e poeta juram que o libreto foi sacrificado e adulterado, que a partitura corrompeu o sentido da letra, e que a obra, bela e trabalhada em algumas partes, é por vezes contrária ao drama em várias passagens. Dividem-se, portanto, entre Deus e o Diabo na construção da ópera do mundo. Foi assim que eu, no meu fraco entendimento, captei o espírito da metáfora. Marcolini entendia que "esta peça durará enquanto durar o teatro, não se podendo calcular em que tempo será ele demolido por utilidade astronômica. O êxito é crescente. Poeta e músico recebem pontualmente os seus direitos autorais, que não são os mesmos, porque a regra da divisão é aquilo da Escritura: 'Muitos são os chamados e poucos os escolhidos.' Deus recebe em ouro, Satanás em papel."

Bentinho achou graça nesse final, o que provocou um acesso de raiva no maestro, que não via graça nenhuma, que tinha horror à graça, e o que contava, afinal é que "no princípio era o *dó*, e o *dó* fez-se *ré* etc.". E enchendo um cálice: "este cálice é um breve estribilho. Não se ouve? Também não se ouve o pau nem a pedra, mas tudo cabe na mesma ópera..."

Achei a metaforização bastante herética e alguma coisa me dizia que a insistência no comentário explicativo nada tinha de gratuita. E confesso também que nunca compreendi bem essas ponderações finais do Marcolini, achei mesmo que ele já não ia bem da cabeça. Ao comentar a teoria com Brás Cubas, ele me contou o delírio que teve, também ligado ao teatro mundo. Achei muito mais interessante e muito mais bem elaborado, sinceramente.

XI

Aceitei, enfim, como Bentinho, a teoria. Mas não concordo que minha vida se casa à definição. Se a sua coincide com ela, o problema é dele. Eu, Capitu, cantei todo o tempo e com empenho um *duo* temperado de ternura, e depois um *trio*, com o nascimento do meu filho. Se retornei ao *duo*, assegurei, porém, a afinação e a harmonia. Mas não nos precipitemos. Voltemos às consequências da denúncia do agregado. Não foi absolutamente como o Sr. Bento Santiago narrou no seu relato infeliz.

XII

Aquela conversa perturbadora tinha uma forte razão de ser: um projeto absurdo de D. Glória. Não acreditei quando Bentinho me contou. Há atitudes assim: incompreensíveis. Sobretudo quando partem da mãe. Minha amiga Aurélia ficou perplexa. Recordemos o fato.

O primeiro filho de D. Glória nascera morto. Sua tristeza e frustração podem ser medidas pela intensidade do pranto que a tomou durante seis dias. No sétimo, acordou com os olhos secos e uma resolução: se Deus lhe desse a graça de um segundo rebento e se fosse varão, prometia "metê-lo na igreja", perdão, devotá-lo ao serviço do Senhor. Talvez, lá no fundo de si mesma, estivesse certa de que seria uma menina.

Guardou, de início, o segredo para si; mesmo depois do nascimento de Bentinho, que, afinal, veio ao mundo para desempenhar o seu papel na grande ópera. Não o revelou ao marido, mas depois cuidou de ter testemunhas do compromisso com Deus entre parentes e familiares. O Dr. Santiago morreu sem conhecer a promessa; certamente não aceitaria. O menino Bento crescia entre os afagos de mãe, de tios, de agregados. D. Glória, talvez num impulso de adiar o mais possível a data da partida do seu menino ou para evitar o risco de tentações, não o matriculou em nenhuma escola: levou-o a aprender as primeiras letras, o latim e a doutrina religiosa com o padre Cabral, velho amigo do tio Cosme e que todas as noites ia à casa de Mata-cavalos jogar com ele.

O tempo passava indiferente, e a devotada senhora preparava sutil os caminhos do futuro sacerdote. Brincadeiras infantis, livros, imagens de santos, conversas, tudo conduzia ao altar. Na missa de domingo, obrigação rigorosamente cumprida, dizia repetidas vezes ao filho "que era para aprender a ser padre, e que reparasse no padre, não tirasse os olhos do padre". — Sim, mamãe, ele dizia e redizia. Bentinho já estava tão condicionado que vivia me convidando para "brincar de missa". Confesso que me divertia. Armávamos ambos um altar; eu servia de sacristão, ele oficiava. Depois trocávamos de posição. O ritual era alterado na hora da eucaristia, quando dividíamos a hóstia entre nós e a hóstia era sempre um doce. Eu gostava tanto, que vivia perguntando ao meu vizinho: "Hoje há missa?" Muita vez, diante dessa minha pergunta, Bentinho corria à cozinha, a pedir uma guloseima qualquer e recomeçávamos, quase sempre engrolando o latim e acelerando o ritmo: era preciso repetir três vezes o *Dominus non sum dignus*; eu dizia uma vez só, tal era a nossa dupla gulodice, tão ávida como a de Zeus. E nada de água ou de vinho. Dias houve, porém, devo dizê-lo, em que, no meio da cerimônia, eu o achava ridículo naquele papel e interrompia abruptamente a brincadeira. — Chega, chega, vamos parar... Ele simplesmente obedecia, com alguma perplexidade. Não franza a testa reprovadora, leitora exigente: nós éramos apenas duas crianças.

A promessa materna foi, ao longo dos dezesseis anos de assumida, diluindo-se a tal ponto que pouco se falava nela. Bentinho, na sua santa ingenuidade, já a considerava esquecida e abandonada, como as muitas que ele próprio vivia fazendo. Lembro-me de que, quando preocupada, aludi ao futuro que lhe reservavam, ele respondeu, solene: — Capitu, meu seminário é antes o mundo do que São José. Perdi o número de vezes em que surpreendi D. Glória a olhar o filho, como perdida num espaço qualquer, a pegar-lhe na mão, sem nenhum motivo aparente, e a apertá-la com força. Cheguei mesmo a perceber nos seus olhos a sombra de uma lágrima. Há certas dedicações terrivelmente castradoras.

XIII

Diante do relato de Bentinho, pus-me a pensar no acontecido. Preocupava-me a sua reação. Ele ficara completamente atordoado, perdido. De minha casa, via-o andar de um lado para o outro, na varanda, nervoso, parando, por vezes, para amparar-se na parede. Pensei em ir ao seu encontro. A prudência aconselhou-me o contrário. Eis que, de repente, algo começou a acontecer comigo. Era como se um bálsamo acariciante me corresse pelo interior do corpo, a provocar-me gratos arrepios e logo um misto de ansiedade e paz, e eu recordava as nossas missas, o prazer de estarmos juntos, nossas conversas... Peguei-me a sorrir, com um riso que, entretanto, não eliminava uma sombra de preocupação, marcada sobretudo por aqueles "segredinhos", que, sinceramente, minha inocência infantil não conseguia identificar, e ainda por aquela frase de José Dias: "— Se eles pegam de namoro..."

Murmurei-me, com medo da palavra: — Namorados! Eu não havia pensado nisso. De repente, me veio a indagação: Bentinho me amava? E eu, eu amava Bentinho? Nesse momento fiquei com o rosto vermelho e muito, muito assustada.

Estava louca para falar com Sancha, colega de colégio, minha melhor amiga, mas me contive. Refiz-me e comecei a analisar a situação e meus sentimentos.

Efetivamente, ele vivia cosido às minhas saias, fazia-me todas as vontades, mas nada me parecia secreto ou misterioso. Antes de eu ir para o colégio, "eram tudo travessuras de criança", opinião e frase que se encontram registradas no livro do Dr. Bento Santiago. Depois que deixei a escola, a antiga intimidade custou a retornar. Eu, afinal, já era uma mocinha. Mas ela veio, pouco a pouco. E voltou a ser completa. Meu Deus, mas sobre o que conversávamos? Eu o achava bonito, uma flor, e não tinha problema em lhe dizer; ele ria, um pouco sem jeito, ah, Capitu, você me deixa encabulado. Pegava-lhe nas mãos, contava-lhe os dedos, um a um. Eu adorava fazer isso! Outras vezes, corria os dedos entre os seus cabelos, lindos e sedosos, enquanto falávamos de tudo e de nada. Ele, sempre tímido, fugidio, dizia que os meus eram mais bonitos, mas não ousava tocar-me. Sua atitude me provocava desencanto e melancolia. Ele me olhava, um tanto preocupado, e dizia que eu era meio maluca. Às vezes, eu perguntava se havia sonhado comigo, só para ver a sua reação. Sempre sincero, ele dizia que não. Eu então inventava que sonhara com ele na véspera, e — nesse caso é rigorosamente verdadeiro o que escreveu o Dr. Bento — contava aventuras maravilhosas, "que subíamos ao Corcovado, pelo ar, que dançávamos na lua ou que os anjos vinham perguntar-nos pelos nomes, a fim de dar a outros anjos que acabavam de nascer. Em todos esses sonhos, estávamos juntinhos". De repente, ele me dizia que tinha também sonhado comigo, mas eram sonhos diferentes dos meus; apenas reproduziam o nosso convívio, o nosso todo-o-dia, alguma frase, algum gesto. E contava. Mas sem maior entusiasmo ou emoção, o que me incomodava bastante. Para provocá-lo, eu lhe falei um dia que os meus eram mais bonitos do que os dele. Ele, pela primeira vez, me pegou desprevenida: disse-me, cheio de ternura, que era porque os sonhos eram como a pessoa que sonhava... Não consegui evitar o rubor que me voltou a tomar o rosto.

Eu tinha consciência plena da emoção que me traziam essas e outras confidências. Era um sentimento doce. E, de repente, depois da conversa do agregado com D. Glória, comecei a ter a figura dele na lembrança a cada momento, a escutar suas palavras de memória, a tremer, quando lhe escutava os passos. Lá em casa, falava-se dele com naturalidade; papai e mamãe o adoravam, um amor de menino, D. Fortunata repetia, encantada.

A fala de José Dias iluminou minha certeza: eu amava Bentinho! Bentinho amava-me!

XIV

Acabei me empolgando com algumas lembranças! É que sou uma narradora neófita... Voltemos céleres, àqueles tempos infantojuvenis. À manhã do dia seguinte, para ser exata. Eu estava escrevendo com um prego no muro que separava nossa casa da de D. Glória. Nele, havia uma porta. Ela a mandara abrir no tempo em que éramos bem pequenos. Não tinha chave. Para abri-la, bastava empurrar de um lado, ou puxar do outro; fechava-se ao peso de uma pedra, pendente de uma corda. E não vou mudar a realidade só para ficar com um texto diferente do relato do meu ex-marido. A porta que ligava os quintais e nossas vidas era desse jeito. Costumávamos usá-la muito nas nossas brincadeiras, especialmente as de médico. Com certo prazer, eu o forçava a examinar-me. E desatávamos a rir, principalmente quando ele, imitando o Dr. Costa, médico da família, receitava aplicação de sanguessugas, ou um vomitório.

Eu já havia esboçado um perfil de figura humana que deixara inacabado, por pura preguiça; agora, com o prego, cavava no muro, cuidadosamente, dois nomes. Não é difícil adivinhar quais fossem.

— Capitu!

A voz de mamãe vinha da porta dos fundos. Ia atendê-la, quando ouvi o barulho da outra entrada a abrir-se e vi atravessá-la, a figura sorrateira de Bentinho. Senti que meu rosto corava; procurei esconder o que havia escrito, encostando-me ao muro. Felizmente ele sequer olhou naquela direção; seu rosto parecia preocupado. Perguntei: "— Que é que você tem?" "— Nada não; mas espere, você está escondendo alguma coisa." Eu procurava seus olhos, ele desviava o olhar. Insisti, aproximando-me bem. Senti-o totalmente desamparado. Notei que seus olhos, na fuga, buscavam meus cabelos; eu os tinha grossos, feitos em duas tranças, a descer-me até o meio das costas; estendi as mãos na direção das dele. Vi que as mirava fixamente. Mas não ensaiou nenhum gesto. Nunca foi, na verdade, dado a qualquer iniciativa. Os olhos desceram até meus sapatos de duraque. Fiquei um pouco vexada: "— Não olhe, Bentinho! Eles estão velhos e rasos. Só estou usando porque são muito confortáveis." Naquele momento, não podia imaginar o que ele pensava. Li depois naquele livro. Voltei a perguntar: "— que é que você tem?" Ele mal conseguiu balbuciar: "— é uma notícia..." "— Notícia de quê?" Aguardei. "— Você sabe..." Os olhos fugiram depressa para o muro, para o lugar onde eu acabara de rabiscar; forçaram passagem, procurando ver mais perto; as pernas foram atrás; não vacilei: agarrei-o firme, empurrei-o para o lado, virei-me rapidamente para apagar o escrito.

XV

Mais rápida foi a ação de Bentinho. Deu um pulo e, antes que tivesse tempo de raspar o muro, como era minha intenção, conseguiu ler, para minha vergonha, os dois nomes cavados na moldura de um coração:

BENTO
X
CAPITU

    Quando ele se voltou, me encontrou de olhos no chão, as mãos abraçadas, penduradas abaixo da cintura, envergonhadíssimas. Imediatamente, ergui-os bem devagar e de novo busquei os dele. Ficamos alguns minutos a olhar um para o outro. Nossas mãos foram-se procurando, as quatro, ávidas, nervosas, tímidas. Prendi fortemente as dele nas minhas. Ele, de início vacilante, correspondeu ao meu gesto. Elas ficaram unidas por uma eternidade, sem cansaço, sem esquecimento, sem monotonia, alimentadas de um agrado e de um calor jamais experimentados por mim. Oh, a linguagem das mãos! Os olhos buscavam imitá-las, a entrar uns pelos outros... No céu, devia ser assim, eu pensava. Depois aprendi que não era. Mãos e olhos continuavam seu diálogo mudo, a palavra abrigada no coração, sem condição de aflorar aos lábios... O que eu sentia é inenarrável...

"— Vocês estão jogando o siso?"

A voz de meu pai quebrou o encanto. Lá estava ele, à mesma porta, junto com mamãe, que já havia me chamado outras duas vezes. As mãos desvencilharam-se o mais rápido possível, atrapalhadíssimas. Minha lucidez me levou ao muro e com o prego, que deixara num ressalto, risquei, disfarçadamente, com as mãos nas costas, os nossos nomes, enquanto sorria tranquila para meu pai:

Que é, papai?

"— Não me estrague o reboco do muro, custou caro!"

Santa sabedoria paterna! Papai aproximou-se. Quando seus olhos atingiram a distância de leitura de qualquer rabisco, encontraram apenas uma funda marca no meio do coração e o perfil esboçado.

Que é que você estava rabiscando aí, que tanto preocupa o nosso Bentinho?

Veja o senhor mesmo: é o seu retrato!

Papai explodiu numa gargalhada: mas parece muito mais com sua mãe! Olhe, D. Fortunata, o que acha?

Mamãe respondeu com um muxoxo que queria dizer não acho nada e papai se fez todo carinho e cumplicidade:

Vocês estavam jogando o siso...

Bentinho permanecia estático, quieto, encabuladíssimo.

Estávamos sim, papai, mas Bentinho não aguenta, ele ri logo...

É, mas não estava rindo, quando cheguei à porta...

Já tinha rido antes; não vale.

Discretamente, pisquei para Bentinho. Seriíssima, voltei a buscar-lhe os olhos, chamando-o para o jogo. Ele demorou alguns segundos para captar o espírito de minha estratégia. Finalmente acordou. Como estava bastante assustado, não foi capaz de rir, nem um pouquinho, o que me foi deixando irritada. Ele não entendeu, mais uma vez não entendeu... Desviei o rosto e a palavra: — Pai, desta vez ele não ri, porque o senhor está aqui... Nem assim esboçou um mínimo sorriso. Há pessoas assim. Não veem o outro. Não nascem para a perspicácia. Além disso, Bentinho era de seu natural dócil a qualquer autoridade. Meu pai era, naquele instante, a autoridade.

Dei um jeito de mudar o desenho da situação e dirigi-me a minha mãe, convidando-a a retornar a casa. Começamos a caminhar, papai olhou para ela, para mim e comentou com Bentinho: "— Quem dirá que a pequena tem quatorze anos? Parece dezessete! Mamãe está boa?"

Bentinho, ainda meio desenxabido, limitou-se a um "está, com licença, passar bem", quase balbuciados. Papai fez que não percebeu o seu constrangimento: "— Há muito tempo que não a vejo. Estou com vontade de dar um capote ao doutor Cosme, mas não tenho podido, ando com muito trabalho na repartição, em casa; escrevo todas as noites que é um desespero, negócio de relatórios. Você já viu o meu gaturamo? Está ali no fundo. Ia agora mesmo buscar a gaiola; ande, venha ver."

Era a última coisa que ele gostaria de fazer. Senti o seu olhar angustiado, a me pedir uma solução. Mas o pai era o pai e amava passarinhos. E tratava deles como se fossem gente. Dava gosto vê-los nas muitas gaiolas, principalmente os canários, cujo trinado encantava a todos. Eu adorava aqueles bichinhos! No primeiro silêncio da conversa, Bentinho despediu-se rápido e procurou a saída para a casa da mãe.

XVI

Ah, meu pai, meu pai! Éramos uma família pobre, mas feliz. Funcionário do Ministério da Guerra, não tinha alto salário, mas mamãe, a discreta D. Fortunata, tão querida, economizava como poucas, a vida no Rio de Janeiro era muito barata, vivíamos relativamente bem.

Nossa casa, assobradada como a dos Santiago, ainda que menor, era própria. O pai comprou-a com os dez contos de réis que ganhou, de fato, na loteria. Foi um dia importantíssimo. A mãe quase desmaiou com a notícia. A primeira ideia de papai foi comprar um cavalo do Cabo, uma tiara para mamãe, um anel para mim, uma sepultura perpétua para a família, mandar vir alguns pássaros da Europa e outros pequenos adornos. (Curiosamente, o Dr. Bento nunca se referiu à intenção de papai de me dar o anel.) Mamãe, com a sensatez e o equilíbrio que sempre foram virtudes suas, foi quem propôs a compra da casa. Parece que a estou vendo, alta, forte, cheia como eu, os mesmos cabelos grossos, os mesmos olhos claros e grandes, o mesmo nariz reto, com uma paciência e uma generosidade que, admito, nunca tive.

Pai hesitava. Mamãe recorreu então aos conselhos de D. Glória. Sabia que a ela, à vizinha matriarca, ele ouviria. Havia uma razão para essa certeza. Não seria a primeira vez que a mãe de Bentinho interferiria em linha direta na nossa vida.

Deu-se que o chefe da repartição em que papai trabalhava teve que ir ao Norte, em missão. O velho Pádua foi designado oficialmente para substituí-lo e com o salário da chefia. O salto era grande. Papai exultou. Não tinha ainda ganhado na loteria. Mas reformou a copa, renovou o guarda-roupa da família, deu, enfim, joias a mim e a minha mãe, nos dias de festa matava sempre um leitão, não perdia récita de teatro, chegou até a usar sapatos de verniz! Foram vinte e dois meses de delírio, nos quais meu deslumbrado pai acreditava que sua interinidade seria para sempre. D. Fortunata, precavida, alertava: — Pádua, meu marido, cuidado! A chefia não é eterna!

Dito e acontecido. Certa tarde, assustou-nos a aflição e o desvario com que entrou em casa, aos gritos:

Perdi o cargo, perdi o meu lugar! Fui traído!

Que houve, fale homem! O que foi que aconteceu?

O Silveira. O Silveira chegou de volta e reassumiu hoje de manhã.

E melodramático, na fronteira do ridículo, forçoso é dizê-lo:

É o fim, D. Fortunata, é o fim de tudo! Cuide-se, cuide de nossa filha! Não vou suportar este opróbrio, esta desgraça! Vou-me matar!

E, antes que disséssemos qualquer outra palavra, saiu em passos rápidos à procura de D. Glória. Segui-o, discreta:

Senhora D. Glória, só a senhora pode-me salvar! Perdi meu cargo! Não vou servir de chacota diante de todos! Não vou submeter minha família a esta vergonha! Que dirão os vizinhos? E os amigos? E a senhora? E o público?

Eu não conseguia entender aqueles destemperos. A experiência e a autoridade da matriarca vieram, felizmente, em seu socorro:

"— Que público, Sr. Pádua? O senhor não é nenhum artista... Deixe-se disso; seja homem! Lembre-se de que sua mulher não tem outra pessoa... E que há de fazer? Pois um homem... seja homem, ande!"

Papai não disse nada; enxugou os olhos e voltou para casa. Passou vários dias fechado no quarto, mal pronunciou algumas palavras. De vez em quando se permitia chegar até o quintal e ficava horas na boca do poço, olhando para o fundo. Mamãe, sempre próxima e atenta, advertia: — Joãozinho, meu filho, você é criança? Para com isso, homem!... mas estava deveras preocupada. Eu também. Mas nem a mim papai escutava. E ela resolveu falar ela mesma com a mãe de Bentinho: — Por favor, ele só ouve a senhora. Veja se tira essa ideia maluca da cabeça! Tenho medo de que ele faça uma bobagem, essa história de ficar olhando para o fundo do poço...

Fica tranquila, D. Fortunata; vou ter com ele; onde ele está agora?

Na borda do poço. É onde tem permanecido a maior parte do tempo.

Sr. João Pádua, pare já com essa maluquice! Estou mandando! Que bobagem é essa de ficar desgraçado só por causa de uma gratificação menor e porque devolveu o cargo a quem de direito? O senhor devia, isso sim, era imitar sua mulher e sua filha! O senhor esqueceu de que tem mulher e filha? Seja homem! Honre a sua condição de pai de família!

Para surpresa de mamãe, papai obedeceu imediatamente, sim, encontraria forças para cumprir-lhe a vontade...

"— Vontade minha não, Sr. Pádua, obrigação sua!"

Ocorre-me, de repente, uma reflexão: o Dr. Bento escreveu algo parecido, ao contar esse episódio. E foi, para dizer o mínimo, leviano. Como podia ter notícia até do diálogo, se não o presenciou, como eu presenciei?

XVII

A crise demorou ainda alguns dias. O pai continuou, por mais uma semana, a esconder-se de si mesmo. Deixara, entretanto, a borda do poço. Já era um avanço. Entrava e saía de casa colado à parede, os olhos no chão. Evitava-me a todo custo, mal falava com mamãe. Estava longe de ser o meu pai de todo o dia, sempre alegre, a cumprimentar a todos efusivamente, a palavra de carinho sempre me esperando.

Pouco a pouco, felizmente, voltou a cuidar dos passarinhos, a interessar-se pelos assuntos da casa; retornou ao sono tranquilo, mesmo na hora da sesta, sem necessidade do chá de erva-cidreira que mamãe o fazia tomar; a conversa com os amigos veio na sequência, ainda que marcada de incômodos silêncios.

E foram exatamente dois amigos que lhe vieram fazer companhia no jogo do solo e reacender a alegria do riso franco de antes. Saiu da nevrose.

Meses depois, papai já falava de sua interinidade com orgulho e sem lamentações de qualquer ordem. E, com certo prazer, dava datas, momentos, atos do seu "tempo de administrador". Cheguei a comentar com Bentinho: — Papai está vivendo a memória da glória... Você não acha que acaba sendo muito melhor do que o momento da glória em si? Foi uma das minhas primeiras reflexões, entre as poucas que me permiti no nosso convívio. Ele concordou comigo, sem maior entusiasmo. Afinal, a frase não era dele. Verdade que era uma glória interina. Pensei nisso, mas não fiz qualquer comentário. Lembro-me de que, a propósito, José Dias tentou ironizar, dizendo que se tratava de "vaidade sobrevivente", como se ele não fosse quem era, o falso modesto. A palavra de padre Cabral cicatrizou definitivamente o ferimento: lembrou a meu pai que, com ele, se concretizava mais uma vez, a palavra da Escritura: "Não desprezes a correção do Senhor; ele fere e cura."

Quando me lembrei dessa frase, consultei o Conselheiro. Ele me esclareceu, com a erudição de sempre: — Está no Livro de Jó, minha filha, que faz parte do Antigo Testamento. Saiba, leitora que não frequenta a Bíblia, que se trata de uma referência à lição de Elifaz a Jó. Este era um homem muito rico, temente a Deus, de caráter reto e íntegro. Ele foi submetido a terríveis provações. Perdeu tudo, teve o corpo chagado de tumores malignos. Foi quando recebeu a visita dos amigos Elifaz, Bildade e Zofar. Foi o primeiro que lhe trouxe como consolo a palavra do Livro Sagrado: "Bem-aventurado é o homem a quem Deus disciplina; não desprezeis, pois, a disciplina do Todo-Poderoso, porque Ele faz a ferida e Ele mesmo a ata." E Jó, graças a Deus, recuperou-se de todos os ferimentos.

Não sei por que senti uma ponta de ironia na aplicação do texto bíblico ao caso de papai; afinal, a perda do cargo não era um mal tão devastador; talvez padre Cabral estivesse querendo valorizar a atuação de D. Glória, nunca se sabe. Inescrutáveis são os desígnios do Senhor. Estou cada vez mais convencida disto. Não sei se por força dos ares destas paragens ou do epílogo da minha história.

XVIII

O Conselheiro me lembrou que o Dr. Bento citou esta passagem no seu relato de triste memória. Eu tinha consciência disso, obviamente. Mas não me importei. O texto bíblico não é propriedade dele. E depois os fatos que narro nos são comuns. Somos feitos a partir deles. É uma relação que costuma marcar muitas narrativas. A minha insere-se nesta regra. Meu amigo acrescentou também que o filho de D. Glória anunciou que pensava escrever sobre o tema. É verdade. Ele até se referiu a episódio similar, em que Aquiles, herói grego, também curou com sua própria lança uma ferida que, com ela, ele mesmo fez. E inventou, não Aquiles, mas o Dr. Bento, uma estranha história de vermes que roíam livros e que nada sabiam dos textos que roíam, apenas cumpriam sua missão de roer. Esqueceu-se de dizer que ele roeu-se a si mesmo, durante toda a nossa vida de casados, também por ele corroída. Quanto a mim, sempre acreditei que o grande e eterno roedor é o tempo. E que, na esteira do divino, ele também fere e cura. Vivi essa realidade em minha carne e no meu coração.

XIX

Se papai, felizmente, voltara à normalidade do seu cotidiano, Bentinho e eu tínhamos um problema, um grave problema. A promessa da mãe, relembrada e cobrada, obrigava-o ao seminário; seu coração o encaminhava para o namoro comigo e, de repente, havíamos conhecido que nos amávamos e que isto era bom.

Pensei muito sobre o assunto e resolvi agir. Alguém tinha que ser lúcido.

Do quintal onde papai nos surpreendera passamos para a sala de visitas. Mamãe e ele nos deixaram sozinhos. Olhei fundo nos olhos de Bentinho; sentia-o muito aflito. Tomei-lhe as mãos, com carinho; perguntei-lhe o que o fazia sofrer tanto. Eu ainda não entendera bem aquela história do seminário. Ele me explicou tudo, com minúcias. E concluiu, falando menos comigo e mais para ele mesmo: "— Não quero entrar em seminários! Não entro, é escusado teimarem comigo, no seminário não entro!"

Eu não disse nada. Fiquei pensando. Como sair daquele impasse? Bentinho reassumiu-se: — Eu juro, Capitu! Eu juro pela hora da minha morte que para o seminário eu não vou! Nunca!

Suas palavras não me fizeram mover um músculo da face. Soltei-lhe as mãos. Para ser sincera, sua indignação não me convencia. Era mais medo. Dele mesmo e, sobretudo, da mãe. Ele me pedia socorro com os olhos. Eu sentia. Alguma coisa então começou a crescer dentro de mim, vinda não sei de onde, como a vaga que se avoluma e arrebenta na areia com violência, alheia a quem possa ser por ela atingido. Meu rosto foi, em segundos, da normalidade à palidez e as palavras explodiram diante do meu aturdido e perplexo companheiro: "— Beata! Carola! Papa-missas!"

Ele não entendia nada. Nem podia. Não tinha ideia do meu verdadeiro pensamento a respeito de D. Glória. Gostar dela não significava ignorar seu autoritarismo e prepotência. Eu também era católica, ia à missa todos os domingos, mas aquilo, francamente, era demais! Era carolice, sim! Beata! Eu repetia a cada tentativa de Bentinho de defendê-la; ele conseguia sobretudo me irritar ainda mais. Minha raiva era tanta, que, na minha impotência, cheguei a cerrar os dentes de ódio. Bentinho, assustado, repetia o juramento, Capitu, eu não vou, não há promessa nesse mundo que me faça entrar naquele lugar, hoje mesmo eu vou dizer isso a mamãe — não vou para o seminário e pronto! Não o poupei: — Você? Você vai! — Não vou, você vai ver. — Eu é que vou ver se você entra ou não. Minha voz era seca e firme. Ele deve ter estranhado. Eu mesma não me reconhecia. Caiu um silêncio entre nós.

Ficamos ali, parados, por minutos que pareceram horas. Baixei o tom. Procurei suas mãos.

— Mas Bentinho, que interesse tem José Dias em lembrar isso a sua mãe?

"— Acho que nenhum; foi só para fazer mal. É um sujeito muito ruim; mas deixe estar, que me há de pagar. Quando eu for dono da casa, quem vai para a rua é ele, você verá; não me fica um instante. Mamãe é boa demais; dá-lhe atenção demais. Parece até que chorou". Deixe estar, que ele irá me pagar!

Bentinho disse isso fechando os punhos, e junto com outras ameaças violentíssimas. Ouvi-as com o desconto da emoção do momento, mas com certa cumplicidade, confesso.

Ao recordar o fato e as palavras, não posso deixar de concordar com o meu ex-marido, quando os comentou: "a adolescência e a infância não são, neste ponto, ridículas; é um dos seus privilégios. Este mal ou este perigo começa na mocidade, cresce na madureza e atinge o maior grau na velhice. Aos quinze anos, há até uma certa graça em ameaçar muito e não executar nada." Sei que, de certa forma, a afirmação corresponde a uma sensacionalização do óbvio, mas, naquele momento e naquelas circunstâncias, fiquei solidária com a sua decisão. Hoje, depois do que o Dr. Bento escreveu, verifico que, no que concerne à madureza e à velhice, era um raciocínio premonitório...

E continuei a refletir: — Interessante, Bentinho; quer dizer que sua mãe chorou...; não, não deve ser por mal que ela insiste em torná-lo padre. Afinal, ela fez uma promessa, assumiu um compromisso com Deus e, temente a Ele, não pode deixar de cumpri-la.

Vi que Bentinho se descontraía, emocionava-se mesmo. A tal ponto, que me pegou da mão e começou a apertá-la com força, como um náufrago se agarra à boia de salvação que lhe é lançada. Foi o que ele fez com as minhas palavras. Anuí, com um sorriso que foi, pouco a pouco, se transformando num riso aberto: — Ai, Bentinho, não me quebre os dedos, falei quase num suspiro. Depois nossa conversa começou a ficar morna. Chegamos à janela. E foi o que ele já contou. "Um preto que, desde algum tempo, vinha apregoando cocadas, parou em frente e perguntou:

— Sinhazinha, qué cocada hoje?"

Respondi que não, que podia ir. Bentinho estendeu a mão: — Dê cá. E comprou duas. Insistiu para que eu aceitasse. Recusei. Então ele, sofregamente, comeu as duas. Fiquei intimamente chocada. No meio da crise que estávamos vivendo, depois de toda a nossa conversa e do meu desabafo, ele, o mais atingido, conservava um lugar para as cocadas! O choque foi tal, que o conhecido pregão das velhas tardes, cantado pelo preto, provocou-me forte aborrecimento:

Chora menina, chora
Chora porque não tem
Vintém.

E então a frase me veio, do fundo de minha sinceridade: "— Se eu fosse rica, você fugia, metia-se no paquete e ia para a Europa."

Procurei-lhe os olhos; não encontrei a reação que esperava. Ou ele ainda degustava a cocada do preto, ou não percebia nada, ou nossa emoção não entrara em harmonia.

Só fui entender sua atitude depois, quando li seu livro, imagine que ele considerou a minha observação uma ideia "atrevida", "atrevida" demais para os meus quatorze anos... Escuso-me de comentar, por tendenciosas, as demais considerações que o seu caráter distorcido teceu a partir desse julgamento. Não, ele nunca me compreendeu. Nem mesmo quando procurei encontrar uma estratégia para o impasse criado com a promessa da mãe.

XX

Era óbvio para uma pessoa medianamente inteligente, mesmo para jovens como nós éramos, que o Dr. Cosme era um comodista e não moveria uma palha para dissuadir a irmã do seu compromisso. Era nele notória a preocupação permanente com jamais criar qualquer dificuldade ou atrito com a irmã. D. Justina, um pouco mais interessada, dificilmente se envolveria. Mesmo porque, como já afirmei, não parecia morrer de amores por mim. Restava o padre Cabral; mas como iria ele trabalhar contra os preceitos da igreja? Sobretudo quando vivia comentando a crise de vocações na juventude brasileira, cada vez mais grave, o descaso das famílias pela causa da religião, ainda bem que existiam senhoras como D. Glória... a não ser que Bentinho declarasse vigorosamente "que não tinha vocação..." Esse meu último pensamento fez-se palavras e o despertou:

"— Eu? Eu posso confessar isso?"

Poderia, sem dúvida. Mas se exporia demais e correria o risco de não ser levado a sério. Por estranho que pareça, o melhor caminho ainda é o José Dias...

— Como José Dias? Mas foi ele que...

Quase voltei a me irritar com tamanha falta de perspicácia.

"— Pode ser um bom empenho", Bentinho.

"— Mas se foi ele mesmo quem falou..."

Se você, que pacientemente acompanha o que relato, leu o texto do Dr. Santiago, deverá estar percebendo que, efetivamente, tenho procurado ser fiel ao que realmente aconteceu. Apenas não há como coonestar o que foi por ele intencionalmente deturpado, por força de sua necessidade de fundamentação. Também venho deixando de lado a técnica por ele usada de avalização e de mobilização da emoção através de citações e referências clássicas, históricas e religiosas; só eventualmente e como reforço de argumentação é que as emprego. É uma questão de linguagem. Mais do que as filigranas do estilo me interessa a restauração da verdade.

Diante da observação de Bentinho, ponderei que José Dias, em função do afeto que lhe devotava, e isso era irrefutável, diria outra coisa. Não seria difícil para ele. Saberia como fazê-lo, sem se desgastar. O importante era a firmeza de posição. Você não pode demonstrar medo, deve fazê-lo ver que logo será o dono da casa; "mostre que quer e que pode. Dê-lhe a entender que não se trata de um favor. Faça-lhe também elogios: ele gosta muito de ser elogiado." E mais: sua mãe presta-lhe muita atenção, você sabe disso; o principal, entretanto, não está aí; o mais importante é que, "tendo de servir a você, falará com muito mais calor do que outra pessoa".

Não acho não, Capitu.

Perdi a paciência. "— Então vá para o seminário", disse, sem alterar a voz.

Isso nunca!

Então... Voltei a argumentar; mas, meu querido, "que se perde em experimentar? Experimentemos; faça o que lhe digo. D. Glória pode ser que mude de resolução; se não mudar, faz-se outra coisa, mete-se o padre Cabral na história". "Você não se lembra como é que foi ao teatro pela primeira vez, há dois meses? D. Glória não queria, e bastava isso para que José Dias não teimasse, mas ele queria ir, e fez um discurso, lembra-se?"

"— Lembra-me; disse que o teatro era uma escola de costumes."

"— Justo. E tanto falou que sua mãe acabou consentindo e pagou a entrada aos dois... Ande, peça, mande. Olhe, diga-lhe que está pronto para ir estudar leis em São Paulo."

Senti que ganhara a batalha. Percebi-lhe um estremecimento de prazer. Seus olhos iluminaram-se. Solicitou-me que repetisse por duas vezes a argumentação, o que fiz, buscando verificar se entendera tudo direitinho. Disse-lhe "que pedisse com boa cara, mas assim como quem pede um copo d'água a quem tem obrigação de o trazer". (Ainda bem que o Dr. Bento reproduziu literalmente essa minha frase.)

XXI

Anoitecia, quando ele retornou a casa. Insisti: que seguisse rigorosamente as minhas recomendações. As palavras saíam-me carinhosas e graves, bordadas de sorrisos e do meu olhar fundo nos seus olhos. Temia por sua tibieza. Jurou que o faria. O que também não significava muito, numa pessoa como ele. Sei que as repetiu para si mesmo inúmeras vezes, ensaiou como dizê-las; finalmente, julgou-as secas e "impróprias de um criançola para um homem maduro." Era assim que ele se via. Tentou escolher outras palavras, outra maneira de dizer. Estacionou. Meu Deus, como sua cabeça era confusa! Optou mais tarde por dizê-las com brandura. Reensaiou-as. Mudou para o meio-termo, nem muito carregado, nem muito doce. O resultado foi um tom quase súplice e obviamente ineficaz. Quando me contou, não fiz qualquer comentário. Seria inútil, diante do entusiasmo com que me deu razão: — afinal trata-se de "um simples agregado, jeitoso é, pode muito bem trabalhar para mim, e desfazer o plano de mamãe". Logo depois, voltou a se sentir tão inseguro, que assumiu mais uma de suas muitas promessas: rezar mil padre-nossos e mil ave-marias, se José Dias arranjasse que ele não fosse para o seminário. Ele, aliás, tinha a mania das promessas. Devia ser atavismo. Só que nunca as pagava. E curiosamente eram todas de caráter matemático: dez, vinte, trinta, cinquenta. Chegara, finalmente, ao milhar. O benefício solicitado valia. Adolescências. E depois, mandar rezar missa era bem mais cômodo do que, por exemplo, ferir os joelhos numa ladeira ou numa escadaria, ou visitar em romaria a Terra Santa. Ficava com as missas. Eu só não tinha certeza de seus créditos na contabilidade do Céu.

XXII

Se você, leitora crédula, que não conhece o texto do Dr. Bento, pensa que tudo se limitou a esse diálogo, lamento contrariar a sua expectativa. Apesar de todo o meu empenho, Bentinho, começou enfiando os pés pelas mãos. Encontrou-se com D. Justina. De imediato, ela lhe perguntou incisivamente se não se esquecera dos projetos eclesiásticos de D. Glória a seu respeito. Ele levou um susto com a pergunta, mas conseguiu responder que não. "— E o que você pensa da vida de padre?" Esquivou-se, como pôde: "— Vida de padre é muito bonita." D. Justina, sempre desconfiada, apesar do riso simpático com que brindou o comentário, foi direto ao ponto: "— Sim, é bonita; mas o que eu pergunto é se você gostaria de ser padre." Bentinho perdeu a oportunidade que o Destino lhe colocava diante dos lábios; evadiu-se, ainda uma vez: "— Eu gosto do que mamãe quiser."

A defesa não teria mais perguntas. Estas minhas memórias poderiam ter um ponto final aqui; a conversa, porém, prosseguiu, segundo seu próprio relato, por meio do qual, naquela época, os fatos me chegaram. D. Justina, surpreendentemente, trazia munição à nossa estratégia: lembrou-lhe o empenho da prima, dado esclarecedor, que poderia até esquecer a promessa, mas como haveria de esquecê-la, se uma pessoa está "sempre nos seus ouvidos, zás que darás, falando do seminário? E os discursos que ele faz, os elogios da igreja, que a vida de padre é isso e aquilo, com aquelas palavras que só ele conhece e aquela afetação..." "— Quem é?" "— Ora, quem há de ser? Primo Cosme não é, que não se importa com isso, eu também não." A velha senhora não podia ser mais clara. Bentinho, num raro momento de lucidez, concluiu: "— José Dias?" "— Naturalmente." D. Justina disse-lhe da cena que ele havia presenciado às escondidas e que tanto nos revelara: "— Note que é só para lhe fazer mal, porque ele é tão religioso como este lampião. Pois é verdade, ainda hoje. Você não se dê por achado... Hoje de tarde falou como você não imagina."

Graças a Deus, Bentinho dissimulou. "— Mas falou à toa?"

Prima Justina limitou-se a um gesto como se indicasse que havia alguma coisa que não podia ou não queria dizer. Falou mal de José Dias, um intrigante, um bajulador, um especulador, e, apesar da casca de polidez, um grosseiro. Positivamente não passava nem nunca passaria de um agregado.

A ingenuidade do meu amigo, então, precipitou-se. Vacilante, lançou-se à indagação:

"— Prima Justina, a senhora seria capaz de uma coisa?" "— De quê?"

"— Era capaz de... Suponha que eu não gostasse de ser padre... a senhora podia pedir a minha mãe..."

As palavras foram taxativas e definidoras:

"— Isto não; Prima Glória tem este negócio firme na cabeça, é assunto dela com Deus, e não há nada no mundo que a faça mudar de resolução; só o tempo. Você ainda era pequenino, já ela contava isso a todas as pessoas da nossa amizade mais próxima. Só o Dr. Santiago, que Deus o tenha, é que nunca soube. Lá avivar-lhe a memória, não, que eu não trabalho para a desgraça dos outros; mas também pedir tal coisa, não peço. Se ela me consultasse, tudo bem; se ela me dissesse: Prima Justina, você que acha? A minha resposta era: Prima Glória, eu penso que, se ele gosta de ser padre, pode ir, mas se não gosta, o melhor é ficar. É o que eu diria e direi se ela me consultar algum dia. Agora ir falar-lhe sem ser chamada, não faço." O Dr. Bento registrou esse diálogo com fidelidade.

XXIII

Fiquei irritada quando me contou o ocorrido. — Você se precipitou! Perdemos tempo! Ele se declarou arrependido do gesto impulsivo, achou que podia ter dado certo, que devia era mesmo ter seguido o meu conselho. — Tudo bem. "Não há noite tão longa que não encontre o dia", lembrando a frase que ele me disse ser de Shakespeare. A velha senhora, entretanto, era muito mais ladina do que se poderia supor. Quando Bentinho ia retirar-se, reteve-o, com uma conversa vadia sobre o calor e a próxima festa da Conceição, sobre os velhos e belíssimos oratórios da casa, que não cansava de admirar e final e estrategicamente sobre quem? Sobre esta que lhes escreve. Com as mãos nas dele, disse-lhe que eu poderia vir a ser uma moça muito bonita — atentem para o tempo do verbo —, elogiou-me os modos, a gravidade, os costumes, o trabalhar para os meus, o amor que eu devotava a minha mãe. Encantado, Bentinho traía-se nos gestos e palavras de aprovação, revelava nos olhos o brilho denunciador dos seus sentimentos por mim. Seu relato do acontecido é explicitamente revelador. Ele só se deu conta do olhar inquiridor de D. Justina quando se deitou para dormir. E mesmo assim, pelo que li no seu livro, com uma visão distorcida. Chegou a admitir, inicialmente, que ela teria ciúmes de mim, e não eram de tia por sobrinho; a ideia fugiu-lhe rápida, quando pensou na diferença de idades: ela, uma quarentona e ele um pirralho de quinze anos. Deu-se conta, então, que, entre os elogios, a esperta senhora enfiara algumas adjetivações nada abonadoras: "um pouco trêfega", "o olhar por baixo". A ideia dos ciúmes adejou-lhe de novo na mente. Concluiu, por fim, que a prima era daquelas pessoas que encontra "no espetáculo das sensações alheias uma ressurreição vaga das próprias", conclusão que acho difícil ter nascido de Bentinho àquele tempo: é mais provável que seja muito mais do Dr. Bento, sempre preocupado com os efeitos do estilo. De Bentinho eram as vacilações. Enquanto eu, no meu quarto, buscava meios e formas de impedir a sua ida para o seminário, ele se deixava levar pelo impulso e por divagações que a nada conduziam.

Comentei a decisão de D. Glória com minha mãe: — Beatice, minha filha, beatice; quero muito bem a D. Glória, você sabe, mas acredito que o próprio padre Cabral, no íntimo, não aprova essa atitude impositiva. Ora já se viu? Fazer promessa desse tipo para os filhos pagarem? Vá com calma, minha filha, esse menino é muito filhinho da mamãe!...

O pior é que eu começava a descobrir que estava realmente gostando dele. Muito.

XXIV

Procurei Bentinho na manhã seguinte, quando, diante do seu diálogo com D. Justina, fui imperativa: — Não há tempo a perder. Marque novo encontro com José Dias. Temos que agir rápido. Ele concordou. Conseguiu, desta vez, ser veemente com o agregado: "— Preciso falar-lhe amanhã, sem falta; escolha o lugar e diga-me." José Dias vinha pelo corredor, lendo em voz alta *Ivanhoé*, um belo romance, de Walter Scott. Surpreendeu-o o tom de voz do filho de D. Glória e o inusitado do discurso. Bentinho parecia ter-se tornado em homem. Senti mesmo um certo orgulho dele, confesso. O agregado deixava transparecer a sua estranheza nas inflexões de ternura e cólera que emprestava à leitura, não interrompida, até a pausa para a resposta: "— Amanhã, na rua; temos umas compras que fazer, você pode ir comigo, pedirei à mamãe. É dia de lição?"

Miserável! Bentinho não percebia que José Dias o recolocava na sua condição infantil.

"— A lição foi hoje."

"— Perfeitamente; amanhã."

"— Até amanhã."

No outro dia, soube de Bentinho com todas as minúcias, deu-se o encontro. Não sem o cuidado da mamãe, que preocupada com os efeitos do calor na tez do filhinho dileto, não permitiu que fosse a pé. Viajaram de ônibus. Saltaram no Passeio Público. Era um dos lugares nobres da cidade. Havia outros, como a Rua do Ouvidor, por exemplo. A propósito, a parte central do Rio de Janeiro era muito bonita. Nela se destacavam os morros, ocupados por estabelecimentos militares, como o da Conceição, ou por ordens religiosas, como os de São Bento, Santa Teresa, Santo Antônio e o do Castelo. Eu admirava encantada o contraste entre o mar e a montanha. Bentinho achava tudo uma pobreza. Tanto que o Dr. Bento mal se refere à paisagem, no seu texto. Até porque não consegue desviar a atenção do próprio umbigo. Mas um bom texto narrativo é o que não deixa perder-se o fio da meada. Voltemos a ele.

XXV

Há minúcias que culminam por ser fundamentais numa narrativa. É o caso das que marcaram a viagem e a conversa de Bentinho com José Dias.

O agregado o tratava "com extremos de mãe e atenções de servo", como escreveu o Dr. Bento. É verdade. Naquele dia, não sei se por força do modo como Bentinho se manifestara, logo que saíram José Dias dispensou o pajem: fez-se pajem dele. Não era novidade. Pajem ele o era, sempre. E não apenas do filho de D. Glória. Às vezes até me incomodavam aqueles seus cuidados. Os livros, os sapatos, o banho de Bentinho, a tudo ele devotava a máxima atenção. Meu jovem vizinho adorava. Principalmente a hora da higiene. A ele devia também Bentinho a correção na prolação dos sons da fala. Meu amiguinho frequentemente gaguejava e tinha o hábito de comer os esses e os erres finais de inúmeras palavras. Felizmente logo ultrapassou essas dificuldades, e isso ele deveu, de fato, ao empenho do agregado. Ele também acompanhava atento as aulas de latim que o padre Cabral ministrava. Achava Bentinho um "prodígio", como costumava dizer ao preceptor; à mãe informava que era o mais inteligente estudante de que já tivera conhecimento, e já com moral ilibada. "— E olha, minha senhora, que tenho conhecido dezenas de meninos dessa idade!" Bentinho se convertia, nesses momentos, num detestável monumento à vaidade: não cabia em si. D. Glória sorria com o progresso do filho.

Mas caminhemos com eles no Passeio Público. Valho-me, mais uma vez, daquele livro e do que Bentinho me contou.

— Entramos no Jardim, Capitu. Caras tristes e pesadas contrastavam com a alegria verde da paisagem.

Estranhei a observação. Na sequência, ele reproduziu o seu diálogo com o agregado.

"— Há muito que não venho aqui, talvez um ano."

"— Perdoe-me, não há três meses, Bentinho, que esteve aqui com o nosso vizinho Pádua, não se lembra?"

"— É verdade! Mas foi tão de passagem..."

(Incrível! Bentinho disfarçava! Havíamos passeado juntos por ali, durante muito tempo e por muitas vezes!)

"— Ele pediu a sua mãe que o deixasse trazer consigo, e ela, que é boa como a mãe de Deus, consentiu; mas ouça-me, já que falamos nisto, não é bonito que você ande com o Pádua na rua." (Eu não acreditava no que acabara de ouvir! Além da heresia, ele fazia restrições a meu pai! Bentinho sequer se indignou. Segui ouvindo seu relato e sua resposta me pareceu mais um pedido de desculpas:)

"— Mas eu andei algumas vezes..."

"— Quando era mais jovem; em criança, era natural, ele podia passar por criado. Mas você está ficando moço e ele vai tomando confiança. D. Glória, afinal, não pode gostar disto. A gente Pádua não é de todo má. Capitu, apesar daqueles olhos que o diabo lhe deu... Você já reparou nos olhos dela? São assim de cigana oblíqua e dissimulada. Pois apesar deles, poderia passar, se não fosse a vaidade e a adulação. Oh! a adulação!"

(Olhem quem falava, meu Deus! Logo ele, o enfatuado príncipe dos aduladores! E aquela história de olhos de cigana oblíqua e dissimulada? Oblíqua? Por que oblíqua? E dissimulada, logo eu? Era difícil continuar ouvindo em silêncio, mas, ainda uma vez, me contive.)

"— D. Fortunata merece estima e ele, não nego que seja honesto, tem um bom emprego, possui a casa em que mora, mas honestidade e estima não bastam, e as outras qualidades perdem muito de valor com as más companhias em que ele anda. Pádua tem uma tendência para gente reles. Em lhe cheirando a homem chulo, é com ele. Não digo isto por ódio, nem porque ele fale de mim e se ria, como se riu, há dias, dos meus sapatos acalcanhados."

(Era demais! E era esse o aliado que eu pensava ter! Fiz grande esforço para não reagir. Bentinho ensaiou uma defesa de nossa família. Disse-lhe que jamais ouvira que meu pai falasse mal dele, pelo contrário, há pouco tempo, havia dito a um amigo, em sua presença, que ele era "um homem de capacidade e sabia falar como um deputado nas câmaras". O elogio trouxe um rápido sorriso ao rosto da pérfida criatura, mas logo se reassumiu com empáfia de impressionar, diante da história que tinha; redarguiu que meu pai não lhe fizera nenhum favor, com o seu elogio. Outros, de melhor sangue, já lhe tinham feito juízos altos. E insistiu na crítica. A conversa percorrera boa parte das aleias do parque. O lugar era agora o antigo terraço de onde se avistava o mar. Bentinho adiantou-se subserviente:)

"— Vejo que o senhor não quer senão o meu benefício..."

(Eu esperava nervosa e irritada o desfecho da conversa, já desesperançada. Foi então que Bentinho partiu para o que deveria ser o ataque, previsto no nosso plano. Não podia ter sido mais desastrável. Começou titubeante:)

"— Mamãe..." (silenciou, nervoso)

(José Dias assustou-se e acudiu-o levemente, olho no olho, "Que é que tem mamãe?" A frase veio acelerada, com as palavras a tropeçar uma na outra:)

"— Mamãe quer que eu seja padre, mas eu não posso ser padre!"

(O pasmo tomou conta do rosto de José Dias. Bentinho, assustado com a própria ousadia, mastigou, meio em desespero, o próprio discurso, quase inaudível de timidez e de um súbito ataque de gagueira.)

"— Não posso, não tenho jeito, não gosto da vida de padre. Estou por tudo o que ela quiser, mamãe sabe que eu faço tudo o que ela manda; estou pronto a ser o que for do seu agrado, até cocheiro de ônibus. Padre, não; não posso ser padre. A carreira é bonita, mas não é para mim."

(Já me considerava derrotada, quando, depois de outro silêncio, emergiu do caos, inteira e bem articulada, a frase mobilizadora:)

"— Conto com o senhor para salvar-me..."

(Maravilha! Tomei sôfrega as mãos de Bentinho, e rompi o silêncio com que vinha ouvindo o seu relato: — E ele? E ele? A reação de José Dias me surpreendeu, por inesperada; foi o oposto de sua fala até ali. Escancarou os olhos, as sobrancelhas arquearam. Seu rosto era todo estupefação. Em síntese, ficou totalmente aturdido. Mas, velha águia, em segundos se recompôs. Amansou a fala e, carregado de humildade, retorquiu:)

"— Mas o que eu posso fazer?"

(Bentinho lembrou-lhe o apreço de todos por ele, na sua casa. Os elogios de tio Cosme, as solicitações de D. Glória. O agregado buscou fugir pela tangência: louvou a virtude de ambos, a mãe, "uma santa", o tio "um cavalheiro perfeitíssimo".

A mais nobre família de quantas tinha visto. Admitiu, sem falsa modéstia, que tinha o talento, reconhecido pelo Dr. Cosme, mas esse talento era o de "saber o que é bom e digno de admiração e de apreço". Tremi. O lugar-comum final me soava como um tiro de misericórdia. Não era difícil identificar o que "era bom e digno de admiração e de apreço" para ele. Bentinho, para minha surpresa, contra-atacou, na direção contrária à minha expectativa:)

"— Há de ter também o de proteger os amigos como eu..." (José Dias terçava as palavras com habilidade:)

"— Em que lhe posso valer, anjo do céu? Não hei de dissuadir sua mãe de um projeto que é, além de promessa, a ambição e o sonho de longos anos. Quando pudesse, é tarde. Ainda ontem fez-me o favor de dizer: "José Dias, preciso meter Bentinho no seminário."

(Que capacidade para torcer os fatos! Pois se fora ele mesmo quem nos denunciara e alertara D. Glória para o risco do nosso namoro! Mentiroso! Cínico! Bentinho, talvez por tímido, conteve o impulso de desmascará-lo, de dizer-lhe, na cara, que ouviu a sua conversa anterior com a mãe... limitou-se, prudente, a replicar, com a mansidão de um cordeiro:)

"— Não é tarde, ainda é tempo, se o senhor quiser."

(Não podia ter sido mais feliz. Suas palavras bateram fundo e obrigaram o agregado a finalmente posicionar-se:)

"— Se eu quiser? Mas que outra coisa quero eu, senão servi-lo? Que desejo, senão que seja feliz, como merece?"

(Bentinho fulminou-o, para meu orgulho:)

"— Pois ainda é tempo. Olhe, que não é por vadiação. Estou pronto para tudo, se ela quiser, eu estudo leis, vou para São Paulo..."

XXVI

Essa última afirmação foi decisiva. O rosto de José Dias ganhou inédito brilho. Olhou brevemente para o mar e a linha do horizonte, na direção da barra. Bentinho insistia por uma resposta. Ela veio, reveladora:

"— É tarde, mas para lhe provar que não há falta de vontade, irei falar a sua mãe. Não prometo vencer, mas lutar; trabalharei com alma. Deveras, não quer ser padre? As leis são belas, meu querido... Pode ir a São Paulo, a Pernambuco, ou ainda mais longe. Há boas universidades por esse mundo afora. Vá para as leis, se tal é a sua vocação. Vou falar a D. Glória, mas não conte só comigo; fale também a seu tio. E mais: pegue-se também com Deus — com Deus e com a Virgem Santíssima."

Só Bentinho não alcançou o móvel da radical mudança de atitude do agregado. Se tudo desse certo, o mérito seria dele; se o plano falhasse, é que Deus e a Virgem assim o teriam definido.

Não, não estou sendo fiel; Bentinho pensou em Deus, mas para caracterizar um exagero: "Deus fará o que o senhor quiser." José Dias censurou-lhe a blasfêmia e deitou falação ambígua em que defendia as leis, mas não desfazia da teologia.

E confirmou o que eu suspeitara na sequência de suas palavras aparentemente isentas: "— Por que não há de estudar leis fora daqui? Melhor é ir para alguma universidade, e ao mesmo tempo que estuda, viaja. Podemos ir juntos; veremos as terras estrangeiras, ouviremos inglês, francês, italiano, espanhol, russo e até sueco. D. Glória provavelmente não poderá acompanhá-lo; ainda que possa e vá, não quererá guiar os negócios, papéis, matrículas, e cuidar de hospedarias, e andar com você de um lado para outro... Oh! as leis são belíssimas!"

E como! Era o preço. Perfeito. Em todas as minúcias. Havia que reconhecer que o agregado era extremamente hábil.

Bentinho reassumiu a tranquilidade dos ingênuos: "— Está dito. Peça logo a mamãe que não me meta no seminário."

José Dias preparava a justificativa para qualquer falha no projeto, pedir não era alcançar, por favor, que ele não o superestimasse, mas se a vontade de servir era poder de mandar, eles já estavam a bordo, e entusiasmava-se, os olhos perdidos, — Ah, a Europa! Você não imagina o que é a Europa! *Oh, le pèlerinage des grands restaurants*, oh, jantar à luz de velas na mesma mesa em que se sentou Voltaire! E os vinhos, os vinhos! Estava tão empolgado que levantou uma perna e fez uma pirueta, girando sobre a outra e erguendo os braços, como quem abraça o mar e o horizonte. A cena não poderia ter sido mais ridícula. Ele era uma dessas pessoas que está sempre voltando à Europa, embora, ao que parecia, nunca houvesse efetivamente estado lá. Muitas vezes tentara convencer D. Glória e o Dr. Cosme de que deveriam viajar, ele cuidaria de tudo; a ideia de acompanhar Bentinho tomou-o por inteiro: "— Estamos a bordo, meu amiguinho, estamos a bordo!"

Pelo sim, pelo não, na saída do Parque, Bentinho deu, ainda que com alguma vacilação, dois vinténs a um mendigo que pedia esmolas: — Meu nome é Bento, Bento Santiago, não se esqueça, informou, para que não pairassem dúvidas nos desígnios divinos. Ele buscava o aval dos Céus; era mais uma forma de transferir a outrem a decisão do seu destino. Não era procedimento de meu agrado, como passageira desse barco comum, se um dia viesse a ser comum, eu pensava; enfim, estávamos a bordo. Em manobras de levantar ferros. Olhei para o mar.

XXVII

Continuei seguindo os dois felizes caminhantes no relato de meu complicado companheiro. Iam de braços dados, como pai e filho; José Dias era outro. Trocara a sua habitual gravidade por uma agitação quase juvenil. Movia-se, falava pelos cotovelos, de tudo e de todos. Pararam diante do cartaz do Teatro São Pedro. Anunciava-se *O novo Otelo*, uma comédia do Dr. Macedo, o mesmo que escreveu um romance que eu adorei, chamado *A moreninha*. O agregado contou o enredo da peça, recitou alguns monólogos. Seguiram. Pagou todas as contas, recebeu o aluguel das casas, comprou um bilhete de loteria, e haja superlativos! Na Rua do Ouvidor, permitiram-se um breve chá numa elegante confeitaria. Entraram por fim, no ônibus. De repente, o ônibus e todos os demais veículos pararam. Um carro enorme, dourado, puxado por quatro cavalos, cocheiros montados e um criado à traseira; era o Imperador, que vinha da Escola de Medicina. Todos os passageiros desceram à rua. Os homens tiravam respeitosamente o chapéu, as mulheres inclinavam-se à passagem de Sua Majestade. Lamentei não estar lá; eu achava linda a sua figura, com aquela barba, aquele porte!

Eu pensava conhecer Bentinho. Mas não imaginaria a fantasia que alimentou naquele momento. Ele sonhou envolver o Imperador na nossa história. S. Majestade, a seu pedido, iria à casa de Mata-cavalos. Procuraria D. Glória, para espanto e deleite de toda a vizinhança, curiosíssima. A família, honradíssima, o receberia. E Dom Pedro pediria solenemente a sua mãe "que não o fizesse padre". Ela, lisonjeadíssima, obedientíssima, prometeria atender, não era um pedido, era uma ordem... E o Imperador proporia: "— A medicina — por que não lhe manda aprender medicina? É uma bonita carreira e nós temos aqui bons professores. Nunca foi à nossa escola? É uma bela escola. Já temos médicos de primeira ordem, que podem ombrear com os melhores de outras terras. A medicina é uma grande ciência; basta só isto de dar saúde aos outros, conhecer as moléstias, combatê-las e vencê-las... A senhora mesma há de ter visto milagres... Seu marido morreu, mas a doença era fatal, e ele não tinha cuidado em si... É uma bonita carreira; mande-o para a nossa escola. Faça isso por mim, sim? Você quer, Bentinho?"

Mesmo na imaginação, Bentinho era fiel a si mesmo:

"— Mamãe querendo..."

Eu li isto depois no seu relato. E ele justificou o gesto infantil com uma de suas muitas citações eruditas. No caso, remeteu ao poeta renascentista italiano Ariosto. Era um hábito de sua idade adulta. Referendar sempre o que dizia ou escrevia com uma citação ou uma referência. Lembro que, certo dia, leu para mim uma petição que redigira, a propósito de um caso de herança; o texto, de quinze páginas, trazia cinquenta e duas citações, de toda ordem. Enfim, ganhou a causa. Eu, para não passar por ignorante, nada dizia, mas, francamente, julgava o procedimento de uma afetação, de um artificialismo...

XXVIII

Citações e provérbios populares. Que os escrevesse e, por vezes, os reelaborasse, para atender às suas histórias, vá lá. É vezo de ficcionista e acabou sendo uma das marcas do seu estilo, pelo menos dos textos que li. Mas aquela mania de valer-se deles por dá cá aquela palha para mim sempre soou como mais uma artimanha: na verdade ele usa o pensamento alheio e a sabedoria popular para justificar-se. Não é de estranhar que buscasse explicar o seu devaneio imperial: "os sonhos do acordado são como os outros sonhos, tecem-se pelo desenho das nossas inclinações e das nossas recordações." Consulte Eça de Queirós: O Conselheiro Acácio não diria melhor.

Aquela viagem de ônibus, porém, estava realmente movimentada. Logo depois da fantasia de Bentinho, algumas ruas adiante, nova parada: desta vez era anúncio da saída do Santíssimo. O sino de Santo Antônio dos Pobres anunciava com solenidade. O boleeiro reteve novamente os animais. José Dias desceu com Bentinho. Os dois resolveram acompanhar o séquito. Eu não podia imaginar o espetáculo humilhante que logo se seguiria e que envolveu meu pai. Soube-o por ele, que me contou tudo, profundamente decepcionado. O assunto exige outro capítulo.

XXIX

— Os dois caminharam na direção da sacristia, ponto de encontro dos fiéis. Já havia algumas pessoas lá. O sacristão começou a distribuir as opas. Vi que Bentinho trazia um olhar grave e curioso. De repente, cheguei, confesso que esbaforido; cumprimentei-os de passagem; José Dias respondeu secamente; Bentinho mal correspondeu. Dirigi-me ao sacristão. Falei-lhe em voz baixa. O agregado correra a ouvir a conversa, Bentinho junto. Solicitei uma das varas do pálio. José Dias, imediatamente pediu outra para si. Só havia uma disponível. O agregado foi categórico: "— Pois essa!" Reagi, havia pedido primeiro. "— Pediu primeiro, mas entrou tarde", respondeu José Dias, eu já cá estava; leve uma tocha. Eu aguardava, na expectativa. O sacristão propôs uma solução para o impasse: obteria dos outros seguradores de pálio outra vara para ceder-lhe, o senhor fique calmo; o agregado não concordou com a solução: se havia outra vara disponível, essa deveria caber a Bentinho, "jovem seminarista" e, portanto, merecedor da honraria mais do que qualquer outro. Eu enrubescia de ódio e de vergonha. O sacristão, que conhecia Bentinho de missa e de mãe, perguntou-lhe se "era deveras seminarista". José Dias respondeu por ele: "— Ainda não, mas vai sê-lo." Vi que piscava significativamente para um estupefato Bentinho. Não era justo. Afinal de contas, eu era um devoto assíduo. Acompanhava o Santíssimo sempre, na visita aos moribundos, como essa que se iniciava. Durante muito tempo, é verdade, como portador de tocha, mas da última vez, com a vara. O pálio cobria o vigário e o próprio Deus sacramentado; tocheiro qualquer um podia ser, mas para estar junto do Senhor, a protegê-lo era preciso ser especial. E aquela era a segunda vez em que portaria pálio. Frustrei-me. Vi-me obrigado a tornar à tocha comum.

Bentinho tentou ainda passar o encargo a meu pai; o miserável do agregado não permitiu e ainda solicitou ao sacristão que desse a ele e ao seu companheiro seminarista as duas varas da frente, que abriam a marcha da procissão que, finalmente, lançou-se à rua. Meu pai amargava a fumaça da tocha e o sofrimento dos humilhados e ofendidos; o agregado, emproado, como se capitaneasse a nau que o levaria à Europa, caminhava, cabeça erguida, como se fosse a encarnação do próprio arcanjo Gabriel.

— A procissão não foi muito longe; levou-nos à casa de uma viúva tísica, na rua do Senado. À porta, esperava a sua filha, de quinze anos aproximadamente, o choro convulsivo, as lágrimas a molhar um rosto desgracioso, os cabelos despenteados, os olhos vermelhos e inchados, a imagem da desolação. Após a comunhão da doente, o vigário ungiu-a com os santos óleos. O pranto da moça tornou-se mais convulso e dominador. Observei que Bentinho procurava fugir da cena. Abrigara-se perto de uma janela, procurava com os olhos o exterior, não se sentia confortável, a dor o incomodava, dava para perceber. De repente, chorando tanto quanto a filha da indigitada senhora, atirou-se para o corredor, para desespero do agregado que procurava chamá-lo à razão. O choro foi, pouco a pouco, transformando-se em riso, inicialmente discreto, depois agressivamente ostensivo. Admoestações partiam de todos os lados, pedindo silêncio. A ponto de José Dias adverti-lo, em voz baixa mas severamente: "— não ria assim!..." Ele obedeceu prontamente. O ritual terminou, todos retornaram às varas e às tochas.

Bentinho depois me confessou que, naquele momento, sentiu a vara mais leve e que, no percurso de volta, viu que muitos rapazes de sua idade olhavam para ele, com admiração, as devotas que chegavam às janelas, ou estavam à porta, ajoelhavam-se contritas. Ele parecia efetivamente receber aqueles gestos como homenagem pessoal, tanto que, segundo ele mesmo, procurava imitar no porte e no olhar, a figura do Imperador. Papai, ao contrário, não conseguia engolir aquela tocha. Não tinha a tranquilidade e a passividade dos companheiros, honrados com a deferência. Odiei o agregado com todas as forças de minha vida.

XXX

É importante que se diga que essas visitas do Santíssimo eram bastante frequentes. A tuberculose, que levara tanto sofrimento àquela família, era uma ameaça constante. A cidade, em que pese a beleza da paisagem, não desfrutava de condições de higiene; a atmosfera, em vários sítios, era dominada pelo cheiro fétido, oriundo das águas estagnadas e dos dejetos, jogados diariamente nas praias pelos escravos. Sarampo, varíola, peste bubônica, vez por outra assustavam e dizimavam. Por isso, qualquer febre mais alta era um susto para os familiares e amigos. Mesmo porque, àquele tempo, a média de vida era muito baixa e muita criança morria logo nos primeiros anos. Na maioria dos casos, apesar dos esforços dos médicos abnegados, a solução era, literalmente, buscar em Deus o caminho da salvação. Papai tinha orgulho de participar dessa cerimônia solidária. Imagine-se o que sentiu naquele dia.

XXXI

Aquela história do pálio mexeu com minha cabeça. Conversei longamente com Sancha. Minha amiga achava tudo muito estranho: — Esse agregado é muito antipático; não gosto dele; e não sei como Bentinho se submete a tudo o que ele manda!

No dia seguinte, ele, muito alegre, me procurou, para contar a sua conversa com José Dias e o sonho que teve. Abafei minha raiva e fui firme: "— Não, Bentinho, deixemos o Imperador sossegado. Fiquemos por ora com a promessa de José Dias. Quando é que ele disse que falaria com sua mãe?" "— Não marcou dia; prometeu que ia ver, que falaria logo que pudesse e que eu me pegasse com Deus."

Não lhe disse nada do que papai me contara na véspera. Pedi-lhe que repetisse todas as palavras do agregado no episódio da tocha, as alterações de gestos, o som das palavras, a melodia frasal. Ele estranhou, mas repetiu. Tudo conferia. Bentinho, nesse particular, esmerava-se na minúcia. Eu analisava cada atitude e cada fala do agregado. Ele me olhava, com admiração incontida. A tal ponto que até registrou, no seu ardiloso discurso de sedução dos possíveis leitores: "— Capitu era Capitu, isto é, uma criatura muito particular, mais mulher do que eu era homem." E chegou a ser categórico: "— Há conceitos que se devem incutir na alma do leitor, à força de repetição." Não sei a quem ele pensava enganar. Digo isto, porque, logo após, usando como pretexto a minha aguda curiosidade, classificou as minhas ideias sutilmente de explicáveis e inexplicáveis. Chegou ao requinte de considerá-las "assim úteis como inúteis, umas graves, outras frívolas". Ao mesmo tempo que louvou o meu desempenho escolar, pois desde os sete anos, eu havia aprendido a ler, escrever e contar, francês, doutrina e agulhas, censurou-me por não saber fazer renda, por mais que D. Justina insistisse em me ensinar. Também comentou que eu não consegui aprender latim, esquecendo-se de que só não o fiz porque padre Cabral entendia, burramente, que "não era língua de meninas". E foi justamente esse juízo dele que me deu ainda mais vontade de aprendê-la, o que acabei fazendo mais tarde. Inglês, confesso, não era meu forte; bem que tentei e com um bom e simpático professor. Cheguei a entender o que lia, mas não falava. Eu nunca consegui pronunciar direito o som do *th*. Em compensação, aprendi a jogar gamão e dei muito capote no Dr. Cosme. Eu gostava mesmo era de desenhar. Cheguei a esboçar retratos de papai e mamãe, copiados de uma tela que havia na nossa sala de jantar. Você se lembra do perfil que tracei no muro? Manda a verdade esclarecer, entretanto, que nenhum dos meus ensaios ficou perfeito. Mas quem viu achou parecidos com os modelos, apesar dos olhos esbugalhados e da má solução que encontrei para os cabelos. Acresce que sempre desenhei de memória e nunca tive qualquer rudimento de técnica. Para mim, porém, estava tudo ótimo. Acredito que, se tivesse tido oportunidade de estudar, teria até ganhado algum prêmio. Digo isso porque música eu aprendi sem dificuldade. O piano era uma exigência da boa educação das moças, àquele tempo. Cheguei a tocar razoavelmente, inclusive algumas peças do Dr. Carlos Gomes. Música e leitura eram, aliás, meus passatempos favoritos. Li praticamente todos os romances importantes da literatura brasileira e portuguesa e, mais tarde, na minha temporada na Suíça, textos franceses e ingleses. Estes últimos me agradavam mais. Adorei Sterne! Aliás o preferido de Brás Cubas; amei

Madame Bovary, do Flaubert, e me identifiquei demais com *Madeleine Férat*, de Émile Zola. Eu gostava também de quadros e gravuras; com uma particularidade: movia-me o desejo de identificar paisagens, épocas, pessoas, histórias. Nesse sentido, o agregado até que me ajudava. Apesar da superficialidade do seu conhecimento, ou talvez por isso mesmo, orgulhava-se de sua erudição. O caso da efígie de Júlio César, que ornava, entre outras, a sala de visitas da casa de Mata-cavalos é ilustrativo.

Eu queria saber quem eram aquelas figuras, depois tomadas pelo Dr. Bento como inspiradoras, Nero, Massinissa e, sobretudo, César. José Dias sintetizou, diante de minha pergunta: "— César! Júlio César! Grande homem! *Tu quoque, Brute?* Um homem que podia tudo! Um homem que dava a uma senhora uma pérola no valor de seis milhões de sestércios!"

Eu indaguei quanto valia um sestércio. Ele, nitidamente, ignorava. Mas, como sempre, deu a volta na pergunta. Fiquei fascinada com a história da pérola. Não pelo valor material, mas pela significação do gesto. E mais fiquei, quando soube que a senhora que a recebera era nada menos do que Cleópatra, a rainha do Egito!

O arrebatamento foi tal, que perguntei a D. Glória por que nunca usava as joias do retrato da sala, sobretudo o grande colar e o diadema; ela respondeu melancólica: "— são joias viúvas, como eu, Capitu." — Quando é que a senhora as usou? "— Foi lá pelas festas da coroação." Empolguei-me: Conte-me como foi, conte-me!

Não, apressado leitor, não me tome por monarquista. Eu já tivera notícia da pompa daqueles dias, mas desejava saber o que acontecera nas tribunas da Capela Imperial e nos salões dos bailes. Papai e mamãe falavam com entusiasmo da Maioridade. Dei toda a razão ao Imperador em querer assumir o trono aos quinze anos. Amei o jovem monarca! Cheguei também a sonhar com ele, só que eu era Cleópatra e se casava comigo! E eu me via magnífica, trajada de um vestido azul-escuro, levemente decotado, os braços nus, um diadema de pérolas tão bem-acabadas, que iam de par com as duas naturais que me ornavam as orelhas, o meu imperador, elegantíssimo... e tinha a cara de Bentinho, era um Bentinho com barba! A minha curiosidade era geral, ia desde as mobílias antigas até o último pregão do vendedor de bilhetes de loteria. Imagine você que meu ex-marido, no seu livro, censurou essa minha qualidade, considerou-a um defeito de caráter e, como sempre, na tentativa de comprovar isenção, compensou a crítica com a caracterização do meu olhar.

XXXII

Deixemos o meu sonho a abrigar-se nos refolhos da memória, Cleópatra e o seu imperador romano a descansar nas tramas da História; passemos ao episódio mais imediato, centrado no juízo de Bentinho sobre meus olhos.

Que ele dissesse do meu olhar pareceria aos leitores incautos um elogio de admirador. A imagem, a bem da verdade, é, a propósito, consagradora. E me marcou. Para sempre. A cena descrita acabou se tornando antológica. Afinal, não quero ser injusta, como ele o foi: escrever bem, ele sempre escreveu; seu texto é deveras primoroso, reconheço; é certo que com a arte daquele senhor por trás; eu só não gosto é do excesso de citações e de referências, mas isso é problema pessoal.

Deu-se quando, passados dez dias do ajuste com o agregado, Bentinho foi ao meu encontro. Eram dez horas da manhã. Ele passou por mamãe, no quintal: "— Ela está na sala, penteando o cabelo; vá devagarzinho, para lhe pregar um susto!", ah, minha mãe, minha doce mãe e suas cumplicidades! Ele obedeceu; mas foi traído por um leve tropeção na porta. E, ademais, eu o vi pelo espelhinho que tinha diante de mim e que ele menosprezou, no seu texto, se você o leu, você se lembra. Era tosco, sim, mas eu gostava dele. Ao vê-lo, joguei o pente para o alto, levantei-me e perguntei, pressurosa: "— Então, há alguma coisa?" Sua resposta esfriou-me: não, não havia nada. Ele só tinha vindo para me ver, antes da aula de latim. "— Mas José Dias não falou?" "— Parece-me que não." "— Como parece que não? E quando fala?" "— Disse-me que hoje ou amanhã pretende tocar no assunto; não vai logo de pancada, falará assim por alto e por longe, um toque. Depois entrará na matéria. Quer primeiro ver se mamãe tem a resolução feita."

Mas é claro que tinha! Será que aqueles dois não percebiam? Se assim não fosse, não havia necessidade de intermediação!

Comecei a pôr em dúvida a mediação de José Dias; será que ele iria conseguir alguma coisa? Ele costuma ser atendido, mas nesse caso... você tem que teimar, insistir com ele, Bentinho! É caso de vida ou de morte!... Ele mudou o rumo da conversa; acontecia sempre que se exigia dele uma ação pronta e objetiva. "— Tudo bem, eu teimo, hoje mesmo ele há de falar, juro; deixe ver os olhos, Capitu..."

Não entendi; meus olhos? Que é que tinham os meus olhos? Lembrei-me, de repente, da definição que José Dias dera deles e que tanto me irritara: "olhos de cigana oblíqua e dissimulada." O meu estranhamento inicial foi-se transformando num sentimento que eu ainda não experimentara. Confesso que os achava bonitos, mas a frase me surpreendeu; fiquei de repente muito séria. Permanecemos assim vários minutos, as mãos presas, os olhos presos. Era como se todo o seu ser mergulhasse dentro de mim, através dos meus olhos. E todo o meu corpo pareceu tremer por dentro, numa excitação deliciosa de todos os meus nervos; cheguei a empalidecer por alguns segundos... e mais: deixei-me estar a namorar-lhe a boca, fresca como amadurecida e que me figurava insaciável... Não encontro palavras melhores para explicar esta maravilhosa e estranha sensação que, nunca mais, em nosso convívio, voltei a experimentar. Foi, aliás, a única imagem feliz de todo o seu texto, aquela que, vinculada ao fluxo das ondas, cunhou para dizer como os viu e sentiu: olhos de ressaca. Tenho que ser sincera: amei! Afrodite não teria sido mais poderosa. E eu tive certeza, naquele instante, como a rainha de Sabá, que o meu amado era meu e eu era do meu amado. Consulte a Bíblia, leitora, está lá, no *Cântico dos Cânticos*.

XXXIII

De repente, o encanto desfez-se, mas sem que a ternura finasse. Bentinho deixou-me as mãos e com as suas colheu-me os cabelos. — Posso penteá-los, se você quiser. Duvidei, sem muita convicção. "— Vai embaraçar tudo, isso sim." "— Se embaraçar, você desembaraça depois." Voltei-me, fiquei olhando para o espelho. O meu cabeleireiro começou a alisá-los com o pente e com toda a suavidade do mundo. Toda eu era emoção e envolvimento. Difícil dizer o prazer que me causava aquele ritual tão simples. "— Senta aqui, é melhor." Sentei-me. Disse-lhe rindo: "— Vamos ver o grande cabeleireiro." Bentinho esmerava-se; tomou duas porções iguais, para compor duas tranças; e as foi moldando devagar, com deleite; parecia saborear com os dedos cada fio; percebi que, matreiramente, fazia e desfazia o feito, inúmeras vezes, prolongando o prazer de que ambos desfrutávamos. Não sei quanto tempo ficamos ali. Finalmente, ele tomou da fita que estava sobre a mesinha de cabeceira e amarrou gentilmente as duas longas tranças que desciam pelas minhas espáduas, que o dorso de suas mãos tocou de leve. Estremeci. "— Pronto." "— Será que está bom?" "— Veja você mesma, no espelho." Eu estava realmente tomada de uma estranha sensação que não sabia identificar. Voltei a procurar-lhe os lábios, no espelho. Joguei a cabeça para trás; quase por instinto; assustado, Bentinho ergueu rápido as mãos e amparou-a, na altura do espaldar da cadeira; e, não sei com que forças, talvez as do amor, inclinou o rosto na direção do meu. Ficamos rosto a rosto, olho no olho, as bocas uma na linha da outra, a ponto de sentirmos o mútuo calor da respiração; ele me pediu, num tom de voz que me soou diverso do comum: — Levanta um pouco a cabeça, Capitu... você pode machucar-se... levanta, por favor! Não levantei. Fechei os olhos. Eu queria prolongar aquele sentimento gostoso que me tomava inteira. Aflorei os lábios e... Maravilhosa foi a sensação do beijo, longo, úmido. O universo parou naquele instante. De súbito, a razão retornou célere, como um golpe de vento; ergui-me rápida, ainda inebriada, e tomada de delicioso calor. Bentinho amparou-se na parede, como que preso de vertigem; quando dei com ele, meus olhos procuraram o chão; ficamos em silêncio, imóveis, as palavras afogadas na garganta. Por dentro, eu vibrava intensa e suavemente.

XXXIV

Passos no corredor! Recobrei rápido o controle. Era minha mãe. Eu conhecia aquele jeito de andar. Recompus-me com tal presteza que, quando ela surgiu à porta, encontrou-me a abanar a cabeça e a rir totalmente descontraída, diante de um Bentinho apalermado e sem graça. Era meu jeito de enfrentar as situações de risco. Critiquei o trabalho do improvisado cabeleireiro que ela achara lindo. Imediatamente, pus-me a desfazer as tranças: — Ora, mamãe, francamente! Desta forma, eu eliminava qualquer suspeita: desatar o trançado de Bentinho na minha cabeça. Deu certo. Mamãe chamou-me de tonta, e dirigiu-se a Bentinho dizendo que não se importasse, que era mais uma de minhas maluquices. Ele continuava lá, grudado na parede, a tal ponto que achei que ela poderia desconfiar; o pior é que ele não dizia palavra! Insisti no equívoco do penteado; mamãe disse-lhe então que D. Glória mandara chamá-lo para a lição de latim. Bentinho mal se despediu, e, sem olhar para mim, enfiou pelo corredor fora. Ela aproveitou para repreender-me: — Onde já se viu? Tratar assim um rapaz tão bonzinho, tão prestativo! Você viu como ele ficou? Não respondi.

Bentinho, como sabemos os que lemos aquele livro, recolheu-se ao seu quarto e, cheio de emoção e muita confusão na cabeça, acabou chegando à conclusão de que enfim "era homem!". Comparou-se mesmo ao descobridor da América, no momento do achamento da nova terra. Eu fiquei saboreando a deliciosa memória do beijo e ansiosa pela repetição da experiência. E aquele meu primeiro beijo foi talvez a mais grata e feliz lembrança de todo o meu convívio com o filho de D. Glória.

XXXV

Dirigi-me a meu quarto. Ansiava por contar a minha amiga Sancha o que tinha acontecido. No percurso, veio-me uma leve tontura e algo estranho começou a tomar conta de todo o meu ser. Era um misto de apreensão e de prazer profundo. Aos poucos, fui sendo tomada por uma grata sonolência. Adormeci; ao despertar, senti minhas pernas molhadas, uma flor rubra desabrochava na alvura do lençol. Então estava acontecendo comigo! Sancha bem que me avisara. Havíamos conversado sobre isso. Eu era finalmente mulher! No banho, enquanto a água percorria meu corpo, fui-me sentindo cada vez mais senhora de mim. Relaxei, e de novo adormeci. Acordei algum tempo depois e me veio a ideia de escrever um diário, que abri com o registro destas emoções. Um diário! Que maravilhoso interlocutor! Eu tinha visto um, de uma de minhas colegas, mas não avaliara o quanto podia ser útil. Tinha o meu, mas só ao tomar conhecimento do memorial do Conselheiro, pude avaliar-lhe a importância. A esse tempo, porém, eu já vivia por aqui, e tudo o que lá está escrito acabou me servindo para a retomada das sensações sobre as quais jamais pensei que um dia chegaria a escrever.

Aquele foi um dia de inaugurações. Fiquei bem mais tranquila. Durante todo o tempo, entretanto, movia-me a preocupação com Bentinho. Vi que tinha ficado muito perturbado com a chegada de D. Fortunata. Só me descontraí quando ele me contou o que tinha acontecido em sua chegada a casa.

XXXVI

Ele nada disse sobre o que havia sentido; sequer comentou o que acontecera; só falou de suas apreensões, como se tivesse cometido o mais mortal de todos os pecados. Naquele momento, passou por mim a sombra de um desencanto: ele sequer se preocupou com o que se passava comigo... ele não gosta de mim como eu gosto dele. Enfim chegou, pegou os livros, correu à lição, não sem antes, no caminho, moer-se de preocupação com os outros, que devia ser muito tarde, que leriam no seu semblante alguma coisa. Chegou, como o Dr. Bento escreveu, "a ter a ideia de mentir, alegar uma vertigem que me houvesse deitado ao chão, Capitu, mas o susto que causaria a minha mãe fez-me rejeitá-la". Veio-lhe à cabeça também prometer algumas dezenas de padre-nossos, mas como tinha outra promessa em aberto e outro favor pendente, e eu o sabia, era a história das mil missas, desistiu, diante da novidade alegre que, quando chegou em casa agitava a todos, a tal ponto, que seu atraso sequer foi comentado: Padre Cabral fora nomeado, por decreto pontifício, protonotário apostólico! Todos rejubilavam-se: Tio Cosme, Prima Justina, mamãe, embora ninguém soubesse o que realmente significava e Padre Cabral repetisse que não era propriamente o cargo que importava, mas as honras dele. Pensei de novo — ah, essa minha estranha mania de pensar! — Então o padre estava picado pela mosca azul da vaidade? Não dava para entender. Não era isso que a religião

que eu abraçava com tanto fervor ensinava; pelo contrário.
— Então, Capitu, Tio Cosme chamou-me à realidade da promessa que eu me esforçava por esquecer: "— Prepara-te, Bentinho, tu podes vir a ser protonotário apostólico!" Padre Cabral sorria com felicidade, enquanto tamborilava na caixinha de rapé. Eu imaginava a figura do padre, inchada de orgulho, e ao mesmo tempo buscando o disfarce impossível da humildade. O Dr. Cosme, ainda segundo Bentinho, lembrou que o título era por demais extenso para ligar-se ao nome do agraciado. Padre Cabral explicou que bastava que o chamassem Protonotário Cabral; subentendia-se o apostólico: "protonotário Cabral". E ficaram combinados assim. D. Justina, preocupada, trouxe à conversa uma questão relevantíssima: "— Mas, senhor Protonotário, isto o obriga a ir a Roma?" "— Não, D. Justina, infelizmente não". D. Glória, sempre atenta, complementou, com sua voz mansa, "— são só as honras, prima, só as honras". "— Agora não impede", Padre Cabral esclareceu solícito, "não impede que, em caso de maior formalidade, atos públicos, cartão de cerimônia etc. se empregue o título inteiro: protonotário apostólico; no uso comum, basta protonotário" e virgulou com um sorriso. Muito justo, concordaram todos, inclusive eu, disse Bentinho, que bom para o padre Cabral, você não acha, Capitu? Não respondi; pensei com meu latim: Vaidade das vaidades! Tudo é vaidade! José Dias chegou a tempo de aplaudir a distinção. Aproveitou para considerações vagas sobre acontecimentos religiosos, como os primeiros atos políticos de Pio IX etc. Curiosamente, não se comentava

nunca, naquela casa, o que acontecia no Império, as graves questões políticas e sociais que se delineavam; também de nada adiantaria: os presentes mal ouviriam, como mal ouviram a fala do agregado. O centro das atenções era um e único: a promoção do velho mestre de latim de Bentinho.

Diante do que via e ouvia, ele resolveu também cumprimentá-lo. Emocionado, o "protonotário" bateu-lhe levemente nas bochechas e culminou dando-lhe férias. Era a felicidade total. Bentinho exultou. José Dias, então, mostrou o que significava a sua habilidade: "— Não tem que festejar a vadiação; o latim sempre lhe há de ser preciso, *ainda que não venha a ser padre*."

Concordei com Bentinho; este era, finalmente, o nosso homem; era a semente sutil lançada à terra, para que os ouvidos familiares começassem a acostumar-se. Caiu em terreno fértil, mas ainda seco, com relação a D. Glória que, entre triste e amorosa, reagiu de imediato: "— Há de ser padre e padre bonito." (Sem comentário.) Outras vozes complementaram: "— E protonotário." "— Protonotário apostólico", disse padre Cabral, "o protonotário Santiago."

Bentinho confessou-me sua ira contida, minha língua queria dizer mil desaforos, Capitu, eu não quero, não vou ser padre e pronto! Não conseguiu ir além de um sorriso amarelo. Padre Cabral seguiu tecendo comentários sobre a futura carreira do meu irritado companheiro. Até que D. Glória o convidou para um jantar, a fim de lhe fazer uma saúde. O convite, prontamente aceito pela magra e voraz figura, foi quanto bastou para que retomasse com insistência a carreira de Bentinho e, o que é pior, se propusesse a providenciar junto ao "senhor bispo", já para o ano seguinte, o começo da carreira notável do "protonotário Santiago". D. Glória, embevecida, babava de satisfação diante do título eclesiástico: — Imaginem, o meu menino protonotário apostólico! Confesso que tudo aquilo me provocava engulhos.

O acontecimento deixou-me deveras desanimada. Havíamos dado um passo à frente, e agora nos víamos diante de dois atrás. Era preciso rever planos e estratégias, urgia agir com presteza e objetividade, disse-o enfática a Bentinho, que concordou comigo, mas com o entusiasmo dos que amam as decisões alheias. E ninguém se preocupou com saber o que era efetivamente um "protonotário".

XXXVII

Agora imagine você qual o procedimento do meu companheiro, aquele que trouxera à tona o meu lado escondido. Quando li, não acreditei. Em lugar de buscar, como eu, solução para o impasse que nos ameaçava, deixou-se simplesmente alienar por ideias sem pernas e sem braços. Era levar muito longe o gosto pelas imagens, francamente! A primeira delas, era óbvia: novamente me pentear, do mesmo jeito, e de novo me beijar, do mesmo jeito. Ele ainda não filosofava, como mais tarde, senão teria concluído como Heráclito, que ninguém se banha duas vezes nas mesmas águas do rio, ideia que, obviamente, também não me ocorreu naquele instante. Acabou indo a minha casa, com as pernas verdadeiras; eu estava na sala, costurando uma almofada e minhas ideias, que eram bem mais objetivas. Dirigi-lhe um olhar que queria dizer então? e aguardei. Ele nada disse, nada fez. Levantei-me. Finalmente decidiu-se. Aproximou-se mais. Perguntou maquinalmente se mamãe desconfiara de alguma coisa. Respondi que não. Esperei, com certa ansiedade, que me tomasse as mãos e me beijasse de novo. Estávamos sozinhos na sala. Arrisquei: mamãe não está em casa, as criadas estão cuidando do quintal e da cozinha. Cheguei a recuar um pouco, quando pensei que ele fosse tomar alguma iniciativa. Apenas um gesto reflexo. Toda eu era um só desejo. Se me beijar era a sua segunda ideia, essa não teve pernas, nem braços, nem vontade; ele ficou estático, os braços estendidos, o olhar parado.

Para justificar a sua inércia infantil, o Dr. Bento voltou a socorrer-se do livro de Salomão, mas foi só para ser fiel ao modelo de narrativa que elegeu. Citou o primeiro versículo do texto bíblico que, aliás, é de minha predileção: "Aplique ele os lábios dando-me o ósculo da sua boca", claro que complementado pelo versículo sexto, capítulo II, "A sua mão esquerda se pôs debaixo da minha cabeça e a sua mão direita me abraçará depois".

Bentinho não me osculou, suas mãos não tocaram em nenhuma parte de minha cabeça, sequer me ampararam. Boca e mãos sem ideias. Resolvi tomar a iniciativa.

XXXVIII

Comecei por perguntar se poderia ir cumprimentar Padre Cabral à tarde, quando ele fosse à sua casa, para o anunciado jantar. A resposta foi afirmativa. Disse-lhe, então, que papai gostaria de saudá-lo, mas era melhor que fosse à casa do padre. E insinuei, com sutileza: — Eu, que já sou meia moça, é que não posso ir lá, não ficaria bonito. Senti que mexera com os seus brios. Ora graças! E isso porque pegou-me levemente na mão direita, depois na esquerda, é verdade que um pouco trêmulo e indeciso. Eu não dei com a coisa, porque não me lembrei do *Cântico dos Cânticos*; por um momento, julguei que fosse me puxar para junto de si. Foi só mais uma ideia. Sem pernas. Mudei de tática. Talvez ele esperasse o mesmo gesto da manhã. Fingi que o fazia com a cabeça, embora ele não tivesse esboçado nenhum que me levasse a conduzi-la em sua direção. Estava alvoroçado e não conseguia escondê-lo. Ameacei tirar minhas mãos das dele. Eu recuava, mas na verdade o estava puxando para mim com os olhos. Dei um passo definitivo: coloquei um pé adiante e outro atrás e fugi com o busto; o efeito foi imediato: Bentinho tomou-me as mãos com força; retornei o busto à posição normal, e comecei a balançar a cabeça ora para um lado, ora para o outro, como quem foge da iminência de um beijo; ele já fazia forças para me reter e me aproximar ainda mais. Mas a essa altura, o pobre ainda não conhecia a lição salomônica e não lhe ocorreu tomar a cabeça com a mão esquerda e enlaçar-me a cintura com a direita. Eu, de minha parte, não podia ir além. Esperava que ele ousasse, e nada, só me puxava, me puxava, eu continuava a balançar a cabeça, cada vez com mais intensidade, e eu lhe dizia com o olhar, me beije, me beije... por um momento parei de movimentar-me e...

"— Abre, Nanata! Capitu, abre!" A voz de papai e o ruído do ferrolho na porta que dava para o corredor interromperam o nosso silencioso duelo. Alguém tinha que agir, agi. Rápida, segurei firme suas mãos, puxei-o para mim e levei minha boca a sua boca, no segundo beijo de nossas vidas. Concluo que nem sempre é fácil para os homens entender a sensibilidade das mulheres.

XXXIX

Foi tudo realmente muito rápido. A porta aberta, papai entrou na sala de visitas; eu já estava recomposta, de costas para Bentinho, como a cuidar da costura. Assim que o vi, perguntei: "— Mas Bentinho, o que vem a ser protonotário apostólico?" Aturdido, ele não conseguiu responder. Papai nem notou e saudou efusivo: "Ora vivam!" "— Que susto, papai!"

Não, eu não estava mentindo. Era o mínimo que eu podia fazer. Sancha me deu razão. Por dentro, meu coração batia apressado, dividido entre o susto efetivo, não o da entrada do pai na sala, mas o da batida na porta, na iminência do beijo, ansiado, esperado e afinal furtado.

Papai apertou a mão de Bentinho, e perguntou por que eu queria saber o que era protonotário apostólico.

Fui eu que lhe expliquei e lhe sugeri que devia ir cumprimentar o padre em casa dele. Eu o faria na casa de Bentinho. Juntei a costura, dei uma piscadela para Bentinho e entrei pelo corredor, com a frase nos lábios: "— Mamãe, jantar, papai chegou!"

Foi o que efetivamente aconteceu. Quando lhe mostrei esse capítulo, Brás não se conteve: — Você é bem da família, hein, irmãzinha! Não é à toa que alguém foi tão cuidadoso com você e com a minha Virgília!

XL

Cheguei para o jantar de Padre Cabral pouco antes da hora marcada. Encontrei-o ainda a polir os louros das congratulações. Por mais que se esforçasse, seu rosto, seu sorriso não escondiam o seu deslumbramento; era um protonotário apostólico! Entrei, beijei a mão a D. Glória, e a ele, saudei-o, chamando-o pelo título, "— muito obrigado, minha filha, papai está bem? E mamãe? A você não preciso perguntar: — essa carinha é de quem vende saúde. E como vamos de rezas?" Respondi sinceramente, como convinha. A este passo, José Dias — sempre José Dias! — por pura concorrência e competição fez um discurso em honra do papa Pio IX. Soou falso. E a impaciência do Dr. Cosme prontamente o desmascarou: "— Você é um grande *prosa*! Isso é o que é!"

O agregado não se deixava abalar com facilidade. Não se deu por achado; respondeu com um sorriso de superioridade; Padre Cabral veio em seu socorro com meia dúzia de adjetivos; ele continuou seguro sua louvação e me pegou de surpresa quando, no final de sua fala, piscou o olho para Bentinho e concluiu, certeiro: "— A vocação é tudo. O estado eclesiástico é perfeitíssimo, contanto que o sacerdote venha já destinado do berço. Não havendo vocação, falo de vocação sincera e real, um jovem pode muito bem estudar as letras humanas, que também são úteis e honradas." Padre Cabral não embarcou no argumento: "— A vocação é muito, mas o poder de Deus é soberano. Um homem pode não ter gosto à Igreja e até persegui-la, e um dia a voz de Deus lhe fala, e ele sai apóstolo; veja São Paulo." José Dias retorquiu, brilhante: "— Não contesto, mas o que digo é outra coisa. O que eu digo é que se pode muito bem servir a Deus sem ser padre, cá fora; pode-se ou não se pode?"

Era imbatível. Padre Cabral não teve como discordar.

A conclusão do agregado veio acompanhada de um olhar circundante: "— Pois então! Sem vocação é que não há bom padre, e em qualquer profissão liberal se serve a Deus, como todos devemos."

O protonotário não se deu por derrotado; continuou a insistir na vocação de berço, nos desígnios divinos, citou o seu próprio caso: nascido com a vocação da medicina, acabou no seminário por pressão do padrinho junto a seu pai. E foi aí que ele trouxe à baila o argumento que nos poderia ser extremamente útil: admitiu que poderia ter estudado algumas matérias no seminário e não se haver necessariamente ordenado. Dona Justina fez a pergunta que veio logo à minha cabeça:

"— Como? Então pode-se entrar para o seminário e não sair padre?" Deus estava do nosso lado! Agora fui eu quem piscou para Bentinho, que parecia não estar entendendo nada. Padre Cabral respondeu afirmativamente, e voltando-se para o filho de D. Glória, lembrou-lhe que sua vocação "era manifesta, os seus brinquedos sempre foram da igreja, ele adorava os ofícios divinos". Sorri por dentro, pensando nas nossas brincadeiras de missa e nos nossos beijos recentes; Bentinho parecia nervoso. Eu estava ao lado de D. Glória, aparentemente distante daquela "conversa de adultos". Mas não perdia uma palavra. Cheguei a decorar as falas principais, as mesmas que o Dr. Bento registrou. Bentinho me procurava com os olhos; chegou por duas vezes à janela, buscando-me, sinalizando para que eu me dirigisse para lá. Não fui. Dadas as ave-marias, despedi-me e saí. D. Glória, inocentemente ou não, disse-lhe que fosse comigo. Não achei prudente. Ela poderia estar jogando verde para colher maduro. "— Não precisa não, D. Glória, eu disse rindo, eu sei o caminho" e para o Padre Cabral: "— Boa noite, Senhor Protonotário."

Bentinho ignorou minha ponderação. Veio atrás de mim. Fiz-lhe sinal que voltasse. Ele insistiu, aproximou-se: "— Não venha não; amanhã falamos". "— Mas eu queria dizer a você..." "— Amanhã!... Eu sei o que estou fazendo!..." Eu falava baixinho. Ele insistia, quase em desespero; peguei-lhe da mão, pus o dedo na boca; uma preta, que veio acender o lampião do corredor, nos viu e sorriu cúmplice, murmurando algo que não conseguimos entender. Eu disse a Bentinho que ela havia desconfiado e que, por certo iria comentar com os outros serviçais. Intimei-o: "— Você fica!" Ele ficou. Estatelado, como sem ação, o medo traduzido no seu rosto.

XLI

No meu quarto, repassei o diálogo de Padre Cabral e José Dias, a oportuna pergunta de D. Justina. A melhor solução talvez fosse, de fato, Bentinho dizer claramente a D. Glória que não queria ir para o seminário. É claro que não poderia permitir a presença na conversa da sombra da sombra de uma suspeita do nosso namoro. Não nos podíamos esquecer de que ela já estava alertada. Avaliei o procedimento do agregado. Meu pensamento não conseguia evitar um juízo, talvez cruel. Ele veio insinuando-se aos poucos, ganhando corpo, até definir-se com nitidez, apesar de alguma resistência: a mudança de comportamento, a atitude aliada tinham apenas um motivo: o seu sonho de viajar com Bentinho para a Europa, ou, na hipótese menos favorável, para a cidade de São Paulo, claro que a expensas da família. Grandíssimo finório!

Acabei adormecendo. Tive um terrível pesadelo, onde eu me perdia num labirinto, perseguida por um imenso abutre de apavorantes asas negras e lutava por encontrar a saída, enquanto Bentinho, impotente, grudava-se estático às saias de uma bruxa, por sua vez acorrentada a uma imensa cruz de ferro, fixada a uma das paredes. Amanhecia, quando acordei com um terrível mal-estar, olheiras fundas, dor de cabeça, náuseas. Não saí do quarto, para o desjejum. Mamãe estranhou. Veio despertar-me. "— Minha filha, você não está bem." Contei-lhe os acontecimentos da véspera. Ela tranquilizou-se. "— Vou-lhe preparar um chá de erva-cidreira." Continuei deitada, tentando encontrar o fio de Ariadne que me levaria a sair do labirinto: *Labyrinthus non erat notus clarus viri, sed Ariadne, filia reginae...* Oh, desculpe-me, leitora atenta, parece que peguei a doença das citações, no caso até inadequada, pois mamãe está longe de ser rainha e Bentinho nada tem de Teseu, embora tenha-se perdido no emaranhado das suas emoções...

XLII

Bentinho se antecipara aos meus pensamentos. Contou-me o que acontecera após a minha saída. Logo depois, chegou o Dr. João da Costa, para a costumeira partida de voltarete. D. Glória perguntou ao filho se havia me acompanhado a casa. Respondeu com a verdade. E num impulso inusitado, talvez porque tomado pelo pânico de ter que ir, efetivamente, para o seminário, tomou, o que raramente acontecia, a iniciativa de uma atitude: "— Mamãe, eu queria lhe dizer uma coisa." Era um circunlóquio, mas já era um avanço. O susto empalideceu o rosto da cuidadosa genitora: "— Onde lhe dói? A cabeça? O peito? O estômago? Ai, meu Jesus, o que é que você tem, meu filho?" Pela reação, pode-se imaginar o tom de voz, a inflexão com que Bentinho falara. Ele poderia ter respondido que o que lhe doía era a alma; preferiu dizer que não tinha nada, não. D. Glória insistiu, meu tímido namorado recuou: "— É uma coisa, mamãe... mas, escute, é melhor falar depois do chá, logo... não é nada mau; mamãe assusta-se por tudo, não é coisa de cuidado." Custei a acreditar enquanto ele me contava. "— Mas então, Bentinho, você falou ou não falou?" "— Ela pensou de novo que eu estivesse constipado; tentei rir, para mostrar que não tinha nada, mas ela foi incisiva, você sabe como é mamãe nessas horas: queria saber o que era já. Pegou-me pela mão, levou-me para seu quarto, acendeu uma vela e "ordenou que lhe dissesse tudo". Eu ouvia, estarrecida.

— Sentamos em sua cama; ela sempre com minhas mãos entre as suas: "— E então, meu filhinho?" Ele repetia as palavras com certa emoção. — Então eu perguntei-lhe, para principiar, quando é que eu ia para o seminário. — Meu Deus! você estava concordando, Bentinho! Você estava admitindo que ia para o seminário! Será que não se deu conta?, eu disse, sem conseguir esconder a irritação. Mas segurei meu temperamento: — E ela? "— Agora só para o ano, depois das férias", ela disse. Ora graças! Ainda tínhamos algum tempo. Ele perguntou-lhe então se ia para ficar, se não voltava para casa. "— Volta aos sábados e pelas férias; é melhor. Quando te ordenares padre, vens morar comigo." Bentinho de certa forma até se tranquilizou. Tanto que enxugou os olhos e o nariz, a esse ponto molhados; ela afagou-o, chorosa, emocionada. O filho solidarizou-se; também ia sentir muito, e, para consolo de si mesmo, admitiu que a ausência só doeria nos primeiros dias, por longa; depois viria o hábito do convívio com os colegas e os mestres, e ele acabaria gostando de viver no seminário. A frase final de Bentinho não podia ser mais definidora: "— eu só gosto de mamãe." E ainda me confessou que adorou dizer isso, que se sentiu aliviado, e que, assim, desviava de vez as suspeitas sobre o nosso envolvimento... A tocante cena culminou com os dois abraçados, a cair na cama num riso aberto e feliz.

Para ser sincera, nunca vi ninguém tão contraditório! Mas a conversa não terminou. Voltaram a sentar-se, retomaram o diapasão da prosa, D. Glória aparentemente desarmada, até que as palavras desaguaram nas considerações vespertinas sobre vocação. Bentinho, ainda que a medo, conseguiu declarar que ainda não a sentia em si. A mãe ponderou com firmeza: "— mas tu gostavas tanto de ser padre! Não te lembras que até pedias para ir ver sair os seminaristas de São José, com as suas batinas? E em casa, quando José Dias te chamava Reverendíssimo, tu rias com tanto gosto! Como é que agora?... Não, não, Bentinho, e depois... vocação? Mas a vocação vem com o costume..." ela repetia o argumento do Padre Cabral. Ele ainda tentou contestá-la. D. Glória, firme, repreendeu-o com ternura, lembrou-lhe que era necessário cumprir o compromisso com Deus, que o deixara nascer, que Ele podia castigá-la, se ela não cumprisse a promessa, que ele deixasse de manha, e por aí além em tom patético. E Bentinho capitulou. Admitiu que lhe faria a vontade.

Não era manha, era moleza, ela corrigiu-se e ele mesmo admitiu, mais tarde, para comover os leitores do seu libelo. É uma de suas técnicas: o expor-se sem autocensura, só que ele sabe muito bem selecionar os fatos e os argumentos.

D. Glória então exigiu que fosse homem e assumisse os seus compromissos. Bentinho, num lampejo de lucidez, conseguiu obtemperar: "— E se mamãe pedisse a Deus que a dispensasse da promessa?"

A frase surpreendeu-a. "— Estás tonto, Bentinho? E como havia de saber que Deus me dispensava?" "— Talvez em sonho, mãe; eu sonho às vezes com anjos e santos..."

A matriarca resolveu encerrar a incômoda conversa. "— É inútil, meu filho; já é tarde. Vamos para a sala. Está entendido: no primeiro ou no segundo mês do ano que vem, irás para o seminário. O que eu quero é que saibas bem os livros que estás estudando; é bonito, não só para ti, como para o Padre Cabral. No seminário, há interesse em conhecer-te, porque o Padre Cabral fala de ti com entusiasmo." Meu Deus, como essa família se preocupava com a opinião!

Saíram. Bentinho admitiu e me disse que, no íntimo, sua mãe "gostaria de pagar a dívida com outra moeda, que valesse tanto ou mais, e não achava nenhuma..."

Eu há muito tempo pensava nisso. A mãe sofria por antecipação a separação do filho, que gostaria de ter ao seu lado por toda a sua vida, o substituto do falecido, que Deus haja em sua santa glória.

Por incrível que possa parecer, animei-me; o caminho estava ali: achar a outra moeda.

XLIII

Bentinho me trouxera aquele diálogo com a mãe, no dia seguinte, quando veio, como sempre, a minha casa. Encontrou-me a despedir-me de duas queridas companheiras de colégio, que tinham ido visitar-me. Paula, de quinze anos, filha de um médico, e Sancha, com seus dezessete, que você já conhece, mas não sabe ainda que tinha o pai comerciante de objetos americanos. Esta última terá notável importância nos futuros acontecimentos de minha vida.

Abatida, um lenço na cabeça, eu estava horrível. A última pessoa que eu gostaria que me visse naquele estado era ele. "— Pois é, Capitu; o que faremos? Dentro de dois ou três meses irei para o seminário..." Ele dizia isso com tanta passividade que quase desisti de tudo. Eu começava a me sentir só, naquela batalha. Havia conversado com minhas amigas sobre o nosso namoro, elas exultaram, mas não esconderam a preocupação com o nosso futuro imediato. Ambas achavam que Bentinho, às vezes, parecia muito criançola... Protestei, tentei defendê-lo, mas, no íntimo, eu concordava com elas. Hoje sei que não estava nem sendo original, que o amor se alimenta por vezes de inexplicáveis contradições.

O ritmo de minha respiração traía-me, a cólera represada ameaçava explodir e o prenúncio das lágrimas tomava conta dos meus olhos. Contive-me como pude. Passei as costas das mãos sobre eles. Bentinho tomou-as, como para consolar-me. Desabamos no canapé; ele com o olhar perdido no teto, eu a procurar no chão a moeda necessária. Na verdade, olhava para dentro de mim mesma. Fiquei assim longo tempo, sem que o meu companheiro, nitidamente distraído, se desse conta. De repente, ele assustou-se com a minha imobilidade e sacudiu-me suavemente. Foi quando voltei a mim e lhe pedi que me desse detalhes de sua conversa com D. Glória. Senti, nas suas palavras, que já estava arrependido de ter falado com a mãe, preocupado não com a causa em si, mas com o sofrimento dela; teria sido melhor, ele dizia, ter esperado que José Dias a preparasse, que ele não gostou da resposta que ouvira. Eu voltei os meus pensamentos para a moeda.

XLIV

Olhei fundo para Bentinho e perguntei-lhe, à queima-roupa, se tinha medo. Surpreendeu-se: "— eu, medo? Medo de quê?" "— de apanhar, de ser preso, de brigar, de andar, de trabalhar..." Ele não compreendeu. — Não estou entendendo... Mamãe nunca me bateu... Haja paciência! Eu não estava ouvindo isso! Limitei-me a fixar os seus olhos, para ver se transmitia um pouco mais de sensibilidade à ingenuidade de suas reações. Vi-o em pânico. Não parecia ter quinze anos. Talvez fosse mesmo melhor entrar para o seminário. O rigor e a disciplina encontrariam nele o servo obediente. — Esquece, eu disse. Acompanhei minhas palavras de um leve tapinha carinhoso no seu rosto imberbe: "— Medroso...", eu dissimulava, com plena consciência.

Ele não entendia nada, definitivamente. "— Não é nada, Bentinho... quem é que vai dar pancada em você? Desculpe, eu hoje estou meia maluca... deixa para lá, vamos brincar e..." Ele, para meu espanto, acordou: "— Não, Capitu, você não está brincando, neste momento, nenhum de nós tem vontade de brincar..." "— É, tem razão; foi só maluquice, até logo." "— Como até logo?" "— Está me voltando a dor de cabeça; vou botar uma rodela de limão nas fontes." Eu não mentia; era demais para mim. Amarrei o lenço à cabeça, levei-o até o quintal, sentamos na borda do poço. O céu estava encoberto, e um vento forte açoitava as árvores e os nossos rostos. Disse-lhe então que já não tinha esperanças, nossa separação era questão de meses; enquanto falava, rabiscava no chão, com uma taquara, narizes e perfis. Bentinho não percebia em nenhum momento a sutileza de minhas frases, a provocação que elas encerravam. Eu esperava uma reação intempestiva, a negativa até agressiva do que eu estava dizendo... e o que ele fez, o filho de D. Glória? Olhou os desenhos e me pediu a taquara emprestado, para escrever maquinalmente nossos nomes no chão, como eu os escrevera no muro, ele disse. Não entendi. Fingi não tê-lo ouvido. A defesa descansa.

XLV

Convenci-me de que não haveria saída: Bentinho iria realmente para o seminário. Sem volta. E seguiria passivamente, como o cordeiro destinado ao sacrifício. Isaac, o filho de Abraão, não teria sido mais passivo e conivente.

Eu me sentia ainda mais só. "— Se você tivesse de escolher entre mim e sua mãe, a quem é que escolhia?"

Instaurou-se um silêncio angustiado. "— Eu?" Ele tentava desesperadamente fugir do meu olhar e da pergunta: "— Eu escolhia... mas para que escolher? Mamãe não seria capaz de me perguntar isso..." "— Pois sim, mas eu pergunto e exijo resposta. Suponha que você está no seminário e recebe a notícia de que vou morrer..." "— Não diga isso!.." "— ou que me mato de saudades, se você não vier logo, e sua mãe não quiser que você venha, diga-me, do fundo do seu coração, você vem?"

Suas palavras vacilaram: "— Venho..." "— Contra a ordem de sua mãe?" "— Contra a ordem de mamãe." A surpresa agora era minha. Um riso descolorido acompanhou o gesto com que risquei no chão: *mentiroso...*

Na solidão do quintal, só nós dois. Bentinho olhava para o escrito, olhava para mim. E, sem mais aquela, partiu para a agressão: afinal de contas, a vida de padre não era má... Ele me testava; enganou-se; meu nome não é Aurélia, que me perdoe a minha colega; queria guerra, pois seria a guerra; pus o máximo de ironia que pude na minha fala: "— Padre é bom, muito bom, não há dúvida; melhor que padre, só cônego, por causa das meias roxas; o roxo é uma cor muito bonita; pensando bem, é melhor cônego." "— Mas não se pode ser cônego, sem ser primeiramente padre..." ele ingenuamente aceitava o jogo! Eu seguia, impiedosa:

"— Bem comece pelas meias pretas, depois virão as roxas. O que eu não quero perder é a sua missa nova; avise-me a tempo para eu fazer um vestido à moda, saia balão e babados grandes... Mas talvez nesse tempo, quem sabe, a moda seja outra. A igreja há de ser grande, Carmo ou São Francisco" "— A Candelária..." (ou ele fingia, ou era realmente mais simplório do que eu podia imaginar; diante do que li no seu livro, a primeira hipótese me parece a mais adequada). "— Qualquer uma serve, contanto que eu ouça a missa nova"...

Davi e Golias não duelariam melhor, se as pedras fossem palavras. Ele, atingido, contra-atacou, com a pedra de uma condição: eu ouviria a sua missa, desde que prometesse a Sua Excelência Reverendíssima duas coisas: a primeira é que só me confessaria com ele, que me daria, consequentemente penitência e absolvição; prometi, sem pestanejar; a segunda... ele hesitava; a segunda é que eu prometesse que ele seria o padre que oficializaria o meu casamento... *Touchée!* Ele conseguiu me emocionar, aquele sentimental... mas logo me refiz, girei a funda e a pedra certeira atingiu o seu coração, tenho certeza, até porque não conseguiu dizer mais nada: "— Não, Bentinho, seria esperar muito tempo; você não vai ser padre já amanhã, leva muitos anos... Olhe, prometo outra coisa; prometo que há de batizar o meu primeiro filho." (A emoção da lembrança me leva a encerrar o capítulo.)

XLVI

Senti-o desabado. Cheguei a arrepender-me do que dissera. Ele, no entanto, mais tarde, usou aquela nossa crueldade adolescente para tentar configurar a minha insensibilidade. Pobre Bentinho! Se imaginasse o quanto eu desejava, naquele momento, que o meu primeiro filho fosse também o seu filho, não teria escrito o que escreveu. E eu só pensava nisso, enquanto falava.

XLVII

Não foi outra a razão que me levou a oferecer-lhe toda a ternura molhada do meu olhar, quando ameaçou levantar-se. Meus olhos, antíteses de minhas palavras, suplicavam. E se houve momento em que fizeram jus à definição que deles dera, foi aquele. Ele não se ergueu. Passou-me o braço pela cintura, tomei seu rosto nas minhas mãos e...

Mamãe à porta da casa cortou o crepitar da chama. Discreta, retornou de imediato, sem nos dar tempo de mudarmos de posição. Eu já desconfiava que ela sabia do nosso namoro. Agora tinha certeza. Não nos perturbamos. O braço e a mão de Bentinho agora carregavam-se de ideias, certamente, pois continuavam a apertar suavemente a minha cintura. Meus dedos, por seu turno, percorriam as delicadas linhas do seu rosto. E nos pedimos perdão, muitas vezes, do que acabáramos de dizer um ao outro, eu alegava meu mal-estar, a dor de cabeça, os meus calundus, que ele os desculpasse; ele repetia mil vezes perdão, perdão, os olhos marejados, as palavras transbordantes. E eu já me via no altar, no dia do nosso casamento, mas não oficiado por ele: com ele a meu lado, tornando-me sua mulher. E jurei, de mim para mim, que, padre ou não, haveria de dar-lhe um filho. Cheguei a assustar-me da minha própria ousadia.

XLVIII

Meu gesto e o voo do meu pensamento fora interrompidos por suas palavras: "— Está bom, acabou; mas explique-me só uma coisa: por que é que você me perguntou se eu tinha medo de apanhar?" Pronto; voltou de novo a ser criança! Não foi por nada, respondi, esquece. E ele: "— diga sempre: foi por causa do seminário?" Peguei a deixa: "— É, foi. Ouvi dizer que lá dão pancada... não? Eu também não creio." Seu rosto ganhou brilho novo. Ele se fixara nessa modalidade de punição. Naquele momento, estou segura, aceitou com toda a credulidade a minha explicação. Mais tarde, depois da crise, é que resolveu pôr em dúvida o que eu disse e escrever que "a mentira é dessas criadas que se dão pressa em responder às visitas que 'a senhora saiu', quando a senhora não quer falar a ninguém" e entendeu que "a verdade não saiu", ficou no meu coração, "cochilando o seu arrependimento". É, não lhe tiro a razão. Se nós realmente ainda continuávamos os mesmos e somávamos nossas ilusões, nossos temores, já amealhávamos também as saudades do que tínhamos sido. Naquele momento, começávamos a nos perder?

XLIX

Mas Bentinho me surpreendeu: "— Não! Você jura uma coisa? Jura que só se há de casar comigo?"

Ele adivinhara meu pensamento. Era só o que eu queria! Jurei uma, duas, três vezes, por mim, por nós, por tudo e fui mais longe: disse-lhe que se se casasse com outra, eu não me casaria nunca! Desta vez o susto foi dele: ele casar-se com outra?

Mesmo na emoção, eu nunca conseguia deixar de ser lúcida. Não sei se era um bem, ou um mal. Ponderei que ele poderia encontrar outra moça que lhe quisesse, apaixonar-se por ela e se casar; e não teria tempo para lembrar-se de mim...

Bentinho jurou e rejurou que só se casaria comigo. Não me bastava: "— Juremos que nos havemos de casar um com o outro, haja o que houver." Era pedir alto, mas ele reconheceu que a minha solução era mais completa. Elogiou-me a rapidez e clareza do pensamento. De outra forma, poderíamos acabar solteirões, sem quebra do juramento. Por outro lado, eu sabia que assim estava fortalecendo nele a resistência à carreira eclesiástica. E juramos. Com todo o nosso fervor e unção religiosos. Meu namorado complementou: "— Se teimarem muito, irei; mas faço de conta que é um colégio qualquer, não tomo ordens." Relutei um pouco, mas acabei concordando com ele: e evitávamos uma ação mais ofensiva de D. Glória. E mais: com qualquer resistência ao seminário, corria-se o risco de confirmar a denúncia do agregado.

Jurados e tranquilos, começamos a viajar no nosso futuro comum. Ele me prometia uma vida bela e sossegada, na cidade ou na roça, não importava. A casa teria jardim, móveis, uma sege, um oratório bonito e de jacarandá. Ah, e com a imagem de Nossa Senhora da Conceição. Era uma forma, ele disse, de assegurarmos as nossas boas relações com o Céu. Tanto que propôs acendêssemos uma vela todos os sábados.

Acredito que, de fato, naquele momento, ele ainda me amava. Com toda a sinceridade de sua adolescência.

L

Falei do juramento a mamãe. Contei-lhe o que estava acontecendo conosco. Compreensiva, aprovou o namoro, não sem alguma ressalva: — Faço muito gosto, minha filha, acredito que seu pai também. O Bentinho é um menino de boa família, uma família de posses, você pode fazer um bom casamento. Mas poderá sofrer muito. D. Glória é muito bondosa, mas não gosta de ser contrariada. Além disso, é muito religiosa, é religiosíssima, como diria aquele moço meio esquisito que mora com eles. Vocês têm que ter muito cuidado. A única esperança que vejo é que, no fundo, D.

Glória gostaria de manter o filho sempre a seu lado e penso que sempre sonhou com um neto, que daria continuidade à família Santiago. Depois, trata-se de um filho único... Mas promessa é promessa... — Havemos de encontrar uma saída, mamãe!

— Assim espero, minha filha, assim espero...

LI

Os dias passaram. E viraram meses. Continuávamos a nossa vidinha de sempre. A escola, os encontros, na minha casa, na dele. Aos domingos, íamos à missa em São Francisco, cada um com sua família. Os Santiago tinham lugar cativo, fronteiro ao altar. O pároco os cumprimentava sempre com efusão. Evitávamos falar do seminário, desde que percebemos que era assunto decidido. Estávamos tranquilos, um ano era um prazo suportável, sobretudo porque ele estaria em casa todos os fins de semana. Adotamos o máximo de discrição nos nossos encontros, e a palavra se sobrepunha a qualquer ação. E como falávamos! Eram juramentos e juramentos, promessas, planos. Confesso que sentia falta do beijo, cada vez mais raro: Bentinho pelava-se de medo de ser surpreendido. Padre Cabral, sempre que vinha para as aulas, passava vários minutos a conversar com D. Glória, meio em segredo. Concluí com Bentinho que tratavam de sua partida.

O movimento de malas e roupas sinalizou a proximidade da data fatídica. Na véspera, fui à casa dele, como sempre. Sabíamos que tudo estava preparado. D. Glória promoveu um jantar para toda a família. Eu fui convidada, a pedido de Bentinho. Ele mal conseguiu cumprimentar-me; atirou-se aos meus braços, em soluços convulsivos, oh, Capitu, o que vai ser de mim, o que vai ser de nós... Eu também comecei a chorar, Deus tinha que ser nosso aliado, Ele fere e cura, meu querido, lembre-se disso... Ficamos abraçados assim por um tempo infinito. As lágrimas molhavam a nossa impotência e a minha ira. Por fim, a um chamado de D. Glória, conseguimos nos recompor e fomos para a sala de jantar. Nem tudo afinal, estava perdido, eu pensava, agora com plena lucidez. Depois de muita negociação, de muita conversa de José Dias com Padre Cabral, depois de muito comentário do Dr. Cosme, vencera a tese da experiência da vocação. A solução foi dada, obviamente pelo padre, com a sua autoridade de protonotário apostólico, decisiva para a mãe de Bentinho. Ele ingressaria no seminário. Se, no fim de dois anos, não revelasse vocação eclesiástica, aí então seguiria outra carreira. Foi um dos raros momentos em que as palavras de Padre Cabral revelaram o equilíbrio entre a convicção religiosa e o imperativo da razão. Pelo menos era o que eu pensava. "— As promessas devem ser cumpridas como Deus quer. Suponha que Nosso Senhor negue disposição a seu filho e que o costume do seminário não lhe dá o gosto que concedeu a mim, é que a vontade divina é outra. A Senhora não podia pôr em seu filho, antes de nascido, uma vocação que o Senhor lhe recusou." D. Glória empalideceu por instantes e engoliu em seco, sem qualquer contestação. Esse pronunciamento, também reproduzido no livro do Dr. Bento, reacendeu-me todas as esperanças. Comentei com Bentinho, em voz baixa: — Veja bem: nem tudo está perdido! Padre Cabral, de certa forma, está perdoando antecipadamente sua mãe por uma possível quebra da promessa! E é o próprio Deus quem assume a responsabilidade de relevar a dívida! Bentinho chegou a entusiasmar-se. Disse-lhe então que agora tudo dependia dele, do seu comportamento no seminário. José Dias trouxe o reforço necessário: e ponderou que um ano, parecia-lhe, seria tempo bastante para a manifestação dos altos desígnios do Senhor; e, piscando para Bentinho: estou seguro "de que, dentro de um ano, a vocação do nosso Bentinho se manifesta clara e decisiva. Há de dar um padre de mão-cheia. Também se não vier em um ano..."

De repente, me veio um pensamento estranho: como era fácil para aquelas pessoas decidirem sobre a vida dos outros! E que manifestação de onipotência que os levava a tamanha transferência de responsabilidade! Minha vontade era gritar, vocês não têm esse direito! Mais uma vez me contive. Um deslize agora, seria fatal. José Dias não fez por menos, pegou a todos pela palavra: dirigiu-se a Bentinho, cheio de conivência e cumplicidade: "— Vá por um ano, um ano passa depressa." Acentuou a fala seguinte: "se não sentir nenhuma vocação, é que Deus não quer, como diz o padre, e nesse caso, meu amiguinho, o melhor remédio é a Europa." D. Glória dirigiu-se a mim, carinhosamente: "— Minha filha, você vai perder o seu companheiro de criança..." — É para o bem dele, D. Glória; E depois ele já me tinha dito. Conversamos muito sobre isso. Cumpra-se a vontade de Deus, não é mesmo? Disse e beijei-lhe a mão, respeitosamente.

Não me censurem. Todos ali, afinal, representávamos um papel naquela ópera bufa, todos éramos comparsas da mesma hipocrisia.

Decidi, naquele instante, que, de minha parte, iria conquistar definitivamente a minha futura sogra; eu estava determinada a me casar com o homem que eu amava e este homem era o filho dela. Mas voltemos à nossa despedida especial que, como diria o Dr. Santiago, com o distanciamento que marca o seu texto, merece um capítulo também especial.

LII

Foi na minha casa. Na véspera do dia do jantar. Estávamos na sala de visitas. Antes de acender as velas, à meia-luz do entardecer. Eu usava um dos meus vestidos preferidos, que me ia muito bem, como me dizia Sancha. Era azul-claro, de cambraia, a saia redonda, uma larga fita na cintura. Mamãe tinha ido visitar uma amiga e papai ainda não voltara. Juramos ainda uma vez que nos casaríamos um com o outro. Tomamos nossas mãos umas nas outras, e mais uma vez, nossos lábios se uniram... Bentinho ainda levantou uma dúvida que o estava martirizando: será que o nosso juramento não era pecado? Afinal ele estava indo para o seminário...

e aquele beijo? Será que ele não teria que se confessar e... Convenci-o de que pecado era tomar o Seu Santo Nome em vão e fazer certas promessas... E isso nós estávamos longe de ter feito; ele não ia falsamente ao seminário, uma vez que o credor do contrato de sua mãe conduzia o compromisso para o cartório do Céu. Lembrei-me de José Dias e argumentei: "— Deus como fez as mãos limpas, assim fez os lábios limpos, e a malícia está antes nas cabeças perversas do que na inocência dos que beijam como nós nos beijamos..." Ele e eu sabíamos que sua investidura era eu, que sua vocação era eu, como ele era a minha vocação e a investidura da minha vida.

LIII

No dia seguinte ao do jantar, papai foi à casa dos Santiago, para despedir-se do futuro clérigo. Ele me contou o que aconteceu.

D. Glória recebeu-o e conduziu-o ao quarto de Bentinho. "— Dá licença?"

— Pode entrar, Sr. Pádua. Bentinho estendeu-lhe a mão e ele o abraçou ternamente, como quem abraça um filho. Desejou-lhe felicidades. Fez alguns comentários sobre quanto todos o estimávamos, advertiu-o sobre o caráter dos aduladores baixos, principalmente certos parasitas que abusam do abrigo da casa alheia; completou com a oferta dos seus préstimos, da companhia de nossa família, que se a importância era insuficiente, compensava-a a intensidade da afeição, enfim, colocou-nos e à nossa casa às suas ordens, e pediu-lhe apenas que não o esquecesse, não esquecesse o velho Pádua. Culminou solicitando uma lembrança, um caderno, um botão de colete, qualquer coisa que já não lhe prestasse para nada; "o valor era a lembrança".

Corei de vergonha diante do relato de meu pai. Como pôde mostrar-se tão subserviente? E aquela história da lembrança, meu Deus!... Mais envergonhada ainda fiquei com o objeto com que Bentinho o obsequiou. Tenho a certeza de que a destinatária era eu. Ele acabou minimizando a gentileza ao dá-lo a meu pai. Era nada menos do que um pequeno embrulho rosa, que continha... imagine, romântica leitora, um cachinho dos seus cabelos! Papai agradeceu emocionado e abraçou-o efusivamente.

Eu não sabia onde me enfiar. Mas procurei entender o meu velho e sensível pai. Poupei-o de qualquer palavra constrangedora, ao ver seus olhos úmidos, durante o relato. Por outro lado, notei-lhe uma expressão de frustração e desengano; compreendi que ele sabia do nosso envolvimento; só ignorava o nosso compromisso.

LIV

Assisti à partida de Bentinho do alto da minha janela. D. Glória o abraçava seguidamente. Dona Justina tinha suspiros intermitentes, que se assemelhavam a soluços sem lágrimas. Chorava para dentro. Era própria dela, sempre a esconder seus verdadeiros sentimentos. O Dr. Cosme era o único que sorria. E foi com um sorriso que correspondeu ao beija-mão de Bentinho, e com uma frase alentadora: "— Anda lá, rapaz, volta-me Papa!" José Dias mantinha-se distanciado, o olhar e a postura gravíssimos. Eu sabia que ele e Bentinho haviam conversado na véspera, numa última tentativa de suspender a subida àquele calvário. Impossível, àquele passo. Sabíamos, porém, que a guerra não estava perdida. Apenas cedíamos terreno ao inimigo. Antes de um ano estariam a bordo, repetia o agregado. Bentinho — sempre alheio — achou o tempo muito curto, o que levou José Dias a um comentário ainda mais aleatório: a época talvez não fosse boa para atravessar o Atlântico; ele iria indagar; se não houvesse problema, viajariam em março ou abril. Bentinho, já com receio antecipado da mudança, disse-lhe que preferia estudar medicina aqui mesmo. Para mim aquilo tinha sido um diálogo de surdos. Não sei como podiam encarar assim o problema, esquecidos da questão central, meu Deus! E o pior é que José Dias passou a defender a Europa atacando a opção alopática da Escola de Medicina... Era demais.

E lá seguiu Bentinho, molhado pelo último beijo materno em meio aos saudares e pedidos de bênçãos dos escravos, e de meu olhar escondido, adornado de adeuses mútuos, na esteira da última frase do agregado: "— Aguente um ano; até lá está tudo arranjado". Fechei a janela e chorei.

LV

Basta de lágrimas e de despedidas. Voltemos aos meus cuidados com D. Glória. Precisava dela como minha amiga, para garantia do retorno tranquilo de Bentinho. Não medi esforços. Fiz-me assídua na casa. Visitava-a diariamente. Passava com ela longos momentos em que ela lembrava cada instante, cada gesto, cada sorriso do filho muito amado. — Você precisava ver, a gracinha que era, quando ele imitava o pai, os criados! E tinha lá os seus quatro aninhos, os cabelos compridos, em madeixas, uma graça! E no dia em que resolveu imitar uma menina da sua idade? Tio Cosme chegou a ficar irritado, ele, normalmente tão alheio a tudo... você decerto não se lembra, mas numa das primeiras vezes em que vocês se encontraram, você trazia uma linda boneca de porcelana, muito graciosa; ele não sossegou enquanto você não deixou que ele brincasse com ela... ah, o meu menino! E agora lá, longe, sozinho, naquele seminário...

Eu ouvia, sem demonstrar qualquer enfado, mas também sem qualquer entusiasmo que pudesse soar suspeito.

D. Glória era naturalmente simpática e sensível. Pouco a pouco começou a aproximar-se de mim, a reparar em mim, nos meus gestos, nas minhas atitudes. E louvava-me o brilho dos cabelos, a oportunidade de uma frase, a presteza do pensamento: — Essa menina vai longe! Chegou a dar-me um belíssimo anel dos seus e algumas galanterias. Pedi-lhe um retrato, para colocar no meu toucador. Não quis fotografar-se. Deu-me, em contrapartida, uma miniatura, feita aos vinte e cinco anos. Ela ainda guardava muito o brilho e a beleza daqueles tempos. A gentileza do mimo me fez esquecer por instantes o outro lado da matriarca.

LVI

A vida seguiu, pontilhada de cartas e visitas. A ida de Bentinho para o seminário abriu inicialmente um vazio no meu todo-o-dia. Se já não tivesse certeza, teria a confirmação de que ele realmente já fazia parte de minha vida, como se integrasse a circulação do meu sangue. Pouco a pouco, porém fui-me adaptando. Até porque, convenhamos, ele viria para casa todo fim de semana. O único problema é que sempre viria como seminarista. Eu procurava suprir a sua falta com as visitas diárias a D. Glória. Nossas relações se estreitavam a cada dia. Houve momentos até de confidências, num dos quais me contou dos cuidados que Bentinho infante lhe exigira. Soube, por exemplo, que até os cinco anos, dormia no quarto dos pais, muito mais depois do falecimento do Dr. Santiago, quando adorava passar para a cama da mãe e adormecer abraçadinho a ela; e não era por carência de cômodos na fazenda ou na casa, que os tinha numerosos. Pude também avaliar o poder e a força do agregado junto a ela. Momentos houve em que já não tomava qualquer decisão sem consultá-lo. "— Preciso vender a propriedade de Itaguaí, o senhor o que acha, Sr. José Dias?" Ele buscava saídas ambíguas, sempre superlativas: "— É uma decisão delicadíssima, que deve ser assumida com muito cuidado, o Dr. Cosme, o que acha?"

O Dr. Cosme me tratava como uma princesa. A única que resistia e guardava uma incômoda cerimônia era D. Justina. Sua influência, porém, era pouca ou nenhuma no contexto da família.

Bentinho, de início, me escrevia todas as semanas. José Dias era nosso correio secreto. E eu podia assim acompanhar os seus passos no seminário. Ao mesmo tempo, dávamos sequência ao plano de negativa da vocação. Por prudência, nunca dei notícia de nossa correspondência a quem quer que seja. E, também pelo mesmo motivo, minhas cartas para ele eu as entregava pessoalmente, nas suas visitas a casa. Depois que vi aquele livro, cheguei a pensar em publicá-las. Melhor não, concluí. Há fatos da vida que tanto mais valem quanto mais se abrigam na intimidade da memória.

Foi através da primeira carta que eu soube do colega que escreveu um "Panegírico de Santa Mônica", história que o Dr. Bento acabou transformando em capítulo do seu livro.

É interessante verificar, através dessa história, as marcas do caráter do meu ex-marido; 55 anos de vida em lugar de amadurecerem as qualidades, culminaram por consolidar nele os traços negativos. O seu comentário diante da pergunta do expectante autor dá a medida do seu comportamento e do seu caráter. Ele mentiu. Sem drama de consciência. Mentiu três vezes e sem qualquer grandeza bíblica: a primeira quando, não tendo lembrança do texto, disse que o conservara e que não se extraviara; a segunda, quando, de posse do novo exemplar, levado pelo amigo pressuroso, respondeu à sua pergunta sobre se se recordava bem do texto; a terceira no juízo sobre o seminário que transcrevo, para reavivar a memória dos que o conhecem e para trazê-lo ao conhecimento dos possíveis novos leitores: "— Panegírico de Santa Mônica! Como isto me faz remontar aos anos de minha mocidade! Nunca me esqueceu o seminário, creia. Os anos passam, os acontecimentos vêm uns sobre os outros, e as sensações também, e vieram amizades novas, que também se foram depois, como é lei da vida... pois, meu caro colega, nada fez apagar aquele tempo da nossa convivência, os padres, as lições, os recreios... os nossos recreios, lembra-se? O Padre Lopes, oh! O Padre Lopes..."

Para ser franca e honesta, nunca conheci ninguém tão preocupado com as conveniências. Não teria sido bem mais simples e correto admitir simplesmente que não lembrava? Mas naquela idade, eu ainda não conhecia realmente o meu futuro marido.

LVII

Texto puxa texto e me vem à lembrança a história do soneto que ele, Bentinho, tentara compor, naqueles tempos. Cheguei a acreditar que eu teria sido a sua musa inspiradora. Hoje não tenho ilusões. Também a importância da homenagem teria sido relativa: não passara de dois versos. Apenas dois. E sem qualquer relação de um com o outro.

Nunca fui, sinceramente, uma pessoa ligada à arte da poesia. Não sou conviva do mistério da criação, como ocorre com alguns privilegiados. O pouco que sei de técnica do verso e de retórica aprendi na escola. Mas sempre fui leitora de bom gosto. Todo aquele esforço, insônia, olhos esbugalhados, e o "alvoroço da mãe que sente o filho, e o primeiro filho", tudo isso para terminar numa exclamação pífia, sem maior originalidade? E ainda escrever um poema não por necessidade íntima e imperiosa, mas apenas por pura vaidade? Não há como discordar de mim: *Oh! Flor do céu! Oh! Flor cândida e pura* dói, mas não na alma, dói no ouvido e na sensibilidade. Dispenso a identidade com tal flor. Mesmo porque o poema não teve continuidade. A pena do autor era tão canhestra e sua desinspiração de tal ordem, que ele partiu direto para o último verso: *Perde-se a vida, ganha-se a batalha*. O autoelogio com que o Dr. Santiago, do alto dos seus 55, se gaba dessa pérola, é de estarrecer. E admite que já não era eu o núcleo geral da imagem. Segundo ele, era a Justiça, como podia ser a Caridade, ou qualquer outra virtude. Configura-se, a cada palavra sua, o artificialismo da construção.

Com esse material, era realmente difícil chegar aos catorze versos de um soneto. Não, Bentinho não me convence como poeta; prosador, acabou sendo, por força do que aconteceu conosco. E podia ter sido mais feliz na poesia; afinal, aquele senhor que está por trás de tudo deixou dois sonetos altamente representativos e belíssimos; a propósito, acredito que, ainda nesse caso, ele estava usando a sua conhecida ironia...

O conceito de criação poética de Bentinho é, aliás, sintomático e vem ao encontro dessa opinião: entender que um soneto é mobilizado por condições climáticas, pelo lugar de feitura e pela eventualidade do lazer, admitir que compor um soneto é "dar-lhe uma ideia e encher o centro que falta" é de uma indigência mental e literária de dar dó e que eu só posso admitir como sendo, de fato, um exercício sutilmente irônico. Daquele senhor, é claro.

LVIII

Carta por carta, uma das mais importantes foi aquela em que ele me contou que, finalmente, havia encontrado um amigo, entre os colegas do seminário. Suas palavras não escondiam o seu entusiasmo e o seu encantamento:

Prezada Capitu:
  As saudades são muitas. Ainda não consegui terminar o soneto a que me referi na última carta. Continuo empacado nos dois versos que você conhece. A grande novidade é que finalmente, encontrei um amigo! Você vai gostar muito dele, estou certo. Chama-se Ezequiel de Sousa Escobar. É um rapaz esbelto, olhos claros, um pouco fugitivos, como as mãos, como os pés, como a fala, como tudo. O que me intriga é que não olha de frente para as pessoas, nem costuma falar claro e seguido. Mas é esse seu jeito de ser que me encanta, embora costume afastar alguns colegas. E tem um hábito curioso: quando cumprimenta, suas mãos não apertam as outras, nem se deixam apertar delas, porque os dedos, sendo delgados e

curtos, quando a gente cuida tê-los entre os seus, já não tem nada. Com os pés, acontece a mesma coisa: quando se pensa que estão cá, estão lá. Tem um belo e largo sorriso, feito de espontaneidade: ele ri folgado e largo, o que me provoca certa inveja, pois, como você sabe, rio pouco e com muito comedimento. Mamãe sempre me diz que é falta de educação a gente rir alto. Quase sempre o encontro no pátio, cogitando. Quando perguntado sobre o objeto do seu pensamento, responde que medita sobre algum assunto espiritual, que jamais revela, ou que está recordando as lições da véspera. Assim que nos conhecemos, ficamos íntimos. É como se fôssemos antigos companheiros. Falei de mim, falei de nós. Ele me pediu explicações e explicações. Quer saber tudo a meu respeito. É mais velho do que eu três anos, seu pai é advogado em Curitiba. No Rio, tem um parente, um comerciante, um homem de fortes sentimentos católicos. E tem uma irmã que, segundo ele, é um anjo, na beleza e na bondade. Ele me mostrou até algumas cartas dela. Eram simples, afetivas, cheias de carícias e conselhos. Tenho certeza que você vai adorar conhecê-lo.

O seu,
Bentinho.

Não escondo: fiquei curiosa. Quem seria esse Escobar, já tão presente na vida de Bentinho? E aquela jovem? Não gostei nada do entusiasmo da carta por ela. Na época. Depois vi que tinha razão. O Dr. Bento admitiu a sua atração de seminarista pela moça. Chegou a sonhar com sua figura. Ela morreu, pouco depois.

LIX

Em outra carta, Bentinho continuou a tratar de sua relação com Escobar, cada vez mais estreitada. Como ele mesmo mais tarde escreveu, o amigo veio abrindo a sua alma, desde a porta da rua, até o fundo do quintal. Não era difícil. A alma de Bentinho tinha portas e janelas sem chaves ou fechaduras, não possuía sequer uma pedra como a que marcava a abertura do nosso muro: bastava empurrá-las sem muito esforço. Foi o que fez Escobar e logo era conhecedor pleno de todo o espaço, sala, quartos, todas as dependências. A princípio receoso, o filho de D. Glória entregou-se inteiro. Fez dele seu confidente, sem qualquer restrição. Fiquei preocupada. Afinal, era sempre um desconhecido. Senti-me, por outro lado, pessoalmente invadida. Disse-lhe, no sábado, quando veio para casa. Ele respondeu com um "não seja boba, Capitu", você vai conhecê-lo e vai gostar dele, eu tenho certeza.

LX

Eu é que não estava tão certa. Não sei se já era resultado do novo convívio, mas meu amigo estava diferente. E só falava em Escobar. Na inteligência de Escobar, no humor de Escobar, na beleza de Escobar. A tal ponto que José Dias chegou a reclamar: "— Parece até que esqueceu as antigas amizades..." E mal tinha tempo para conversar sobre a estratégia de sua liberação.

Foi por essa época que se deu o episódio da queda da senhora, narrado mais tarde por ele, e que me foi contado por José Dias. Foi a primeira vez que pude perceber, fora do que nos ligava, o seu interesse pela mulher como mulher. Fiquei dividida entre a boa surpresa e uma ponta de ciúme; mas me senti feliz.

Aconteceu numa segunda-feira, na sua volta ao seminário. José Dias, como sempre, o acompanhava. Eis que, a meio caminho, uma senhora desaba num tombo diante deles. Imaginai a cena! A queda revelou-lhe as pernas, cobertas de meias presas por ligas de seda, que permaneceram imaculadas, apesar da poeira da rua. O Rio, como disse, estava longe de ser uma cidade limpa. Várias pessoas correram a ajudá-la; ela, vexada, mas ágil, ergueu-se, sacudiu-se e deu a volta na primeira esquina. O agregado criticou imediatamente o "gosto de imitar as francesas da Rua do Ouvidor", "evidentemente um erro".

O fato em si não teria maior significação, não fora o impacto que provocara na mente de Bentinho. A visão das meias e das ligas o deixara seriamente perturbado. Era a primeira vez que seus olhos enfrentavam a intimidade de uma mulher. A partir daquele momento e durante todo o percurso, as peças não lhe saíam da cabeça. Mais adiante, tornou a ver a mesma senhora, a caminhar segura de si e de sua elegância. "Parece que não se machucou", comentou por comentar, ao que a acidez de José Dias contrapôs: "— Tanto melhor para ela, mas é impossível que não tenha arranhado os joelhos; aquela presteza é manha." Pois essa simples afirmação fixou na mente de Bentinho apenas um aspecto: os "joelhos arranhados". Essa imagem dançava no seu cérebro, dava voltas e piruetas, e, a cada figura feminina com que cruzavam, olhava-as insistentemente, com um olhar em curva, que vinha de baixo para cima, e retornava, na expectativa de vê-las tombar e exibir meias, ligas e, sobretudo, joelhos. De algumas tirava mentalmente até as meias... Sua impressão foi tão acentuada, que, no seminário, passou, segundo ele mesmo disse depois a José Dias, "uma primeira hora interminável". O que sucedeu depois está lá, no texto dele. Naquele instante, ele o confessa, via saias nas batinas, esperava que caíssem e mostrassem as ligas, e as meias, azuis, muito azuis e sedosas. Pelo menos, sob este último aspecto, tinha bom gosto. Positivamente delirava. Pior foi a noite. Povoou-a um pesadelo deliciosamente angustiante. Uma multidão de abomináveis criaturas de saias rodadas e esvoaçantes andava em volta dele, volteavam pernas, pés, sobre sua cabeça; uma sensação confusa de atração e rejeição o tomava inteiro. Acordado, obrigava-se a esconjuros e a padre-nossos, ave-marias, credos. Esgotou o seu repertório de orações. Mas tão logo fechava os olhos, lá vinham elas, cada vez mais ousadas. Pela manhã, as imagens continuavam a persegui-lo. Despertou, finalmente, ainda obcecado. Curiosamente, toda essa mobilização era apenas mental, como pude deduzir do que o Dr. Santiago deixou escrito. Não há o menor acento de lascívia ou de desejo, apenas se configura a dimensão persecutória. Brás Cubas, e mais era Brás Cubas, concordou comigo, quando comentei essa passagem com ele. Tanto era assim, que mental foi a solução que encontrou para restabelecer o seu equilíbrio psicológico: decidiu assinar um tratado consigo mesmo; retomo suas palavras: "as visões feminis seriam de ora avante consideradas como simples encarnações dos vícios, e por isso mesmo contempláveis, como o melhor modo de temperar o caráter e aguerri-lo para os combates ásperos da vida." Melhor solução conciliatória impossível, convenhamos: ele continuaria usufruindo da excitação que lhe provocavam aquelas figuras e ficava isento de culpa, porque elas o ajudavam a superar possíveis tentações e aprimorar a virtude. Era um singular processo de dessensibilização. Esse era Bentinho. Na época, fiquei apenas preocupada com o impacto por ele sofrido. Dessas sensações e soluções nem ele nem o agregado me deram qualquer notícia. Ao conhecê-las pela leitura, fiquei indignada: e eu? Ele não se lembrara sequer que eu existia. Será que não me via como mulher, como as outras, com pernas, meias, ligas e joelhos? Ou eu era feita só de olhos?

LXI

Leitora exigente, não estranhe as minúcias de que lanço mão. Ao contrário do Dr. Santiago, tenho a memória boa. Eu sei que o meu primeiro vestido era de chita, com fitas azuis e me recordo com prazer do primeiro par de meias de seda que usei. Meu relato não se pretende omisso. Só me preocupa a verdade. Estou, por outro lado, como ele, interessada em preencher lacunas: as que se escondem no silêncio do seu texto-libelo.

LXII

Comentei com Sancha a história da tentação de Bentinho. Ela riu muito das suas reações e do seu estratagema; — Qual, Capitu, esse seu namorado ainda precisa de muito leite para crescer! E ao que parece sequer teve contato com determinados romances europeus e brasileiros desse nosso século... Que é que eu posso fazer, eu disse; ele é assim, também criado e mimado do jeito que sempre foi, poderia ser diferente?

A imaturidade e a insegurança de Bentinho já me preocupavam desde aquela época. Fatos como esse dão a medida do seu temperamento e do seu comportamento, não acha você? Sancha concordou, ainda que buscando explicar-lhe as atitudes com a reclusão do seminário, e comentou, com uma ponta de malícia: — Não se esqueça, minha amiga, de que aquele é um lugar só de homens, e todos vestidos de batina... Rimos juntas.

LXIII

Não era fácil suportar a separação. Nem para ele, nem para mim. Se os seus dias eram duros e opacos, os meus eram marcados de lacunas de tédio. E nem era em todos os sábados que vinha para casa. Passei a mandar-lhe notícias por José Dias, que o visitava duas a três vezes por semana, mesmo contrariando o rigor do regulamento. Padre Cabral cuidara bem dessa parte: é o filho de D. Glória e do falecido deputado Santiago, gente de truz, que honra a nossa paróquia, sempre pronta a ajudar no que for necessário, sem mãos a medir... E era o mesmo José Dias quem me trazia notícias dele, a cada visita.

Uma destas houve em que não sei se fiquei frustrada ou feliz. O agregado voltava do seminário. Encontrou-me como sempre sequiosa de notícias, na casa de D. Glória, com quem eu conversava. Esperava que me dissesse que ele morria de saudades, que não via a hora de deixar tudo aquilo... — Falei-lhe das saudades de todos. E naturalmente na "do maior dos corações..." — E ele?, perguntou D. Glória, ansiosa. — Nem me deixou completar a frase: "— Mamãe!..." exclamou emocionado... Um largo e tranquilizador sorriso iluminou o rosto da velha senhora. Tive ímpetos de retirar-me, enojada. José Dias olhou-me de soslaio e tripudiou: — Contei-lhe também da emoção do Dr. Cosme, quando eu "disse à Excelentíssima que Deus lhe dera não um filho, mas um anjo do céu..." Eu percebia que ele agia assim de propósito. D. Glória enxugou uma lágrima discreta. Segurei a revolta. A conversa seguiu, com minúcias do cotidiano de Bentinho seminarista. Nenhuma palavra para mim. Até que ele me entregou, furtivamente, uma carta. Despedi-me rápida e corri para o meu quarto.

LXIV

Abri sôfrega o envelope:

Capitu, prezada:

Escrevo rapidamente, aproveitando a visita de José Dias. Estou preocupado. Ele só falou o tempo todo da viagem à Europa. Quando lhe pergunto sobre a minha saída do seminário, diz que podemos viajar em 1859 ou em 1860. É muito tarde! Pediu-me paciência, que siga estudando, que dê tempo ao tempo. Para me consolar, disse que a vida do seminário é útil, muito se aprende de religião e do mundo. Mais preocupado ainda fiquei quando notei um brilho fulgurante nos olhos dele ao dizer isso. Depois ficou silencioso por alguns segundos, os olhos longe, apesar de fixados na parede do pátio. Pensei que ele estivesse, àquela altura, a navegar numa gôndola, em Veneza. Não tive tempo para lhe perguntar mais nada, porque dois lentes, um deles de teologia, caminhavam na nossa direção. José Dias cumprimentou-os e no curso da conversa, disse-lhes que contava ouvir-me a missa nova, mas que mesmo que eu não me ordenasse, sempre sairia do seminário "ungido com os santos óleos da teologia". De novo seus olhos fulguraram, ainda que com menor intensidade. Insisti com ele na urgência do meu desligamento. Disse que tem um plano, que inclui o convite para que mamãe viaje à Europa conosco. O outro trunfo exige que eu finja uma tossezinha seca; a ideia é caracterizar a necessidade de mudar de ares... ou seja, eu devo mostrar que estou doente, para acelerar minha saída. Estou em dúvida. Você o que acha? Diga-me o que devo fazer, por favor.

Saudades do seu,
Bentinho

A leitura da carta revelou-me o verdadeiro propósito do plano do agregado. Sua meta, como eu suspeitara, era clara e definida: viajar. Tudo o mais era pretexto. Por mais que Bentinho insistisse em sair logo e adiar a viagem, ele só tinha um pensamento, quase uma ideia fixa. Mas José Dias era muito mais ardiloso do que eu pensava.

LXV

Foi o que logo se comprovou, quando Bentinho, em meio a considerações sobre datas e embarque, de chofre lhe perguntou por mim: "— Capitu, como vai?" O agregado se deu conta da força de nossa relação. Podia ser um tropeço nos seus planos. A fala de Bentinho, a emoção indisfarçável que se desprendia da frase, era reveladora. E fê-lo retornar ao verdadeiro motivo da insistência do filho de D. Glória. Lembrou-se da advertência com que deflagrara a aceleração da ida de Bentinho para o seminário. Suas palavras foram quase tão rápidas quanto o seu raciocínio. Sutil como Iago, instilou o veneno na insegurança do meu companheiro:

"— Tem andado alegre, como sempre; é uma tontinha. Aquilo enquanto não pegar algum peralta da vizinhança, que case com ela..."

Um punhal não faria mais estragos se cravado no coração de Bentinho. E era falso. Era cruelmente falso. Deus e minha amiga Sancha são testemunhas das noites em claro, das lágrimas, das crises de melancolia, da saudade que me tomavam todas as noites.

O ciúme empurrou a porta e a janela da alma do meu indigitado seminarista. E fez a sua primeira e violenta incursão. Quando me dei conta do que aquelas palavras deflagraram na sua fértil imaginação, totalmente tomada pelo processo de vitimização que lhe era peculiar, temi pelo nosso futuro. Há certas intuições que não deveriam ser repelidas tão logo se anunciam. Esta era uma delas. Mas eu jamais poderia imaginar que alguém que se dizia nosso aliado fosse capaz de tal gesto.

Sem saber o que tinha acontecido, aguardei a vinda de Bentinho no final da semana, única informação que consegui arrancar do insidioso mensageiro.

LXVI

No sábado, bem cedo, já estava a conversar com D. Glória. Bentinho chegaria depois do almoço. Jamais teria passado na minha cabeça o que ele imaginara na véspera. Suas suspeitas infundadas, as ilações que se permitiu, muito menos o sonho que tomou a sua noite agitada. Soube-o, bem mais tarde, através de Escobar, a quem ele confiara suas suspeitas e seu sofrimento. "— Mesmo sem conhecê-la, como hoje conheço, procurei defendê-la, mas ele permanecia irredutível", ele disse. Fiquei magoada. Imaginar que eu tivesse olhos para outro que não ele, associar-me a um bilhete de loteria, era ofender-me profundamente. Naquele momento, porém, eu só tinha um pensamento e uma vontade: revê-lo, abraçá-lo, ouvir sua voz, replanejar com ele o nosso futuro. Não sabia que estava ligada a um pessimista autopunitivo, como revelaram depois as suas considerações sobre a ilha dos sonhos de Luciano, não sei se você que me lê teve oportunidade de conhecê-las. O Dr. Bento, querendo dar ao seu texto um tom poético, pergunta à noite por que razão os sonhos eram tênues e esgarçavam-se ao menor abrir de olhos ou voltar de corpo, e não continuavam mais; ao que a noite lhe responde não ter mais jurisdição sobre eles. É aí que entra a ilha do Luciano. Eu não tinha a menor ideia do que fosse. Consultei o Conselheiro Aires. Ele então me explicou: está na *História verdadeira*, um importante livro desse escritor grego, que viveu em Samósata, província romana, no século II da era cristã; nela, a noite tinha o seu palácio de onde fazia sair os sonhos. Ele me informou que também dele era outro importante texto, onde um filósofo chamado Menipo também como Brás e eu, escreve do além-túmulo. Só que se trata de uma sátira do mundo dos vivos, o que não é o caso deste meu texto. Era apenas mais uma referência clássica do Dr. Bento.

Deixemos, porém, a digressão; o jovem seminarista, como já era rotina, chega cansado, em companhia do agregado. Ei-lo que entra e mal me dirige a palavra, um seco boa-tarde, Capitu, e corre para os braços e os beijos da mãe. Aturdida, não entendo o que está-se passando. A surpresa tolhe-me a ação. Só bem depois, como se nada houvesse de diferente, vem a mim e retoma o assunto da carta, pergunta se eu tenho alguma ideia, o que é que eu acho do comportamento de José Dias. Consigo dizer-lhe que não tínhamos outro caminho a não ser confiar nele, ainda que desconfiando, e já que a viagem era tão importante, sugiro que Bentinho embarque nela com o maior entusiasmo. Ele concorda e adota a estratégia. E para meu desencanto, pretexta fadiga e recolhe-se ao seu quarto. O pouco que falamos nesse fim de semana foi dedicado às virtudes de Escobar.

LXVII

E vieram outras segundas-feiras e vieram outros sábados. Eu passava os meus dias na esperança de um só dia, como o Jacó do soneto camoniano, só que contentando-me com ver o meu amado apenas nos fins de semana.

Bentinho parecia ter-se habituado à vida do seminário. Pelo menos era o que os seus "relatórios" semanais me transmitiam. Era um delírio de referência que, sinceramente, me cansava; os padres gostavam dele, os colegas gostavam dele e Escobar mais do que os rapazes e os padres. E de tal forma falava do amigo, que cheguei a pensar que estava gostando dele mais do que de mim. Comecei a dar-me conta de que ele nunca me perguntava como me sentia, o que havia sucedido comigo. As poucas vezes em que eu tentava dizer algo, reencontrava a narrativa de suas vicissitudes e alegrias, e dos maravilhosos feitos do seminarista Ezequiel de Sousa Escobar no Seminário de São José.

"— Escobar é muito meu amigo, Capitu." Ele me disse três semanas depois de conhecê-lo. — E eu estou pensando em comentar com ele os meus problemas e a minha esperança de deixar o seminário...

Contrapus-me com empenho: — Ele não é *meu* amigo, e depois, você mal o conhece...

— Você está enganada: eu já o conheço muito bem, o que nós já conversamos... e depois ele pode vir a ser seu amigo, Capitu! Olha, "ele já me disse que há de vir cá para conhecer mamãe..."

Pensei comigo: mamãe, sempre mamãe! E fui incisiva:

"— Não importa; você não tem o direito de contar um segredo que não é só seu, mas também meu, e não lhe dou licença de dizer nada a pessoa nenhuma."

A decisão que pus em minhas palavras intimidou-o. Concordou tacitamente comigo e voltamos às nossas preocupações cotidianas.

Desde o primeiro sábado, aliás, percebi que Bentinho atenderia sempre ao que eu solicitasse, desde que minha fala fosse segura e objetiva. Deu-se que ele, tão logo chegou, correu para a minha casa. Disse-lhe, então, que não ficasse por muito tempo; que era natural que D. Glória quisesse estar com ele o tempo todo, se pudesse; eu vou logo para lá. Resolvi-lhe a divisão. Ele correu imediatamente para casa, onde fui encontrá-lo abraçado carinhosamente com a mãe, indagadora, a exigir minúcias sobre tudo, estudos, amizades, disciplina, se dormia, se comia bem, se não sentia nada. Só se esqueceu de perguntar se era feliz. Mas isso não ocorre com certas mães. Sobretudo quando movidas por uma obsessão. Esta veio à baila na pergunta que a vi atirar ao agregado:

"— Sr. José Dias, ainda duvida que saia daqui um bom padre?..."

"— Excelentíssima..."

E a mim:

"— E você, Capitu, você acha que o nosso Bentinho dará um bom padre?"

Meu reflexo trouxe de imediato o ar de convicção que emprestei à minha resposta:

"— Acho que sim, senhora".

Vi que ele enrubesceu.

No dia seguinte, confirmei a razão do rubor. Tão logo nos encontramos, ele, em tom de lamento, disse que não gostara da convicção com que eu respondera a D. Glória. E, para meu estranhamento, disse da minha alegria, demonstrada desde a sua ida para o seminário, não adiantava eu disfarçar, em contraste com sua tristeza e sua saudade.

Cortei o sorriso descontraído que lhe oferecia. Perguntei-lhe como é que queria que me comportasse, se suspeitavam de nós? As minhas noites, ficasse ele sabendo, também eram de saudade e desconsolo, de tanta tristeza que deixaram o pai e a mãe preocupados, que perguntasse a eles, se tinha alguma dúvida; — Olhe, Bentinho, minha tristeza é tal que mamãe vive me dizendo para não pensar tanto em você; eu é que sou uma boba e não obedeço a ela... Diante de D. Glória e D. Justina é claro que eu procuro agir com naturalidade, com a alegria de sempre, para não lhes permitir sequer a sombra da suspeita de que José Dias tem razão na sua denúncia do nosso namoro. Elas se encarregariam de assegurar a nossa separação e sua mãe talvez nem me recebesse mais... Para mim só conta o nosso juramento de nos casarmos um com o outro...

Desta feita, foi Bentinho quem se comoveu. Tomou-me as mãos, beijou-as, enternecido: "Era isto mesmo; devíamos dissimular para matar qualquer suspeita, e, ao mesmo tempo, gozar toda a liberdade interior e construir tranquilos o nosso futuro." Como você deve ter notado, a frase tem algo artificial, mas, naquele momento, nem me dei conta:
— Então é melhor você apressar-se; sua mãe já deve estar preocupada: já faz meia hora que você está comigo.

No dia seguinte, ele veio, todo entusiasmo, contar o que havia acontecido no almoço. O Dr. Cosme dissera que "queria ver com que mão ele haveria de abençoar o povo à missa". Sua mãe lembrou então a conversa que tivera comigo: ela falara de moças que casam cedo. E eu fora categórica: "— Pois a mim quem há de casar há de ser o padre Bentinho; eu espero que ele se ordene!" Dr. Cosme riu da graça, José Dias sorriu levemente; eu não entendi foi a reação de Prima Justina: imagine que ela, como escreveu o Dr. Bento, "franziu a testa e olhou interrogativamente para mim; fiquei perturbada; a tal ponto, que baixei a cabeça e comecei a comer". Mas ficara muito contente com a minha dissimulação. Eu sorri, aguardando. "— você tem razão, Capitu. Vamos enganar a toda esta gente!"

"— Não é?"

LXVIII

Não me estranhou o comportamento da prima viúva. Eu me aproximava cada vez mais da família Santiago. Principalmente de D. Glória. Passava horas e horas com ela. Sempre que podia, chegava pela manhã, para coser e, muitas vezes, ficava para jantar. Jogava gamão com o Dr. Cosme. Conversava com José Dias sobre os planos de retirada, destacando sempre a importância dos estudos de Bentinho na Europa. Todos me cumulavam de gentilezas. Todos, exceto ela, D. Justina. Penso que por ciúmes da mãe de Bentinho. Tratava-se de uma mulher amarga. Não falava bem de pessoa alguma, a não ser do falecido marido. Dele louvava "a afeição, o trabalho, a honestidade, as maneiras, a agudeza do espírito". Eram, porém, qualidades que, segundo Dr. Cosme, só existiam em sua imaginação de viúva: viveram às turras durante todo o tempo do casamento e, nos últimos meses, já estavam separados. Mas os mortos são intocáveis. O relacionamento da prima com D. Glória era cordial sem maiores manifestações efusivas. Não sei se a movia algum interesse num possível legado. Talvez sim, porque aquele comportamento subserviente não lhe era peculiar:

era irascível e implicante. A alma humana esconde razões que escapam à nossa visão comum. Afinal vivia em casa da prima, a expensas da prima. A mim parecia odiar. E quanto mais eu me aproximava de D. Glória, mais agressiva e distante ela se tornava. Chegou a ponto de evitar-me, de refugiar-se no seu quarto, enquanto eu estivesse na casa. Resolvi ignorar suas atitudes. Procurava-a, perguntava por ela, levava-lhe presentes. Acabou, por fim, até me sorrindo, ainda que azedamente. Difícil foi o momento em que a dona da casa adoeceu gravemente e me pediu que lhe servisse de enfermeira. Aceitei, de bom grado. D. Justina não suportou a minha intervenção. Suas agressões recrudesceram. Tanto, que vivia me perguntando "se eu não tinha nada que fazer em casa". E chegou ao desplante de me dizer, entre seus sorrisos azedos: "— Não precisa correr tanto; o que tiver de ser seu às suas mãos lhe há de ir." Fiz que não entendi. Pobre e infeliz D. Justina!

LXIX

A enfermidade de D. Glória já durava cinco dias. O Dr. Frota a visitava diariamente, preocupado. No sexto dia, ela amanheceu tão mal, com uma febre tão alta, que mandou chamar Bentinho no seminário. Todos na casa estávamos apreensivos. O Dr. Cosme tentava diluir a tensão: "— Mana Glória, você assusta-se sem motivo, a febre passa..." Ela insistia em que chamassem o filho, não queria morrer longe dele, a sua alma não se salvaria. José Dias explicou ao Padre Reitor a situação. Com licença especial, Bentinho veio para casa. O agregado falara da doença, mas minimizara a gravidade. Bentinho me confessou depois que estava muito nervoso. A ideia da morte perseguiu-o durante todo o caminho. Evitava perguntar ao agregado com medo da verdade. Vieram da Rua dos Barbonos, chegaram aos Arcos, entraram na Rua de Mata-cavalos, ele com o coração aos trancos. E o pior é que José Dias andava devagar, terrivelmente devagar. Bentinho me contava. Eu participava de sua ansiedade. A casa ficava muito além da Rua dos Inválidos, perto da Rua do Senado. Era um estirão, que ia sendo percorrido no silêncio tenso de quem não quer ouvir más notícias ou falar delas. Meu pessimista amigo já aceitava o pior. Foi a esse passo de sua narrativa que estarreci. Ele me disse, simplesmente, sem nenhum tremor na voz, que, por um rápido instante, uma ideia compensatória assomou-lhe ao cérebro, terrivelmente distensora: "— Mamãe defunta, acaba o seminário." Aconteceu. Acontece. Se a frase me assustou, a confiança com que a expunha assim diante de mim diluiu-lhe o impacto. E logo veio, avassalador, o remorso. A seu lado, José Dias suspirava. O rosto de Bentinho devia estar tão revelador, que ele o olhou cheio de comiseração. Bentinho sentiu-se flagrado naquele pensamento cruel, viu-se condenado, supliciado; a angústia explodiu num choro convulsivo. "— Que é isso, Bentinho!?..." "— Mamãe?..." "— Não! Não! Que ideia é essa? O estado dela é gravíssimo, mas não é mal de morte, e Deus pode tudo. Enxugue os olhos que é feio um mocinho de sua idade andar chorando na rua. Não há de ser nada...

uma febre... só uma febre..." Ajudou-o a enxugar os olhos com um lenço. Bentinho registrou apenas o "gravíssimo" de sua fala e remergulhou na ansiedade. Chegado a casa, mal me viu: correu ao quarto materno; corri atrás; D. Glória ardia em febre; José Dias, numa frase extremamente infeliz, diz: — Mãe, eis aí teu filho; filho, eis aí tua mãe! Ela tomou as mãos de Bentinho, chamava-o delirantemente meu filho, meu filho. Bentinho ajoelhou-se. "— Não, meu filho, levanta, levanta!" Bentinho ergueu-se; observei seus gestos, suas lágrimas, suas palavras. Não podia alcançar jamais, entretanto, o real motivo de tanta aflição. Soube depois que, mais uma vez, procurava comprar o perdão divino com mais uma promessa, dois mil padre-nossos, se sua mãe não morresse. D. Glória não morreu. E mais uma vez ele não pagou o prometido. Era a promessa pela promessa, seu hábito antigo.

LXX

No capítulo do seu livro em que comenta essa passagem, o Dr. Bento Santiago se vangloria de confessar aquele seu pensamento adolescente da Rua de Mata-cavalos. E, como é típico de sua prosa, não fosse ele quem era, busca logo o aval de um escritor famoso, no caso Montaigne. Era mais uma forma de transferir responsabilidade. Ele insiste, mais uma vez, em que está-se propondo a reconstrução de si mesmo e que, para tal, precisa ser plenamente verdadeiro. De fato, nesse sentido, expõe-se, no afã de ganhar a cumplicidade do leitor, de também dividir com ele a assunção de seus atos e juízos. Só que comete um ato falho, como notou Quincas Borba, quando comentamos o assunto: sua frase é por si reveladora: "— Ora, há só um modo de escrever a própria essência, é contá-la toda, o bem e o mal. Tal faço eu, à medida que me vai lembrando e *convindo* à construção ou reconstrução de mim mesmo." O grifo é meu. Perceba-se: ele registra o que *convém*. E, entre as suas conveniências, apresenta uma reflexão sobre pecados e belas ações. Afirma "que cada pessoa nasce com certo número deles e delas, aliados por matrimônio para se compensarem na vida. Quando um de tais cônjuges é mais forte que o outro, ele só guia o indivíduo, sem que este, por não haver praticado tal virtude ou cometido tal pecado, se possa dizer isento de um ou de outro". E vai por aí, em tom patético. Notou a sutileza, leitor atento? Aparentemente fala de si, mas insinua a relação matrimonial, prepara o julgamento que não tardará. *Voilà ses gestes, voilà son essence.*

LXXI

A sua essência. Tudo acaba sendo uma questão de ponto de vista. O dele utiliza os fatos na direção dos seus interesses. Isso começou a ficar claro bem mais tarde para mim. No momento da doença de D. Glória, eu ainda o admirava, apesar de seus momentos de fraqueza. Hoje percebo que era apenas um adolescente frágil a quem a idade não fortaleceu. Antes, acentuou-lhe os defeitos e diluiu-lhe as virtudes.

Uma de suas atitudes imediatamente posteriores ao encontro com a mãe enferma contribuiu para a minha falsa avaliação inicial. No domingo seguinte, apressou-se a ouvir missa em Santo Antônio dos Pobres. Pela primeira vez, abriu mão da companhia do agregado, seu fiel conselheiro. Tão logo o encontrei, perguntei a razão de tanta urgência, uma vez que o havia procurado e me informaram do seu destino. Disse-me que precisava reconciliar-se com Deus. Não entendi, de momento. Logo depois me dei conta de que tinha ido penitenciar-se do pensamento mórbido a respeito de sua mãe e também eximir-se de alguma forma da promessa feita. Quando vi no livro do Dr. Santiago o comentário cínico que fez, ainda uma vez me dei conta do caráter do meu ex-marido. A transcrição fala, mais uma vez, por si: "Jeová, posto que divino, ou por isso mesmo, é um Rotschild muito mais humano e não faz moratórias, perdoa as dívidas integralmente, uma vez que o devedor queira deveras emendar a vida e cortar nas despesas. Ora, eu não queria outra coisa; dali em diante não faria mais promessas que não pudesse pagar, e pagaria logo que as fizesse."

Era uma visão do Criador demasiado capitalista, como me lembrou, sabiamente, o Conselheiro Aires, que acrescentou: — Custa crer que essas palavras tenham sido escritas por alguém que frequentava missa e tinha aulas de religião. Já não falo da vocação, que essa ele não possuía.

Pois foi com unção religiosa que ele ouviu a missa, agradeceu a Deus a vida e a saúde da mãe, pediu perdão para os pecados e relevação da dívida e ainda julgou que, com a bênção final do oficiante, o próprio Deus avalizava o ato solene da reconciliação. Para se justificar, considerou que, afinal de contas, a igreja estabeleceu na confissão "o mais autêntico dos instrumentos para o ajuste de contas morais entre o homem e Deus". Mas ainda lhe restava uma ponta de escrúpulo, e essa impediu-o de levar a sua racionalização até esse recurso: não teve coragem de confessar-se. Se o fez na velhice, não nos iludamos, foi apenas para tentar posar de bom moço e acentuar a sinceridade necessária aos seus propósitos. No momento da missa, era de uma religiosidade ingênua, sobre ser de uma ardilosidade estudada.

A primeira, retomada, acabou por tornar-se indiciadora do seu caráter. A capa da virtude deixava ver a franja escondida.

LXXII

Todo o ritual por ele assumido teve uma testemunha atenta e especial: Sancha que, com o pai, também havia ido à missa. Ela me relatou todos os movimentos de Bentinho. Chegou a impressionar-se diante da contrição com que parecia orar; "— Amiga, você está segura de que ele não tem realmente vocação para o sacerdócio? Ele rezava com tanto fervor!" Lembrei-me dos nossos beijos e do juramento e afirmei-lhe a minha certeza, com leve ponta de malícia. Ela entendeu, e acrescentou: "— O curioso é que seu diálogo com Deus parecia continuar após a celebração. Ele rezou ainda por algum tempo, depois da última bênção; depois persignou-se, fechou o livro de missa, e veio caminhando em meio às muitas pessoas que seguiam devagar e com cuidado, pois havia chovido e a rua molhada era um convite à queda. Notei que parecia estar sozinho na multidão, o olhar vago, os passos conduzidos pela onda de gente. Estranhei que o agregado não estivesse com ele. Pedi então a papai que fôssemos falar-lhe; eu queria saber notícias de D. Glória. Cumprimentamo-nos, e ele me disse que mamãe estava restabelecida, graças a Deus. Seguimos, conversando, nosso caminho comum. Chegados à porta de nossa casa, papai, sempre gentil, convidou-o para almoçar. "— Obrigado, mamãe espera-me." "— Manda-se lá um preto dizer que o senhor fica almoçando e irá mais tarde." "— Venho outro dia. Eu, você me conhece, Capitu, limitei-me educadamente a ouvi-los e a esperar. Ele não almoçou, mas subiu e conversamos ainda por um tempo." "— E, então, ele falou de mim?" "— Posso ser sincera? Não falou não. Respondeu a papai sobre sua idade, seus estudos, sua fé; papai deu-lhe conselhos, para o caso de vir a ser padre, deu-lhe o número do nosso armazém, na Rua da Quitanda. De mim quis saber como ia na escola, se gostava de latim, sua matéria preferida; elogiou discretamente meus cabelos e minha voz, meu olhar, ele é realmente muito gentil. Eu é que, na despedida, mandei recomendações para D. Glória e para você, caso a encontrasse."

Bentinho me contou do encontro; falou da simpatia do Sr. Gurgel, que, apesar do ventre acentuado, nem parecia ter quarenta anos; de Sancha disse que "não era feia", apesar do nariz, grosso como o do pai, mas uma simpatia. — E você pode estar certa, é muito sua amiga; deu para notar, diante da insistência nas recomendações a você. Gostei dela. — É, eu notei. (Ele sequer percebeu as gotas de ciúme que rorejaram esta última frase.)

LXXIII

Preciso dizer que, antes de conhecer os fatos narrados no capítulo anterior, eu, de minha janela, semicerrada, vi quando Bentinho voltava. Decidi não ir ter com ele. Voltei para meus afazeres. A curiosidade ou a intuição me fez retornar, pouco tempo depois. Pelas frestas, vi que, à porta de sua casa, ele se despedia de um rapaz, que eu não conhecia. Resolvi não me expor. Permaneci a observar a fala dos dois que se fazia longa, entre apertos de mão efusivos e fortes abraços reiterados, rosto no rosto, coração a coração. Finalmente chegou o ônibus e o desconhecido entrou. Ouvi-o dizer que "o armazém do correspondente era na Rua dos Pescadores e ficava aberto até as nove horas, mas ele não queria demorar fora". Mais despedidas e um longo adeus, já de dentro do veículo. Bentinho permaneceu ali, até que o ônibus desapareceu na esquina ao longe. Eu já abrira a janela, sem que ele se desse conta; indaguei: "— Que amigo tem esse tamanho?" "— É o Escobar", disse ele, pondo-se debaixo da janela a olhar para cima. Ah, esse é o famoso Escobar! Imediatamente ele veio ter comigo. "— Imagine que ele ficou preocupadíssimo quando soube da razão de minha licença especial; veio então ver-me e saber de mamãe. Só se tranquilizou quando eu lhe disse que ela estava bem, o pior já tinha passado. Você não o achou bonito?" Fui sincera: "— Eu só tenho olhos para você." — Bobinha! Pois ele seduziu a todos, lá em casa. Tio Cosme e José Dias gostaram dele, de seus modos, de sua educação de moço polido. Titio até o convidou para jantar conosco, ele alegou que o correspondente do pai esperava por ele, mas, diante da insistência, a que se juntou a palavra de mamãe, acabou aceitando, não posso fazer uma desfeita à mãe do meu melhor amigo; um pedido da senhora é uma ordem.

Bentinho não segurava o seu entusiasmo. — Você precisava estar lá, Capitu. Na mesa, a mesma segurança que mantém no seminário. Levei-o ao meu quarto, mostrei-lhe os poucos livros que possuía. Passamos uma hora de franca e sincera amizade. Quando viu o retrato de papai, contemplou-o longamente, virou e disse-me, quase com emoção: vê-se que era um coração puro, você tem a quem sair! Concordei com José Dias, quando falou que ele tinha os olhos dulcíssimos ah, eu queria que você visse de perto a sua pele, alva e lisa, na cara rapada! Verdade que, não sei se você notou, tem a testa um pouco baixa, com a risca do cabelo quase em cima da sobrancelha esquerda; e a boca, Capitu? Eu reparei que a tem fina e chocarreira, a compor com o nariz fino e delgado. E sabe? Notei que perdeu o sestro de sacudir o ombro direito; olhe, até Prima Justina achou-o "um moço muito apreciável, apesar de..." Todos rimos da ressalva... Eu não ri, diante de tanta louvação e entusiasmo: minha sensibilidade de mulher achava toda aquela expansividade muito estranha. E em nenhum momento Bentinho falou de nós, e o que é mais sério, sequer de sua mãe. Ainda mais grave foi constatar que, quarenta anos depois, ele mantinha a mesma opinião, notadamente sobre a doçura dos olhos do amigo. Limitei-me a dizer: "Você já havia falado de sua figura numa carta que me enviou, lembra-se?"

LXXIV

É difícil de acreditar. Como eu poderia imaginar que aquela cena continha, latente, a semente da tragédia que, alguns anos mais tarde, desabaria sobre mim? Nem eu, nem ninguém. O Dr. Santiago escreveu, a propósito, que "o destino, como todos os dramaturgos, não anuncia as peripécias nem o desfecho. Eles chegam a seu tempo até que o pano cai, apagam-se as luzes e os espectadores vão dormir". Valia, para o seu tempo e para o destino. Quanto a todos os dramaturgos, ao que sei, as técnicas mudaram e muitas peças passaram a começar pelo fim. É o caso das memórias do meu amigo Brás Cubas, por exemplo. O que eu não aceito também é o estratagema de que, como bom advogado, o casmurro do Engenho Novo se vale para induzir o posicionamento dos leitores. Pois não é que a essa judiciosa ponderação, ele alia uma reflexão sobre *Otelo*, a peça de Shakespeare? Otelo, o mouro, "mataria a si e a Desdêmona no primeiro ato, os três seguintes seriam dados à ação lenta e decrescente do ciúme, e o último ficaria só com as cenas iniciais da ameaça do terror, as explicações de Otelo e Desdêmona, e o bom conselho do fino Iago: 'Mete dinheiro na bolsa.'" E mais: "os últimos atos explicariam o desfecho do primeiro, espécie de conceito e, por outro lado, o espectador iria para a cama com uma boa impressão de ternura e amor." Foi o que ele, em parte, acabou fazendo no seu libelo contra mim. Só que mudou a verdade dos fatos. Não conseguiu, entretanto, ir para a cama como o seu espectador desejado: presa do ciúme crescente, amargou a perda e a frustração, foi uma vítima de si próprio. Culminou sendo um Iago de si mesmo, mas um Iago, ele sim, dissimulado, como o seu próprio nome indicia, um santo Iago, ainda que santo do pau oco.

LXXV

É, como diz o Dr. Bento, o destino é o seu próprio contrarregra. Mas na história que contou, o dramaturgo do Engenho Novo não conseguiu o controle desejado sobre os fatos e os personagens e principalmente sobre o leitor. Tanto que eu permaneci enigma. Ele foi traído pelas reentrâncias do seu discurso. No seu drama, ele insinua que, no mesmo momento em que estávamos à minha janela, passou um elegante cavaleiro; é certo; passou, como tantos outros, possivelmente na direção do encontro com suas namoradas. O namoro a cavalo era moda naqueles tempos. O jovem efetivamente olhou para mim. Mas não só para mim. Para Bentinho também. Era natural que olhasse, por força do desusado da cena. Vi-o passar. Notei que, adiante, voltou a cabeça para o nosso lado. Olhamos, eu e Bentinho, para ele. Percebi mesmo um leve cortejar no breve sorriso que se esboçou em seu rosto. E a insistência com que, a cada passo, ousadamente se voltava para nós, foi que me impeliu a encará-lo e o fiz desafiadora; meu olhar não era de admiração, como quer fazer crer o Dr. Santiago; era antes de interpelação. Eu me via invadida, naquele instante em que eu estava ali, com o jovem que eu amava. Meu gesto foi tão espontâneo e puro, que não compreendi a pressa com que o meu complicado seminarista saiu para a rua, e, com sinais de invulgar perturbação, entrou em sua casa. Naquele instante, o dramaturgo e não o destino, é que começava a dar outro rumo à peça de sua existência. E, pela primeira vez, eu me sentia agredida pela injustiça do ciúme. Seria essa a intromissão fatal da Parca tecedora nas malhas da minha vida? O pensamento passou como sombra. Por autodefesa, espantei-a para longe.

LXXVI

Bentinho não. Pelo contrário. O texto do Dr. Santiago é, nesse caso, transparente. Entrou em casa com ela presa a ferros na sua cabeça, a mortificar-lhe a alma. Encontrou José Dias e o Dr. Cosme a conversar. A visão do agregado apertou-lhe o coração. A alusão ao peralta da vizinhança com quem eu talvez viesse a casar-me começou a adejar cada vez com mais violência no seu pensamento. Associou-a ao cavaleiro, pois que voltara várias vezes a cabeça para mim e eu lhe dirigira o olhar, com insistência. Teve ímpetos de interpelar José Dias, exigir-lhe prova de suas suspeitas. Não o fez por educação, não podia interromper a conversa dos mais velhos. A angústia durou muitos minutos, ele, derreado numa cadeira, ora pálido, ora rubro, o rosto contraído de insatisfação. Preparava a frase questionadora. Finalmente o Dr. Cosme levantou-se para ir ver D. Glória. O agregado veio ter com ele. O tempo desse vir em sua direção foi o bastante para incutir-lhe o medo da resposta. E se fosse verdade? Chegou a temer que o pronunciamento fosse independente de qualquer indagação sua. Teve ímpetos de fechar-lhe a boca com as mãos. José Dias percebeu as mutações cromáticas do seu rosto: "— Que é, Bentinho?" Não teve resposta imediata. Bentinho deixou cair os olhos e eles o salvaram: viram que uma das presilhas das calças do agregado estava desabotoada, e, como ele insistisse em saber o que é que tinha, respondeu, apontando com o dedo: "— Olhe a presilha, abotoe a presilha."

Como ambos eram autocentrados, enquanto José Dias inclinava-se, ele levantou-se e saiu correndo para seu quarto.

Tivesse eu, naquele momento, podido aquilatar o profundo significado dessas reações, confesso que teria desistido do meu juramento, por dolorosa que fosse esta decisão.

LXXVII

A peça, porém, não ficou nesse ato. O desespero tomou conta do aflito Bentinho. No quarto, roído de dúvidas, não quis saber de ninguém, nem da mãe, a única pessoa que talvez o compreendesse seria Escobar. Ele mesmo me disse, já refeito, no dia seguinte. E explicitou-se. — À falta de interlocutor, era como se eu me dividisse em dois. "— Eu falava-me, eu perseguia-me, eu atirava-me à cama e rolava comigo, e chorava e abafava os soluços, com a ponta do lençol. Jurei que nunca mais ia te ver, que ia mesmo era ser padre de uma vez. Eu me via já ordenado e você chorando de remorso e arrependimento, a me pedir perdão. Eu tão só lhe daria o meu desprezo, ou lhe voltaria as costas, te chamaria perversa. Minha raiva era tanta, que eu mordia o lençol com desespero, e os próprios dentes."

Tanta virulência assustou-me, por um breve instante. Dei-lhe leves pancadinhas no rosto e amenizei: — Tolinho, como pôde você desconfiar da sua Capitu?

E, sem me ouvir ele continuou: — E o pior é que, de minha cama eu ouvia a tua voz, lá embaixo, já que viera passar a tarde com mamãe, como sempre fazia. Ou seria comigo? Comigo não deveria ser, eu pensava, não, não é comigo, ela está pensando naquele desgraçado, naquele almofadinha, e o teu riso, alto, feliz, alimentou o meu desprezo. Tive ímpetos de "cravar-lhe as unhas no pescoço, enterrá-las bem, até ver-lhe sair a vida com o sangue...".

Otelo não teria matado Desdêmona com tanto ódio. Ouvi, confesso, com muito susto. Fiquei séria e preocupada. Então, já naquele tempo, o meu jovem namorado era capaz de tanta desconfiança, de tanto ressentimento? Como se pode amar alguém em quem não se confia?

LXXVIII

O filho de D. Glória custara a recompor-se. Enquanto estive em sua casa, não desceu. Preocupei-me. Pus na conta dos seus costumeiros azeites, até porque a mãe ainda não se recuperara totalmente. Isenta de culpa, jamais poderia imaginar a revolução que o simples olhar de um cavaleiro desconhecido deflagrara em sua insegurança. Prolonguei minha estada, à sua espera. Falei alto, para ser ouvida, falei baixo, para espicaçar-lhe a curiosidade. Ele, definitivamente, não desceu. Voltei para casa.

Cedo, no dia seguinte, como disse, é que foi procurar-me. Era uma figura maldormida. Olheiras fundas, dor de cabeça, uma certa palidez. Assumiu um ar de gravidade que, fosse outra a situação, me teria provocado um frouxo de riso. Deixei que falasse. Narrou-me o que resumi no capítulo anterior. O que eu não disse é que, no final, exigiu-me uma explicação. Indignei-me. Senti-me injuriada. Sr. Bentinho Santiago, você não me conhece... Minhas lágrimas não podiam ser mais sinceras, nem o gesto que fiz de deixá-lo; ele foi mais ágil; começou a beijar-me as mãos, estremecia, hoje não sei se de emoção ou de medo de perder-me. Naquele lugar e naquela hora, me convenceu. É fácil convencer uma mulher que verdadeiramente ama. Enxuguei as lágrimas com as costas das mãos, ele beijou-me os olhos; eu suspirei fundamente e abanei a cabeça. — Bentinho, eu não conheço esse moço, eu juro! É apenas um dos muitos que todas as tardes passam por nossa rua, a cavalo ou a pé. Não subestime a minha inteligência, por favor! Se eu olhei para ele, na sua presença, essa é a prova evidente de que não há nada entre nós; se houvesse, seria natural eu dissimular; e mais: que poderia haver, se ele vai se casar? É, vai se casar com uma moça da Rua dos Barbonos. Sancha me contou. E olha, para evitar outros equívocos, eu não vou mais à janela, prometo, nunca mais, pronto!

Ele protestou com veemência: "— Não! não! não! não lhe peço isto!"

Consenti, com alguma relutância, em retirar a promessa, mas fiz outra: à primeira suspeita de sua parte, estaria tudo terminado entre nós. Ele aceitou a proposta: "era a primeira suspeita e a última." Não foi.

LXXIX

Hoje percebo, diante do que o Dr. Santiago escreveu, que todo aquele sofrimento adolescente se converteu em prazer mórbido na rememoração. Há pessoas assim. Ele me parece saborear os acontecimentos amargos que nos envolveram.

Delicia-se com a própria desgraça. Não consigo atinar com a natureza de tal sentimento. E como se se comprazesse no reviver na narrativa o vivido, desde que carregado de sofrimento. A ciência, se ainda não tem, certamente terá uma explicação para isso. Consultei Quincas Borba, Brás e o Conselheiro. O filósofo entendeu que era uma espécie de purgação, uma *catarsis*, como diria o sábio Aristóteles, e voltou a falar da teoria do humanitismo. O Conselheiro foi categórico: é o chamado prazer das dores velhas. Não lhe esqueça que o antigo Bentinho acabou se transformando num solitário casmurro. Brás Cubas foi ainda mais incisivo: — Eu, que também fiz um balanço de meu percurso existencial, nunca tive esse tipo de sensação, ao contrário: procurei usar a pena da galhofa, para não me envenenar com a tinta da melancolia...

LXXX

Voltemos ao final do capítulo LXXVIII. Pensei ter-lhe transmitido, com a minha atitude, alguma tranquilidade. Os fatos provaram o contrário. Minha palavra e minha ação não lhe bastaram. Procurou um confidente. Já imaginam quem teria sido. Esse mesmo. Ezequiel Escobar, o amigo seminarista. E o núcleo das confidências era um só: o que se passava entre mim e ele. Dessa imprudência eu só tive conhecimento mais tarde. E com a mais veemente indignação.

Tudo começou na volta de Bentinho ao seminário, depois da doença de D. Glória. Escobar esperava preocupado e inquieto; tão inquieto e preocupado, que já estava a ponto de ir novamente vê-lo, se ele demorasse mais um dia em casa. Indagava-lhe de sua mãe, de sua saúde, com invulgar interesse. Passou a observar atentamente o amigo. Três dias depois disse a Bentinho que o estava achando muito distraído, era bom disfarçar, o mais que pudesse. Ele também tinha suas razões para andar distraído, mas era preciso ficar atento.

Bentinho não se segurou. Depois de alguma hesitação, abriu sem reservas o seu segredo. Pelo menos parte dele. Começou lembrando a amizade que já os unia, a sua afeição profunda pelo amigo, o único que ele possuía. Escobar não foi tão amplo nem exclusivo, mas admitiu o profundo afeto recíproco que os ligava e que, segundo ele, já era notado por muitos, com o que ele absolutamente não se importava. Está escrito e assinado pelo Dr. Santiago. Bentinho sentiu-se comovido até as lágrimas, o que, vimos, não era incomum. Não posso afiançar que tomou nas suas as mãos do amigo, mas se bem o conheci, é bastante provável. Consultou-lhe então se era capaz de guardar um segredo. Escobar reagiu: se perguntava, é porque duvidava e, nesse caso... Bentinho alegou que era um modo de falar; elogiou a seriedade de Escobar, e pediu segredo de confissão, desde logo assegurado.

"— Escobar, eu não posso ser padre. Estou aqui, os meus acreditam e esperam; mas eu não posso ser padre."

A resposta não podia ser mais surpreendente:

"— Nem eu, Santiago."

"— Nem você?"

"— Segredo por segredo; também eu tenho o propósito de não acabar o curso; o meu desejo é o comércio, mas não diga nada, absolutamente nada; fica só entre nós. E não é que eu não seja religioso; sou religioso; mas o comércio é a minha paixão."

Descobriam-se almas gêmeas. Tinham um segredo comum. Mas Bentinho ia além. Se o ideal de Escobar era pragmático e racional, o dele era de outra ordem. E, uma vez mais, a necessidade de transferir a responsabilidade ou de dividi-la com o outro moveu a língua solta do filho de D. Glória. Meio a medo, num sussurro, ele revelou que "havia uma pessoa". Não foi preciso mais: a sagacidade de Escobar foi direta ao alvo: uma moça. Não estranhou. Apenas dirigiu a seta do seu olhar ao do amigo, como quem perscruta algo mais recôndito. Bentinho soltou-se. Quase num sussurro, falou do nosso compromisso, revelou sem se constranger o segredo do nosso juramento, voltou a pedir discrição. O outro ouvia, atento. Devorou as minúcias com que, prazerosamente, o meu infeliz namorado dividia com ele suas emoções; empolgado, agora com a palavra solta, Bentinho falou de nossa intimidade, do que deveria ser só de nós dois! Não preciso dizer de minha revolta ao ter conhecimento de toda essa conversa. Escobar, por fim aconselhou-o que não se fizesse padre, não seria sincero.

Bentinho exultou. Era o próprio Deus que falava pela boca do amigo, era Ele que respondia concretamente às preces daquela missa de domingo! O Senhor aceitava o acordo. Faltava apenas acertar as cláusulas. Sentiu-se leve e feliz. O mundo era belo, a vida uma carreira excelente, ele um privilegiado. Daí em diante, o assunto das conversas era fácil de adivinhar. Eu fui descrita mil vezes, analisada, dissecada, louvada, criticada; mas sempre respeitados os meus dotes físicos; neles não se tocava, o muito que havia era uma ou outra alusão ao meu olhar. E foi Bentinho quem insistiu com o amigo: — Você precisa conhecê-la pessoalmente. — Trato feito.

De volta do fim de semana, tornou ao convite para dizer-lhe que, no momento não era possível, "— Capitu vai passar uns dias com uma amiga da Rua dos Inválidos. Quando ela vier, você irá lá, mas pode ir sempre, é claro; por que não foi ontem jantar comigo?"

Escobar objetou-lhe que não tinha sido convidado.

"— Pois precisava convidar? Lá em casa todos gostaram muito de você." O colega retribuiu dizendo que também gostara muito de todos, mas se é possível fazer distinção, confesso-lhe que sua mãe é uma senhora adorável. Acertava em cheio no alvo certo. Meu ingênuo vizinho iluminou-se: — Que bom que você pensa assim de mamãe!

Dispenso-me de qualquer comentário. A sequência fala por si mesma.

LXXXI

Os dias que passei com Sancha também foram de confidência. Falei-lhe de meus problemas na escola, contei-lhe da doença de D. Glória. Sobre meu relacionamento com

Bentinho, não fui além do que ela já sabia, e ela sabia muito. Conversamos sobre como nos sentíamos naqueles dias, trocamos experiências sobre nossas sensações de jovens adolescentes, da nossa expectativa de um bom casamento, com o homem que a gente amasse; hoje percebo como éramos prisioneiras das convenções e da coerção social. Enfim era o tempo que nos foi dado vivenciar. Confidenciei-lhe que o meu amigo seminarista, desde algum tempo, não mais me escrevia com a assiduidade de antes e que, ao dizer-lhe que gostava de suas cartas e sentia falta delas, respondera-me que andava muito envolvido com os estudos, que, afinal, nos víamos e conversávamos todos os fins de semana... e tornava ao seu assunto predileto: Escobar e sua excepcional inteligência e lucidez.

LXXXII

Aquela insistência já estava mexendo com meus nervos. Bentinho, incorrigível, passava dois terços dos nossos encontros de fim de semana a falar do amigo. Disse-me do seu encantamento diante do que ele pensava de D. Glória, você sabe, Capitu, o quanto eu gosto de mamãe; sim, minha mãe é a pessoa mais adorável do mundo; mesmo com aquela sua insistência em me fazer padre, no fundo ela quer o meu bem; ela não sabe de nós; e eu tenho pensado muito, Capitu; será que ela quer mesmo que eu siga a carreira eclesiástica?

Esse pensamento tem dançado na minha cabeça já faz algum tempo... o que mais me impressionou, entretanto, na avaliação de Escobar é que ele não trocou com mamãe mais de quatro palavras; mas, em se tratando dela, uma só era suficiente, você não acha?

Não, eu não achava. Mas como dizê-lo a uma pessoa tão inebriada? Limitei-me a pedir-lhe que me explicasse melhor aquele pensamento em que vinha mergulhado, aquele questionamento da decisão de sua mãe.

Ele foi minucioso. — Você sabe o quanto mamãe é temente a Deus. Reconheço que a promessa não foi das mais felizes, mas meu nascimento trouxe a ela a maior felicidade; papai, se vivesse, é possível que lhe alterasse os planos, e como tinha a vocação política, é provável que me encaminhasse à política, ou talvez encontrasse uma solução conciliatória; mais de um padre tem participado da luta dos partidos e do governo dos homens. Mas papai morreu. O destino é dramaturgo e contrarregra, lembra- se? Mamãe, na verdade, adiou, o mais que pôde, o meu ingresso no seminário. Compensou a demora com o pretexto de minhas aulas de latim e doutrina; com isso obteve o aval do Padre Cabral.

Eu não acreditava no que estava ouvindo: nunca vi Bentinho com tanta lucidez e tanta segurança!

Veja bem: de certa forma, mamãe foi reformando uma letra, como se diz na linguagem do comércio. O credor é arquimilionário, não depende dessa quantia para comer e, certamente, consentiu nas transferências de pagamento, sem sequer agravar a taxa de juros. Talvez aquela febre possa ter sido uma carta amigável, lembrando o compromisso, mas acredito que não; Ele não adotaria tal tipo de subterfúgio. Tudo ia bem, até que o agregado, um dos endossantes da letra, falou da necessidade de pagar o preço acertado; minha mãe concordou e matriculou-me no São José... — Tudo bem, o resumo dos fatos não podia ter sido mais preciso, e então...

Então, você se recorda, ela verteu algumas lágrimas, que enxugou sem explicar, e, ao que tudo indica, eram saudades prévias, a mágoa da separação; é aí que me parece bater o ponto: não poderiam ter sido o resultado do arrependimento da promessa?

Não havia pensado nisso...

Observe: católica e devota, sabe e sente que "promessas se cumprem". (não pude evitar um breve sorriso) — Deus poderia ter a minha vida, sem necessidade de lhe dedicar obrigatoriamente; mas tal raciocínio não lhe ocorreu; temerosa, partiu para o compromisso; investiu; assinou a letra. Havia que cumprir o trato. Veja você: bastava um cochilo da fé, e a questão teria sido resolvida a meu favor. Mamãe, se pudesse, faria uma troca de promessa, dando parte dos seus anos para conservar-me consigo, fora do clero, casado e pai...

Espera aí, o que é que você disse? Repete!

... que mamãe daria parte dos seus anos...

Não! A promessa, a troca de promessa! É por aí, Bentinho, é a nossa saída!

Como, Capitu? Não estou entendendo...

Quem sabe ela não poderia de fato trocar a promessa. Bentinho, até então inusitadamente lúcido, achou impossível. Mas acrescentou que a ausência dele vinha sendo temperada por minha assiduidade, por minha dedicação e que talvez sua mãe já acreditasse que eu o faria feliz. Seria a vitória do amor. Eu lhe dei um beijo do rosto, "você será um excelente advogado" e, daí em diante, só tinha uma ideia fixa: a troca da promessa. Não sei por que ele omitiu essa minha opinião no capítulo do seu casmurro relato a cujo texto, com pequenas alterações do discurso, acabo de ser fiel. Mas não pude evitar um pensamento malicioso, diante da inédita firmeza e clareza da fala de Bentinho: Que excelente professor é esse Sr. Ezequiel Escobar!

LXXXIII

A ideia era como a do emplastro de Brás Cubas. Insistia em fazer mil cambalhotas no trapézio de minha cabeça. À noite, tive um sonho agitado. Bentinho, curiosamente, teve sonho semelhante, mas, em vários aspectos, distinto. Sonhei que éramos todos personagens bíblicos. D. Glória tinha a cara e a roupa do Abraão da minha Bíblia ilustrada. Bentinho era Isaac, mas um Isaac franzino e desprotegido. O agregado fazia de servo. A mãe-Abraão levou o filho ao Monte da Visão. Lá, preparou com suas próprias mãos a lenha, o fogo, o cutelo, este entregue a ela pelo agregado-servo. Atou, em seguida, Bentinho-Isaac num feixe da lenha, e fê-lo deitar-se na pedra do holocausto; ergueu então o braço para o golpe do sacrifício; nesse momento, ouviu-se a minha voz, e eu me vi anjo, com voz de anjo: eu era o anjo da Escritura que dizia solene: "Não faças mal algum a teu filho; conheci que temes

a Deus." A cena cortava para uma tenda, onde D. Glória-
-Abraão acertava com o Padre Cabral, de longas barbas e
olhar profundo, uma revisão de contrato, com a mudança
da cláusula relativa ao pagamento: Você que acha, anjo,
perguntou Padre Cabral; — Não haverá prejuízo para ninguém, e falo porque estou autorizado; não houve intenção
de fraude, ou como diria o advogado Dr. Cosme, não houve
dolo; e, afinal, não se está rompendo o contrato; simplesmente o que se propõe é a mudança da forma de pagamento.
E, como último argumento, lembro que em contratos com o
Céu é a intenção que vale dinheiro. — Sábias palavras, sábias
palavras, disse D. Glória-Abraão. E o contrato foi reassinado,
para maior glória do Senhor. Acordei empapada de suor e
com o coração acelerado e só então me dei conta de que não
se revelou o objeto da troca...

LXXXIV

A este passo da narrativa, cabe esclarecer que Bentinho
estava longe da futura malícia do Dr. Bento Santiago. Era
de uma inocência e de uma sinceridade comoventes. Não
teve, como Brás Cubas, um tio de língua solta e conversa
picaresca, que o introduzisse em espaços da malícia dos homens. Estava efetivamente sendo educado para o sacerdócio.
E por aquela mãe. E não fosse a minha existência, talvez se
convertesse num novo Sir Galaaz. Depois, foi o que se leu.
Por isso estranhei a lucidez do seu raciocínio, ao que lembre,
aliás, àquele tempo, apenas essa vez evidenciada.

Motivada pela ideia da troca da promessa, fui, no dia seguinte, conversar com Sancha. Bentinho, ao não me encontrar em companhia da mãe, foi informado do meu destino: possivelmente a minha amiga havia pedido que eu dormisse lá. A maldade viperina de D. Justina não perdeu a oportunidade: "— Talvez ficassem namorando..." Bentinho teve ímpetos de matá-la. Como não tinha ferro, corda, pistola ou punhal, fulminou-a com o olhar, carregado de ódio. Os olhos, entretanto, não têm a faculdade de tirar vidas. Quando muito limitam-se a enfeitá-las ou a revelar dimensões escondidas. Mas não estou para filosofia barata. O fato é que Bentinho correu ao meu encontro, onde me falou do ocorrido, ainda indignadíssimo. Eram onze horas da manhã de um domingo. Quem o recebeu, na casa da rua dos Inválidos foi o pai de minha amiga. Bentinho preocupou-se, ao vê-lo abatido e em desalinho. Sancha estava enferma, caíra na véspera com uma febre que se ia agravando. Ele queria muito à filha e se ela morresse, se mataria, juro, eu me mato, Bentinho! E as lágrimas rolavam-lhe dos olhos transtornados. Bentinho mal se comoveu. A dor alheia mais uma vez o incomodava. Aliás, qualquer sentimento que não o dele próprio costumava provocar-lhe essa sensação. O que o salvou do mal-estar foi a minha entrada na sala: "— Ela está pior?", perguntou o Sr. Gurgel assustado. "— Não senhor, mas quer falar-lhe." Seus olhos relaxaram. Deixou-nos a sós, não sem antes dizer que eu era a enfermeira de Sancha.

Eu estava cansada, não sei se por força da emoção ou da noite maldormida, ou se por ambas as razões. A presença de Bentinho restaurou-me as forças e o entusiasmo. Sentamos no canapé, conversamos; voltei a falar-lhe da troca, excitadíssima. E ele me disse que tinha vindo à casa de Sancha a conselho de D. Glória. "— Seremos felizes, Bentinho! Seremos felizes!"

Ele pareceu não entender o sentido de minha frase, mas repetiu-a, ainda que sem convicção.

LXXXV

O Sr. Gurgel retornou à sala: Sancha chamava por mim. À sua chegada, Bentinho levantara-se de repente, como se estivesse cometendo um crime. De início não entendi esse seu estado permanente de culpa, mas logo me lembrei da sua condição de seminarista. Ergui-me com naturalidade e perguntei ao Sr. Gurgel se a febre havia aumentado. Respondeu-me que não. Tranquila, despedi-me de Bentinho, obrigada pela gentileza, lembranças a D. Glória e a D. Justina. Ele parecia perplexo. Não conseguia definitivamente entender o meu comportamento. Ou talvez já estivesse imbuído do espírito do seminário. Não devo omitir que senti longe nele uma ponta de inveja. Como podia eu dominar tão facilmente as minhas emoções? Nem eu saberia responder. O fato é que eu realmente tinha essa capacidade: nos momentos decisivos, a razão retornava à casa e convidava a emoção a recolher-se. Ainda ouvi as últimas palavras de ambos, enquanto caminhava na direção do quarto. "Está uma moça, a Capitu", observou o pai de Sancha, acompanhando-me os passos com o olhar; Bentinho concordou, buscando ser o mais natural possível: "— Ela cresce depressa, o Sr. não acha? Ontem mesmo era uma menina, franzina, magrinha; hoje aí está, moça feita, de fato, uma mulher por inteiro, à direita, à esquerda, por todos os lados, dos pés à cabeça." Eu ri por dentro do jeito sem graça como ele falava. Caminhei devagar, para saborear suas palavras, e ele foi além, num discurso de risco, que sempre que vinha do seminário achava que eu estava "mais alta e mais cheia, que os meus olhos a cada dia pareciam ter outra inflexão e a boca outro império". Todas as minhas graças foram louvadas. Se o pai de Sancha não fosse tão desligado, teria descoberto o nosso segredo. Graças a Deus limitou-se a voltar o olhar para um retrato de moça na parede e perguntou-lhe se eu não era parecida com ela. Sem nenhuma vacilação, Bentinho, como era de seu feitio, concordou. Sim muito parecida, as feições, a testa, a boca, e principalmente os olhos... Gurgel acrescentou: "— e o gênio...; pareciam irmãs." Era o retrato da mulher dele. Bentinho não conseguiu disfarçar o seu desconforto diante de tal entusiasmo por minha figura. Entrei no quarto de minha amiga.

LXXXVI

Por um momento temi que o pai de Sancha tivesse suspeitado do nosso relacionamento. Logo relaxei. E decidi que iria consultar José Dias sobre a ideia da troca.

Antes da nossa conversa, que demorou dois dias para concretizar-se, voltei a encontrar-me com Bentinho, em sua casa, naquela mesma data. — E Sancha, como está? — Deixei-a bem, sem febre. Agora é repouso e boa alimentação; logo estará pronta para outra. E você? Fiquei preocupada com aquela sua conversa com o pai dela... — Eu também. Será que ele desconfia de nós? — Não acredito; ele está muito ligado na filha, mal prestou atenção no que você falava, felizmente. Mas e você? Veio logo para casa? — Não; imagine que eu vinha preso aos meus pensamentos, quando ouvi uma voz que me chamava: "Sr. Bentinho! Sr. Bentinho!" Custei a localizar de onde vinha. Só quando o dono chegou à porta, me dei conta de que "estava já na rua de Mata-cavalos em frente a uma conhecida loja de louças, escassa e pobre; as portas estavam meio-cerradas e a pessoa que me chamava era um pobre homem grisalho e malvestido" em quem reconheci o proprietário.

"— Senhor Bentinho, disse-me ele chorando, sabe que o meu filho Manduca morreu?"

Não diga que você está falando daquele menino...

Esse mesmo, Capitu. Havia morrido fazia meia hora. O enterro seria no dia seguinte. Ele já havia mandado recado para mamãe que, imediatamente, providenciou flores para enfeitar o caixão, "tinha de morrer", Sr. Bentinho, "e foi bom que morresse, coitado, mas apesar de tudo, sempre dói. Que vida que ele teve!..."

Bentinho me disse, então, que ficou incomodado com tanto sofrimento. Seu desejo era fugir. Não queria ver o morto. Não era medo, mas como enfrentar a morte, a ideia da morte, depois do nosso encontro? Afinal, ele não tinha nada a ver com tudo aquilo. Por que se sentia tão desconfortável? Alegou pressa, compromissos, mas a insistência desamparada do pai acabou por conduzi-lo, mesmo a contragosto, ao interior da casa e ao corpo do defunto.

Critiquei-lhe o sentimento, por desumano e pouco caridoso. Mas minha curiosidade quis saber como havia reagido. Era novo para mim. Eu nunca estivera perto de um defunto. O que ele me disse exige um capítulo.

LXXXVII

"— A princípio fiquei irritado com a insistência do homem. Depois pensei: ele não tem culpa, o pobre; para ele, o filho era o que havia de mais importante. Depois, comecei eu mesmo a sentir-me culpado. Logo me recompus. Não, não podiam culpar a mim; para mim, a coisa mais importante era você, Capitu. O mal era que os dois casos se conjugavam na mesma tarde e a morte de um vinha meter o nariz na vida do outro."

Mas e o morto? Como é ver um defunto, assim de repente?

"— O quadro era feio, já pela morte, já pelo defunto, que era horrível... Manduca morreu de lepra..."

Arrependi-me de minha curiosidade; pedi-lhe que me poupasse das minúcias. E você?

"— Quando o vi estendido na cama, o triste corpo daquele meu vizinho, fiquei apavorado e desviei os olhos; não sei que mão oculta me compeliu a olhar outra vez, ainda que de fugida; cedi, tornei a olhar, até que recuei de todo e saí do quarto..."

"— Padeceu muito! suspirou o pai"; "— coitado de Manduca! soluçava a mãe."

"— Despedi-me. O pai perguntou-me se faria o favor de ir ao enterro; respondi com a verdade, que não sabia, faria o que minha mãe quisesse; e rápido saí, atravessei a loja e saltei a rua." Em menos de três minutos estava em casa. Procurei esquecer o defunto. Tudo, afinal, consegui arredar da vista, em poucos segundos. Não foi difícil: bastou-me pensar na outra casa, na vida e, mais que tudo, em você, no seu rosto fresco e alegre, em seus olhos...

Ai, Bentinho, para, que coisa!... E você vai ao enterro?

Pensei no assunto, nas palavras do sofrido pai, sim eu poderei ir ao enterro; pensei em pedir a mamãe que alugasse um carro...

Vai ver você quer mesmo é andar de carro...

Não me faça essa injustiça, Capitu! Não nego que essa ideia passou na minha cabeça, ela veio na onda dos outros carros, como a sege de meu pai e as visitas de amizade ou de cerimônia, a missa. Mas logo foi expulsa pelo remorso do mau pensamento. Depois, mamãe aposentara a sege, que já era antiga. Mas que era bom espiar pelo óculo de vidro da cortina, ver o cocheiro com suas grandes botas, escanchado na mula da esquerda e segurando a rédea pela outra, lá isso era! E o chicote? Que vontade de sacudi-lo, de estalá-lo nas costas dos cavalos! e eu via as pessoas, os animais, as casas, as pessoas paradas a conversar. E imaginava que diziam:

"— é aquela senhora da Rua de Mata-cavalos, que tem um filho, Bentinho..." Deus, como andamos naquela sege! Mas não era esse o motivo de ir ao enterro; a sege, afinal, já está enterrada no museu de lembranças de mamãe.

Mas você vai ou não vai?
Espere. Tenho outra razão mais forte para ir!
Tem?
Você!
Eu?
É claro. Se eu acompanho o enterro, que é amanhã, não vou ao seminário e posso ficar mais tempo com você.
...
"— Então vou pedir a mamãe."

LXXXVIII

D. Glória estranhou o pedido. "— Perder um dia de seminário!" Bentinho argumentou com a condição humilde da família. "— Mas eu já mandei flores..." A opinião de D. Justina foi decisiva; consultada, falou pela classe: "— Acho que não deve ir. Que amizade é essa, que eu nunca vi?" José Dias lhe disse que o motivo escondido de D. Justina era provavelmente não dar ao enterro "o lustro de sua pessoa". Bentinho não foi. Como ele mesmo me disse, no princípio ficara amuado; mais tarde, ao recordar o que lhe disse o agregado saboreou um prazer particular. Quanto a mim, o que senti foi ânsia de vômito.

LXXXIX

Sobre o pobre Manduca, que Deus tenha em sua santa glória, e do seu enterro, há ainda que lembrar um acontecimento, por significativo. O Dr. Bento registrou-o.

No caminho de volta para o seminário, Bentinho passou rápido pela porta da loja, a rigor do outro lado da rua, receoso de que o vissem e novamente o chamassem. Não chamaram. Mas ele não pôde frustrar-se de pensar no morto. Não era seu amigo, nunca foi seu amigo, não tinha nenhuma intimidade com ele, que intimidade poderia haver entre a doença dele e a sua saúde? Relações, se as houve, foram remotas e distantes. Na verdade reduziam-se a uma única, vivida dois anos antes — dois anos! — a propósito de um assunto no mínimo inusitado nos espaços de seu pensar cotidiano: a guerra da Crimeia.

Bentinho tinha então de treze para quatorze anos, portanto. O enfermo lia e lia. Era seu único divertimento. Num domingo, o filho de D. Glória o viu, lá no fundo da loja, para onde o pai o levava, a fim de que, pelo menos vislumbrasse a rua. Era à tardinha. Por desfastio e por curiosidade, Bentinho resolveu conversar com ele. Não ficou pouco espantado diante dos estragos da doença. Como o Dr. Santiago se permitiu descrever, num enfoque raro na sua narrativa, "a doença ia-lhe comendo as carnes, os dedos queriam apertar-se, o aspecto não atraía, decerto". Sutilezas da arte daquele senhor. Bentinho conseguiu superar a sua ojeriza. Conversaram. Manduca disse que os aliados venceriam a guerra. Bentinho contrapôs-se, defendendo a vitória dos russos. E claro que, à luz dos seus conhecimentos, ambos refletiram as opiniões dos jornais, onde o assunto palpitava. Como a conversa animou-se e prolongou-se, Manduca propôs que continuasse a polêmica por escrito. Foi o que fizeram. Trocaram cartas e certezas. "— Os russos não hão de entrar em Constantinopla." "— A vitória russa é uma questão de tempo." Era vital para o pobre enfermo — seu pai confidenciou-o a Bentinho.

Quando Bentinho me passou as palavras do sofrido pai, não pude conter a emoção e as lágrimas. Pensei em como o sentido de uma vida depende de coisas tão ínfimas! O assunto importava pouco, decerto, o que lhe oxigenava o espírito era a sensação de que estava vivo, de que a sua palavra ainda contava, de que ainda podia trocá-la com o outro! Passei esta reflexão a Bentinho que mal ouviu o que eu dizia. Completou informando que cansou primeiro. Começou a alongar o intervalo das respostas, até que não respondeu mais. O pobre ainda teimou duas ou três vezes, depois do seu silêncio, e, ao cabo, desistiu também. Mas até o último texto, manteve-se firme, com segurança de sempre: "Os russos não entrarão em Constantinopla."

Não entraram, nem então, nem nunca. E Manduca, depois de uma guerra tão árdua como a dos turcos, esse deve ter entrado no paraíso prometido. O resto são reflexões autopromocionais do Dr. Santiago, a vangloriar-se do bem que propiciou com as migalhas de suas cartas ao enfermo vizinho de Mata-cavalos, o que é ainda mais grave, diante do enfado com que mantinha aquela correspondência, limitando-se a reproduzir, sem qualquer avaliação mais profunda, o noticiário da imprensa sobre o conflito em discussão. Confesso, aliás, que esperei que o Dr. Bento, fiel ao seu estilo, escrevesse, diante do epílogo do episódio: "— Pus-me a pensar em como são curiosos os caprichos do Destino: duas criaturas tão próximas e, ao mesmo tempo, tão distantes..." Não escreveu. Preferiu justificar-se com considerações sobre a inexorabilidade da morte...

XC

E Bentinho dormiu tranquilo na noite do seminário. Contou-me que sonhou comigo, precisamente, como escreveu o cuidado do Dr. Bento, com a minha imagem, e todas aquelas cenas e pessoas tristes e fúnebres foram desaparecendo como por encanto de sua memória. A guerra da Crimeia esfumara-se. O mesmo aconteceu com a batalha do Manduca. Ele tinha essa facilidade. Relativizar tudo. Mesmo a infelicidade. Buscou, a propósito, tentar provar-me, numa última referência ao defunto, que o diabo não era tão feio como costumavam pintá-lo. Chegou a escrever-me uma carta, naquela mesma semana, onde tenta se autoconvencer de que agiu correta e adequadamente. Aquela morte anunciada e que se impôs aos seus olhos relutantes deve tê-lo incomodado muito mais do que procurava demonstrar, tanto que transformou a matéria da carta num capítulo do seu livro, sem aludir à missiva, naturalmente. Um trecho dela chega a ser um primor de relativização:

"Quero dizer, Capitu, que o meu vizinho de Mata-cavalos, temperando o mal com a opinião antirrussa, dava à podridão das suas carnes um reflexo espiritual que as consolava. Há consolações maiores, decerto, e uma das mais excelentes é não padecer esse nem outro mal algum, mas a natureza é tão divina, que se diverte com tais contrastes, e aos mais nojentos ou mais aflitos acena com uma flor. E talvez saia assim a flor mais bela; o meu jardineiro afirma que as violetas, para terem um cheiro superior, hão mister de estrume de porco; não examinei, mas deve ser verdade".

Quando estava escrevendo este capítulo, comentei esta passagem com Brás Cubas, que sobre ela se pronunciou com a precisão de sempre: — É, minha amiga, suporta-se com paciência a cólica do próximo. Quincas Borba quis saber do que se tratava e foi mais incisivo: — Nem eu, na minha concepção do humanitismo, teria sido mais desumano e contundente. E me veio, então, a sombra de um estranho pensamento, surgido não sei de onde: eu diria que o posicionamento de Bentinho era uma forma de compensação. Corri a espantá-la do meu cérebro: ele era um jovem lindo e de muita saúde. Deus o conservasse.

XCI

É verdade que eu começava a me preocupar com certos acessos de frieza que, desde algum tempo, vinham marcando o comportamento do meu adolescente namorado. Até porque, há muito eu não sentia o calor de suas mãos. Em beijar nem pensar. Eu procurava compreender. Seria muito arriscado, ainda que, por inúmeras vezes, nos encontrássemos sozinhos e sem risco de qualquer interveniência. Ponhamos na conta de sua timidez.

Diante do que ele me dissera, julguei que eu era realmente o eixo de sua tranquilidade e do seu equilíbrio. Ledo engano. Já, desde aquele tempo, ele dissimulava. Só tive consciência plena dessa dimensão de seu temperamento, entretanto, ao ler o capítulo XCIII do seu libelo. Ali ele revela, com todas as letras, que quem melhor supriu o defunto foi um amigo, um amigo que, durante cerca de cinco minutos — cinco minutos! — esteve com suas mãos entre as dele, como se não o visse de longos meses; ele mesmo, leitora atenta, Ezequiel Escobar.

O convite para jantar foi feito e aceito com convicção: "— Vim para isto mesmo". Estranhamente, não se estendeu a mim. Bentinho explicou-me depois que fora tudo muito repentino... E, por outro lado, ele mesmo, Escobar, teve por prudente que eu não comparecesse: poderíamos trair o nosso segredo... fiz de conta que aceitei a desculpa.

D. Glória, entusiasmada com a amizade de ambos, agradecia efusivamente a Escobar, que respondia com extrema polidez, procurando as palavras. O próprio Bentinho estranhava-lhe essa dificuldade; ele era de natural bem-falante e tinha domínio seguro do discurso. Talvez porque estivesse falando dele, tinha esse cuidado. Mas conseguiu, à perfeição, louvar as boas qualidades do filho, a educação aprimorada, devida, sem nenhuma dúvida, à doce e jovem mãe que o céu lhe dera... Curiosamente, como está registrado pelo Dr. Bento, e é verdade, ele dizia tudo, em especial os muitos elogios a D. Glória, "com voz engasgada e trêmula". Todos ficaram gostando ainda mais dele; jogou gamão com o Dr. Cosme e perdeu; ganhou dois superlativos do agregado, após louvar-lhe a elegância e a sagacidade; D. Justina — fato inusitado — permaneceu calada, sem qualquer restrição. Verdade que foi agraciada com encômios alusivos à sua discrição e à agudeza de suas frases. Só mais tarde disse a Bentinho que o encontrara "um tanto metediço" e com "uns olhos policiais a que não escapava nada". "São olhos refletidos, opinou Tio Cosme." Bentinho defendeu-o como pôde; José Dias encontrou alguma razão no parecer da prima; D. Glória deu o seu veredito: "— A mim me parece um mocinho muito sério..." O agregado imediatamente concordou: "— Justamente!" O que ninguém ouviu foi o diálogo dos dois amigos, quando Bentinho passou a Escobar a opinião materna sobre ele; o jovem corou de prazer, cheio de agradecimentos, é bondade dela, uma "senhora grave, tão distinta, e moça, muito moça... Que idade teria?" "— Já fez quarenta!", respondeu a vaidade de Bentinho. "— Não é possível! Quarenta anos! Nem parece trinta; está muito moça e tão bonita! É claro, você tem a quem sair com esses olhos que Deus lhe deu; são exatamente os dela; enviuvou há muitos anos?"

Era a deixa, hoje compreendo. A singeleza e o entusiasmo de Bentinho contaram-lhe tudo o que ele sabia de sua mãe e do pai. Escobar escutava, perguntava, pedia "explicações sobre as passagens omissas ou obscuras"; Bentinho estendia-se, só não lembrava bem da roça. "— E vocês não contam voltar mais para lá?" Disse-lhe que não, não voltariam; um preto que passava desviou o rumo da conversa; era o Tomás.

Eles estavam na horta. Não sei se disse que havia horta no quintal da casa. Tomás cuidava de um canteiro. Chegou-se. Bentinho voltou a informar: que era casado, com a Maria, perguntou por ela, indagou-lhe se se lembrava da roça; disse que sim. Mais não lhe foi perguntado. Bentinho foi mostrando os outros escravos. Conhecia-os pelo nome; "— Todas as letras do alfabeto...", não resistiu Escobar. "— Estão todos aqui em casa?" Bentinho não se fez de rogado, não, que os havia ao ganho na rua e outros mais alugados, a casa não comportava todos, e nem eram todos, alguns tinham ficado na roça... Os olhos de Escobar brilhavam. "— O que me admira é que D. Glória se acostumasse logo a viver em casa de cidade, onde tudo é apertado, a de lá é naturalmente grande..." Bentinho se derramava: "não sei mas parece, mamãe tem outras casas maiores do que esta, diz, porém, que há de morrer aqui; as outras estão alugadas; algumas são bem grandes, como a da Rua da Quitanda..." "— conheço esta, é bonita." "— Tem também no Rio Comprido, na Cidade Nova, no Catete..." "— Não lhe hão de faltar tetos..." Escobar ria e ria...

E entre outros comentários sobre assuntos do quintal e da horta, retomou o elogio a D. Glória, culminando com "um anjo dobrado". Bentinho caminhava ao seu lado, a mão presa na dele, disse-me mais tarde Tomás, quando naquele dia, procurei por ele.

XCII

Bentinho, dias depois, me fez um resumo de toda essa conversa da horta, mas sempre um resumo. Só se alongou diante da capacidade demonstrada por Escobar para os números. — É inacreditável, Capitu! Ele não sabe só usar bem as palavras, sabe também calcular e de cabeça!

E, entre outras considerações, falou-me, entusiasmado, de um exemplo da invulgar capacidade do seu querido companheiro. Estavam no pátio do seminário. Ele propôs uma aposta: que Bentinho lhe desse uma porção de números de que ele não tivesse notícia, por exemplo, "o número de casas de sua mãe e os aluguéis de cada uma"; ele diria a soma total em, no máximo, dois minutos; se não o fizesse, poderia enforcá-lo. Uma semana depois, o herdeiro de D. Glória levou-lhe a relação completa e minuciosa das casas com os respectivos aluguéis. Escobar tomou os papéis, correu neles os olhos lentamente, a fim de os decorar; enquanto Bentinho olhava o relógio, ele erguia as pupilas, cerrava as pálpebras, murmurava; em meio minuto — meio minuto, Capitu! — bradou, com orgulho: "— Dá tudo 1:070$000 mensais!"

Bentinho ficou pasmado. Não nego, eu também fiquei. Eram nada menos do que nove casas e os aluguéis variavam de 70$000 a 180$000! Conferiu o resultado com o que tinha em outro papel, com as contas feitas: o resultado conferia: 1:070$000. Era uma quantia respeitável, àquele tempo. Impressionei-me. Ele também. Tanto que se atirou num efusivo abraço ao companheiro, que correspondeu com igual entusiasmo. Só não entendeu, segundo me confidenciou, porque um padre que passava perto e assistiu à cena, chamou-lhes a atenção: "— Senhores, a modéstia não consente esses gestos excessivos; podem estimar-se com moderação." Uma ruga de preocupação emergiu na testa de Escobar; fê-lo ir-se não sem antes observar que o padre, bem como muitos outros, "falavam de inveja"; mesmo assim, o melhor é que passassem a viver separados, no seminário. — Imagine, Capitu! Respondi-lhe "que não! Se era inveja, pior para eles! Quebremo-lhes a castanha na boca! Fiquemos ainda mais amigos do que até aqui!" Escobar arriscou um mas... com pouco empenho e sabe o que ele fez? "Apertou-me as mãos, às escondidas, com tal força, que ainda me doem os dedos." Fiquei emocionadíssimo. Juro que quase cheguei às lágrimas. O Dr. Bento omitiu do seu texto as lágrimas, mas admitiu que, passado tanto tempo, ainda permanecia nele a dolorosa e grata sensação daquela efusão antiga.

XCIII

O que ainda hoje me causa estranheza é que, nem naquele momento, nem no tempo da narrativa em que retoma os fatos, o meu ex-marido tece qualquer consideração a propósito do episódio. Limita-se simplesmente a transcrevê-lo. A ingenuidade parece acompanhá-lo mesmo na idade madura. A mim, adolescente e mulher, a quem a malícia do mundo chegava, intermediada e filtrada pela ética adulta, o fato causava estranhamento; não entendo como não levou a nenhuma outra consideração um narrador que não deixa escapar de comentário o menor gesto meu.

Como quer que seja, Escobar agora estava informado de parte significativa dos bens da família Santiago. E sabia muito bem, como todos, quem os comandava e administrava. Aquilo me deixava preocupada. Como ainda uma vez me causavam um mal-estar, que não conseguia identificar com clareza, aquelas efusivas manifestações de afeto recíproco que o sacerdote chamou de gestos excessivos que se contrapunham à modéstia. É, devia ser isso.

XCIV

A presença de Escobar era cada vez mais constante. Difícil, o fim de semana em que não estivesse metido na casa de Mata-cavalos, dividido entre a companhia de D. Glória e do filho. — Sua mãe é encantadora!, repetia a um inebriado Bentinho. — Ela também gosta muito de você. Curiosamente, sua presença nunca coincidia com a minha estada lá; sempre que eu chegava, ele havia saído.

Conversávamos, eu e Bentinho, agora menos do que o costume. O pretexto eram as lições que ambos deviam estudar. E juntos. Bentinho aproveitava os instantes em que ele estava com a mãe ou, eventualmente, a jogar gamão com o Dr. Cosme. José Dias é que estava cada vez mais arredio. Vivia recolhido ao seu quarto a maior parte do tempo em que o seminarista estivesse presente. Era nítido o seu desagrado diante daquela figura metidíssima, a Sra. D. Justina estava certíssima! E foi ele que resolveu agir. Procurou Bentinho, logo após as despedidas do amigo. "— Agora é certo que você vai sair já do seminário." Bentinho parecia nem mais importar-se com a urgência da solução. "— Como?" "— Espere até amanhã. Vou jogar com eles, que me chamaram; amanhã, lá no quarto, no quintal, ou na rua, indo à missa, conto-lhe o que há. A ideia é tão santa que não está mal no santuário. Amanhã, Bentinho."

Sabemos qual era a ideia. Eu havia conversado com José Dias sobre ela. Isto mesmo: a troca. Ele recebeu-a com dois superlativos empolgados: — Preciosíssima! Estupendíssima! Vou já conversar com o protonotário Cabral!

No dia seguinte, revelou-a a Bentinho. Ele não ficou surpreso. Apenas abriu-se para maior entusiasmo e passou a acreditar na solução quando o agregado lhe disse que percebera, pelas conversas que tivera, que D. Glória "estava arrependida do que fizera"; desejava vê-lo fora do seminário, mas "entendia que o vínculo da promessa a prendia indissoluvelmente"; era preciso rompê-lo, ele disse, mas à luz da Escritura. E essa abria o caminho "com o poder de desligar dado aos apóstolos. Assim, ele e Bentinho iriam a Roma pedir a absolvição do Papa... que lhe parecia?".

Por essa, eu não esperava. O agregado partira da minha sugestão e engendrara uma estratégia, reconheçamos-lhe esse mérito; e não escondeu de Bentinho que havíamos tratado juntos do problema, só não lhe disse que acrescentara Roma no percurso. Bentinho disse lembrar-se, sim, eu havia falado no assunto, mas não lhe parecera uma solução fácil; agora, após alguns momentos de reflexão, continuava indeciso, e, sem maior convicção, admitiu que poderia ser "um bom remédio".

"— É o único, Bentinho, o único!" E José Dias reiterava o seu propósito de ir ter com D. Glória, expor-lhe tudo e marcar a viagem para dali a dois meses, ou antes...

Bentinho adiava; queria tempo para pensar... José Dias, surpreso, impacientou-se: pensar em quê? — Talvez consultar outra pessoa...

Bentinho estava dependendo, na realidade, da consulta a duas pessoas: Escobar e eu. Difícil dizer em que ordem de prioridade. Sua conversa comigo deixou esse ponto muito claro. Não nos esqueça de que ele era um livro aberto.

O agregado insistia: — Não será o reitor, você não está pensando em levar-lhe o problema... ou será aquele professor de sua predileção? — Nada disso, eu só preciso de tempo para pensar, a ideia não me parece má, eu já o tinha dito a Capitu...

O duelo verbal prosseguiu. José Dias usava todos os argumentos do mundo; quem tinha boca ia a Roma, e boca eles tinham que era a moeda; que ele gastaria com ele mesmo, pois, para si, só precisava de algumas roupas e do pão diário, que em Roma havia restaurantes maravilhosos; levariam cartas do bispo, dos capuchinhos, do protonotário; é claro que era possível pedir a dispensa daqui, de longe; mas "era muito mais solene, eficaz e muito bonito entrar no Vaticano e prostrar-se aos pés do Papa o próprio objeto do favor, o levita prometido, que vai pedir para a sua mãe terníssima e dulcíssima a dispensa de Deus". "— Considere, Bentinho, considere o quadro: você ali, beijando o pé ao príncipe dos apóstolos; Sua Santidade com o sorriso evangélico, inclina-se, interroga, ouve, absolve e abençoa! Os anjos o contemplam, a Virgem recomenda ao Santíssimo Filho que todos os seus desejos, Bentinho, todos, sejam satisfeitos, e o que você amar na terra seja igualmente amado no Céu!"

A serpente não faria melhor no Paraíso. E ele não ficou por aí; incluiu o amor de D. Glória, incluiu-me como amiga dileta, juntou-nos os três e mais ele na utopia da felicidade doméstica jamais sonhada. Sua peroração talvez fosse imbatível, não fosse o poder de duas opiniões. E ele ainda não o percebera.

Foi assim que aconteceu. Não alcancei a intenção do Dr. Bento Santiago ao atribuir a total responsabilidade da ideia da troca ao Sr. José Dias. Talvez para minimizar o mérito da minha capacidade de raciocinar. Sem dúvida o meu forte não era o cálculo frio. Afinal, ao longo de todo o seu texto, ele não mediu esforços e artes para insinuar, a cada passo, aspectos do meu caráter e de meus propósitos. Foi além do lobo da fábula, porque soube muito bem esconder os indícios reveladores da espécie. A ponto de me fazer extremamente sedutora e hábil, de me retratar lacônica, e de tentar provar, sobretudo a si mesmo, em inúmeros capítulos, que me amava. De sua maneira, acredito que sim. No fundo, era um ser dividido, uma consciência dilacerada. Só não se furtara ainda da tentativa de me converter em mulher-objeto; era um homem do seu tempo. Talvez as razões da omissão situem-se nesses espaços. É possível. Os fatos e o seu texto falam por si.

XCV

O que escrevi, no capítulo anterior, me leva a uma reflexão que, ao tempo dos fatos, não me ocorreu. Àquele passo da nossa história, Bentinho parecia estar acomodado na vida do seminário, José Dias revelava as suas verdadeiras intenções, centradas na obsessão da viagem, Escobar deixava entrever uma estranhável curiosidade a respeito dos bens da família Santiago e da situação da viúva, cujos méritos não se cansava de exaltar; D. Justina procurava excluir qualquer pessoa que pudesse competir na sua ligação com a prima rica, o Dr. Cosme ia roendo. E como se não bastasse, o agregado ainda evidenciava o seu entusiasmo pelas aparências, carregadas de pompa e circunstância! A família valorizava efetivamente o seu lugar de classe. Brás concordou comigo quando submeti este capítulo à sua leitura. E permitiu-se um comentário: "— Na vida, minha querida, o olhar da opinião, o contraste dos interesses, o leite das cobiças, obrigam a gente a disfarçar as razões e os remendos e não estender ao mundo as revelações que faz à consciência; e o melhor da obrigação é quando, à força de embaçar os outros, o homem embaça-se a si mesmo, porque, em tal caso, poupa-se o vexame, que é uma sensação penosa e a hipocrisia, que é um vício hediondo." Penso hoje comigo: teria Bentinho de fato poupado um e outra? Creio que não.

XCVI

Antes de prosseguir, acrescento mais uma reflexão às que me permiti no capítulo anterior: não teria o Sr. Bento Santiago, condicionado por todo aquele comportamento familiar, projetado em mim o que era próprio dele, de seus parentes e aderentes? Pois uma das conclusões que o seu texto permite é que me movia, na direção de Bentinho, apenas o interesse friamente calculado. Não; deixemos de lado esse mau pensamento; tudo o que fez deve ter sido por amor, amor a si mesmo, mas enfim amor. Vá a reflexão, no benefício da dúvida.

XCVII

Bentinho e eu conversamos sobre a proposta do agregado.
— A troca me parece uma excelente senão a única saída. Agora não apoio de forma nenhuma a sua viagem... — Por quê? "— Você indo, esquece-me inteiramente." "— Nunca!" "— Esquece. A Europa, dizem que é bonita e a Itália, principalmente. Não é de lá que vêm as cantoras? Você esquece-me, Bentinho. Não haverá outro meio? Concordo com José Dias, D. Glória está morta para você sair do seminário." "— Sim, mas julga-se presa pela promessa". — Isso nós estamos cansados de saber.

Eu procurava, procurava, mas não encontrava outro caminho. — Bem, você vai, mas tem de jurar que, no fim de seis meses, está de volta. Ele jurou. Não lhe era difícil. E nada menos do que por Deus. Argumentei, com ingenuidade: "mas se o Papa não tiver soltado você?" "— Digo-lhe que fiz um juramento e volto." "— E se você mentir?" Eu disse essa frase, eu coonestei o mau-caráter. Ponha na conta da paixão e da angústia de ficar tanto tempo longe dele. Bentinho ficou sério e triste. Não sei o que se passava na sua cabeça. Sei que não replicou. Cortei o seu silêncio com uma risada, chamei-o disfarçado e lhe disse que acreditava que ele "cumpriria o juramento"; de qualquer forma, eu ia ver se não haveria outra solução para o problema.

XCVIII

Não precisei pensar. Foi Escobar quem desatou o nó górdio que nos sufocava.

Na volta ao seminário, Bentinho contou-lhe tudo, incluída a nossa conversa. Escobar ficou tão triste e abalado como eu. Com os olhos fixos no rosto do amigo, disse — Capitu tem razão. O silêncio caiu entre ambos. De repente, Escobar iluminou-se: "— Não, Bentinho, não é preciso isso! Há melhor — não, não digo melhor, porque o Santo Padre vale sempre mais que tudo — mas há uma coisa que produz o mesmo efeito."

A curiosidade açulou Bentinho; suas mãos seguraram forte as do amigo: "— Que é, que é? Diga logo!"

"— Sua mãe fez promessa a Deus de lhe dar um sacerdote, não é? Pois bem, dê-lhe um sacerdote, que não seja você. Ela pode muito bem tomar a si algum mocinho órfão, fazê-lo ordenar à sua custa, está dado um padre ao altar, sem que seja você..."

A essas palavras, quem se iluminou foi Bentinho. — Sim, é isso! mas como convencê-la? "— É só consultar o protonotário; ele dirá se é ou não a mesma coisa; se for preciso, eu mesmo consulto, se você quiser, e se ele hesitar, fala-se ao Bispo." Bentinho pensou alto, sem esconder sua alegria: "— Sim, é isso. Realmente a promessa cumpre-se, e não se perde o padre."

O hábil calculista ainda acrescentou que, quanto ao aspecto econômico, "a questão era fácil"; D. Glória gastaria o mesmo que com ele, e talvez até muito menos, pois, afinal, "um órfão não precisaria de maiores comodidades. Citou, de passagem, a soma dos aluguéis das casas, 1:070$000, além dos escravos..." E acrescentou, triunfante, que tinha mais uma coisa: sairiam juntos do seminário!

Bentinho não conseguia conter-se: "— Juntos, eu e você?" "— sim — vou melhorar o meu latim e saio; nem dou teologia; para quê, no comércio?"

"*In hoc signo vinces!*" Brincou o aluno do protonotário. E sorridentes, de mãos dadas, ficaram ambos a olhar para o céu, a pensar no plano e na libertação. Bentinho cortou o enleio, agradecendo a Escobar a felicidade de sua ideia. Não havia melhor. O amigo ouviu-o, contentíssimo e permitiu-se dar-lhe um beijo na testa.

XCIX

Bentinho não esperou o fim de semana. Como há muito não fazia, escreveu-me, imediatamente. Um preto veio trazer-me a carta. Abri-a sofregamente, com medo de uma notícia ruim. Exultei, ao lê-la. Admirei, sinceramente, a sagacidade de Escobar. Nem só de números ele entendia, era mais, era um ardiloso estrategista. E alguém com quem se poderia contar. Tive ímpetos de apertar-lhe a mão, agradecida.

C

A ação foi rápida e decisiva. José Dias, mesmo a contragosto, teve que admitir que a saída era a melhor. D. Glória relutou, o Sr. acha mesmo, Sr. Escobar? Mas padre Cabral, com quem Escobar conversara longamente, com requintes de citação do direito canônico, dispôs-se a consultar o Bispo, não sem agradecer a lembrança do seminarista de que solicitaria da mãe de Bentinho que patrocinasse as ladainhas de maio. Consultado, S. Eminência disse que sim, que podia ser; era canônica e perfeitamente viável e citou dois casos similares, um ocorrido com o filho de um duque, por sinal em Roma, e outro, na França, com certo príncipe que a ética mandava não identificar.

Bentinho deixou o seminário no final do ano. Estava com mais de dezessete anos, e eu chegava aos meus dezesseis, com as esperanças renovadas. Comentei com Sancha a minha alegria, oh, minha amiga, será que vai dar certo? — É claro, Capitu, vocês se amam...

Ele voltou acompanhado de Escobar a quem, finalmente, fui apresentada.

CI

Ele foi discreto e comedido ao cumprimentar-me: — Muito prazer, D. Capitolina; Bentinho fala muito da senhorita... — O prazer é recíproco. Ele fala muito do Sr. também: mas, por favor, me chame de Capitu.

Conversamos muito pouco, amenidades, o clima do Rio, a beleza do mar. O centro das atenções era o ex-seminarista. Eu me sentia particularmente feliz. Mas não pude deixar de notar certas mudanças no meu namorado oculto. Estava mais bonito e bem mais falante do que o habitual, e mais ousado. Momento houve até em que polemizou com o Dr. Cosme sobre as virtudes do jogo de gamão. O velho respondeu, ainda uma vez, com o seu costumeiro "Ora!" e abandonou o campo da liça. Notei que Escobar não deixara um instante a companhia de D. Glória. Por inúmeras vezes, um sorriso leve e novo iluminava-lhe o rosto, diante de algum dito dele, que eu não conseguia ouvir. José Dias mantinha-se estranhamente calado. Não esboçou sequer um dos seus costumeiros superlativos. Já no final do banquete, começou-se a falar no destino de Bentinho: — A Faculdade de Direito de São Paulo me parece uma excelente escolha, se me permitem a modesta opinião; o autor da frase era Escobar. Comecei a prestar mais atenção nele. Bentinho não exagerara. Era um belo rapaz. E pela maneira como assumiu a sua frase, de forte personalidade. D. Glória protestou, São Paulo era muito longe, nesse caso, teria sido melhor que ele permanecesse no seminário, pelo menos visitava a família uma vez por semana. O amigo de fé contrapôs que poderia vir ao Rio uma vez por mês, não seria nem oneroso, nem cansativo. José Dias rompeu o mutismo para interferir e dizer que os melhores cursos de leis estavam na Europa; restringir-se a São Paulo era um desperdício de inteligência, falo em nome da dedicação de tantos anos que me une a esta família... — Capitu, você que acha?, perguntou-me D. Glória. Amuada com o quase descaso de Bentinho, respondi: — É Bentinho quem deve decidir, a vida é dele. Para minha surpresa e de todos, ele decidiu, de imediato: — Está dito; irei para São Paulo.

CII

O curso durou cinco anos, tempo cujos acontecimentos o Dr. Santiago resolveu omitir do seu relato. Teve suas razões, como se verá.

Você deverá estar-se perguntando como ficou a nossa relação durante tanto tempo. Eu lhe conto; antes permita-me registrar, neste capítulo, um momento de enlevo, para mim extremamente significativo.

Antes de sua partida, renovamos o nosso juramento, cujo cumprimento só dependia agora de nós e do tempo. — Eu vou-lhe escrever todos os dias. Sorri; — Não vai não, Bentinho; se do seminário, há algum tempo você já me mandava uma ou outra carta... — Mas São Paulo é diferente. São Paulo é longe daqui. — O importante é que nós dois permaneçamos perto, juntos e unidos pelo coração. Ele sorriu, emocionado. Estávamos no nosso quintal, junto ao muro, a sombra dos nossos nomes rabiscados. Ele deixou-se estar a olhar o meu rosto, embevecido. Desta vez ninguém nos interrompeu o idílio. E eu tive a ilusão de que amar era bom.

CIII

Depois de muitos preparativos, de dois ou três delíquios de D. Glória, e do desespero de José Dias, que, até o último instante aguardava uma mudança de planos que apontasse para a Europa, Bentinho finalmente partiu. O agregado não foi com ele. Afinal, São Paulo não era a Europa; consolou-o a necessidade de cuidar dos assuntos da família, na sua ausência. Na despedida, além de mim, os familiares e, naturalmente, Escobar. Este efetivamente deixara o seminário ao mesmo tempo que Bentinho e estava prestes a assumir um emprego no comércio.

Segurei o quanto pude as lágrimas. Quando a sege desapareceu na última dobra da rua, elas correram comigo para o quarto. Adormeci algum tempo depois. Acordei no dia seguinte, refeita; tomei o café da manhã com mamãe e fui para o colégio.

CIV

Os cinco anos que durou a estada de Bentinho em São Paulo foram marcados por acontecimentos rotineiros. Minha vida era preenchida em primeiro lugar, pela lembrança constante dele, depois pelo colégio, pelas conversas com Sancha, e por minha presença junto a D. Glória. Eu passava a maior parte do dia com ela, em longas conversas, cujo tema central era sempre Bentinho. — Só você para tornar mais suportável a saudade do nosso menino... como estará ele, sozinho naquela cidade estranha, meu Deus?... — Ele está bem, D. Glória; fique tranquila; a senhora não tem recebido suas cartas? — É, mas eu sempre penso que ele me esconde alguma coisa... — Não esconde, não, ele adora a senhora!...

Bentinho escreveu-me. Mas não diariamente: a cada quinze dias. De tal forma, que quase posso dizer que fiz o curso de Direito com ele, tantas eram as notícias das aulas, das provas, dos professores e dos colegas. A julgar pelas cartas, felizmente não havia moças em São Paulo... Inúmeras vezes me pedia conselhos e opinião sobre os mais variados assuntos. Ou recordava os nossos bons momentos, a cena do penteado, e sempre, com destaque, o nosso juramento: — havemos de nos casar um com o outro. Um único senão me incomodava: por escolha dele, as nossas cartas eram intermediadas por Escobar: ele encaminhava as dele para o endereço do amigo e eu lhe entregava as minhas, para que as pusesse no Correio. Quando Bentinho me fez essa proposta, eu não concordei; ele me convenceu de que era mais seguro, de que ainda era necessário manter o nosso segredo... Escobar era um cavalheiro, mas por vezes, quando me trazia a correspondência, trazia um sorriso cúmplice e malicioso nos lábios. Soube, depois, já na Suíça, que ele recebia sempre uma cópia de cada carta enviada pelo meu namorado, tal o pacto de confiança que havia entre eles. Limitei-me a sorrir tristemente.

CV

Volto ao soneto camoniano citado capítulos atrás em que o poeta se vale de uma passagem do Velho Testamento de que, por acaso, até me lembro: está lá, em *Gênesis*, 29, 15-30. Eu fiquei muito impressionada com a atitude do pai, que deu a Jacó, cumprido o prazo, Lia em lugar de Raquel, sob a alegação de que não era costume casar a mais nova antes da mais velha. E mais ainda com o gesto de Jacó, que serviu outros sete anos, feliz na contemplação da mulher amada. Eu estava servindo os meus cinco de saudade de Bentinho, com algumas diferenças: não podia contemplá-lo, a não ser eventualmente, papai não tinha nada de Labão, e eu tinha certeza de que não haveria nenhuma Lia na minha noite de núpcias. Mas no fundo, eu me identificava com Jacó, na força do prazer de amar e ser amada; — que são cinco anos, para quem verdadeiramente ama? Só uma coisa me incomodava no poema e no episódio bíblico: em nenhum deles existe qualquer preocupação com o que Raquel pensava ou sentia... É vezo da cultura ocidental, nos tempos bíblicos e nos clássicos... Infelizmente, a mulher não tem nem vez nem voz... talvez porque o registro dos fatos tenha sido sempre mediado pelo macho da espécie... Veja Eva: quando podia falar, acabou móvel da Tentação; e Pandora, criação de Zeus e de seus olímpicos comandados? Trouxe aos homens e ao mundo todos os males de sua caixa, que só, também por concessão masculina, abrigou a esperança... Salva-se a Virgem Maria, mas essa é a santa das santas...

CVI

Além de Bentinho com suas cartas, outra pessoa que me ajudava a conviver com a ausência do meu namorado era Escobar, ele também assídua presença junto a D. Glória. Um dia por semana a visitava, invariavelmente. E aproveitava para passar em minha casa. Conversávamos sobre tudo. Confesso que custei a aceitar a sua presença e a sua amizade. Mas o tema que nos unia e a habilidade com que se conduzia terminaram por cativar-me. Acabou tornando-se um amigo muito querido. A frequência com que Bentinho me escrevia, ele a mantinha também com o antigo e discreto companheiro de seminário. De modo que os três, ele, D. Glória e eu, acompanhávamos em uníssono os passos do acadêmico Bento Santiago em terras paulistanas, secundados pelo seu fiel escudeiro, o agregado José Dias, já refeito da frustração.

Por outro lado, as estadas de Bentinho, que vinha nas grandes datas, nos reuniam festivamente em almoços, jantares e passeios; as visitas só eram empanadas pela inexorabilidade do seu retorno às lides da Faculdade. Nos passeios, ele ficava a maior parte do tempo com Escobar, em animadíssimas conversas, às quais eu não tinha acesso; D. Glória, extasiava-se diante daquela amizade tão sincera e profunda: — Veja Capitu, se fossem irmãos, não se entenderiam tão bem. Eu esperava, sinceramente, que ele me desse um pouco mais de atenção. É verdade que, por vezes, nos encontrávamos no nosso quintal, retrocávamos nossas juras, nossos apertos de mão. Eu esperava ansiosa o beijo que não vinha, ou vinha rápido e cheio de temor. — Alguém pode nos ver, Capitu, não ficaria bem... Ainda bem que eu tinha Sancha como fiel confidente...

CVII

Este é um capítulo que não gostaria de ter escrito. Por isso passarei por ele rapidamente; não quero relembrar as lágrimas que derramei, a sensação de perda de que fui tomada.

Tudo estava bem, quando de repente, um resfriado, a tosse, a febre e a pneumonia levou minha mãe, minha querida e compreensiva D. Fortunata... Ampararam-me, naquele triste instante, a amizade de Sancha e de Escobar; este ainda fez mais: não deixou meu pai um só instante sozinho e cuidou pressuroso de todos os pesados trâmites do enterro. Orai por ela!

CVIII

O tempo tudo cura. Refizemos, eu e meu pai, o nosso cotidiano. Mamãe, aos poucos, tornou-se lembrança querida, sempre a sorrir no retrato que colocamos na parede central da sala. Eu sentia que me tornava uma bela mulher. Não me olhasse no espelho, e Bentinho e Escobar não me deixariam ignorá-lo. Os olhares dos cavaleiros que passavam por minha janela começavam a incomodar-me. Deixei de frequentá-la, contra a opinião de Sancha e do meu amigo. Consideravam o gesto um excesso de zelo. — Não, não; Bentinho não gostaria, tenho certeza! E eu não preciso da janela: basto-me com meus livros, com minhas cartas e com a companhia de minha querida amiga... Escobar brincou: — Sua vontade é minha lei, cara senhora Santiago! — Você me deixa encabulada, Escobar!

CIX

Se se permitia essas gentilezas comigo e, muito mais com Sancha, Escobar gradativamente ocupava um lugar especial na família Santiago.

Logo no primeiro ano de liberação do seminário, começou a trabalhar numa prestigiosa casa de comércio de café, uma das primeiras que se instalaram no Rio de Janeiro. E se houve com tal eficiência, que lá ficou durante quatro anos. Antes, propôs sociedade a D. Glória em alguns negócios que começara a realizar. A matriarca adiantou-lhe solícita algum dinheiro, mobilizada, entre outras razões, pelo pedido do filho. O novel comerciante logo o devolveu, pressionado pelos cuidados da sócia, segundo ele, em comentário comigo, "medrosa e sem ambição". Bentinho, numa de suas primeiras cartas, referiu-se ao empréstimo, louvando o espírito empreendedor do amigo e o seu empenho em ajudar sua mãe. Pediu minha opinião. Respondi-lhe que era uma questão delicada, assunto de família. Por essa época e diante do fato, um comentário de D. Justina caiu como uma bomba no jantar da família, quando se teciam loas ao desempenho do homem de negócios, o hábil Dr. Escobar: — Eu penso que o que esse moço quer é casar-se com a prima...

O pomo de ouro lançado por Hefestos na mesa do Olimpo não provocou estrago maior. D. Glória empalideceu e pediu os sais; o Dr. Cosme reagiu: — Ora, Prima Justina, que pensamento mais estapafúrdio! Ora já se viu! Mana Glória, não lhe dê importância, por favor, Prima Justina está mais é ficando caduca!

CX

Naquele momento, concordei com o Dr. Cosme. Que ideia! E com aquela diferença de idade! Hoje, favorecida pelo distanciamento, junto os fatos. Os elogios frequentes à beleza, à juventude, à lucidez, aos méritos domésticos de D. Glória, feitos por ele pelo menor motivo, ou sem motivo nenhum, a sua presença constante ao pé da matriarca, as atenções, aliadas à preocupação com os bens da família, tão sutilmente arrancados da simplicidade do amigo, me levam no fundo a admitir a hipótese de D. Justina. Não posso transformá-la em tese, pois não teria como demonstrá-la. E houve outros fatos... Enfim, ele se tornou meu amigo e confidente. Éramos cúmplices na afeição por Bentinho. Além disso, foi por meu intermédio que ele conheceu Sancha e logo relacionou-se às mil maravilhas com o Dr. Gurgel; eram do mesmo ramo, chegaram a associar-se em alguns negócios, a tal ponto que...

CXI

... a tal ponto que namoraram, noivaram e casaram-se! É isso mesmo, e eu fui a madrinha. O casamento, belíssimo, como disse José Dias. Na Igreja da Glória. Um acontecimento que marcou a vida da cidade. Sancha estava magnífica. Trajava um vestido branco, deslumbrante, uma grinalda de flores de laranjeira, a realçar-lhe os olhos grandes e úmidos. Escobar era todo elegância no corte do fraque impecável. Bentinho, infelizmente, não pôde vir para as bodas, por ter sido acometido de um defluxo e por estar em vésperas de exames; mandou presente: uma bela sege, toda adornada de veludo e prata, um mimo da família, como disse D. Glória aos noivos e ao pai emocionado. Surpreendi um tênue véu de tristeza passar-lhe pelo rosto ainda belo e jovem. Minhas lágrimas, durante a cerimônia, testemunhavam a minha emoção.

CXII

O sentimento que nos unia, a mim e a Bentinho, permaneceu vivo, alimentado pelas cartas que me enviava por intermédio de Escobar. Passei a dividir minhas idas à D. Glória com a assiduidade de visitas a minha amiga Sancha, tão logo o casal voltou da lua de mel. Poupo-me de trazer a este relato as nossas confidências. Soaram-me como lições de rápido aprendizado.

CXIII

E assim cheguei aos dezessete, aos dezoito, aos dezenove, aos vinte anos, comemorados com grandes festas. D. Glória fazia questão de tomar conta de tudo. D. Justina é que sempre resmungava, eu nunca tive dessas comemorações, nem antes nem nunca... Mas todos conheciam os seus achaques e já ninguém lhe dava resposta; além disso, sempre dava um jeito de deixar no meu quarto um mimo qualquer, quase sempre uma de suas antigas joias de família. Bentinho, para minha alegria, compareceu a todas. Mas mantínhamos nosso segredo.

A mais deslumbrante foi a dos dezoito anos. Houve missa, na Glória, oficiada pelo protonotário Cabral, um almoço que D. Glória ofereceu e... um baile! Sim, um baile. Depois de ter quase arranjado, de um casal muito ligado a toda a família, uma casa do Cosme Velho, inicialmente cedida, mas depois negada, não se sabe bem por quê, papai conseguiu com um amigo a cessão das dependências de uma mansão da Praia do Flamengo, que possuía salão deslumbrante. Escobar providenciou a orquestra, seu presente para a querida amiga. A ornamentação estava impecável, bem como a elegância de todos. D. Glória exibia um colar de diamantes lindíssimo. A fina flor da sociedade carioca estava presente, *A Semana* registrou o acontecimento com destaque.

Dancei a primeira valsa com meu pai e logo com Bentinho. A valsa é uma coisa deliciosa. Deveria ter sido um momento de total felicidade. Não foi. A razão é dessas que, quando as pessoas se amam, não se explicam. Você vai entender lendo o próximo capítulo.

CXIV

Tudo ia bem. Eu usava um vestido branco, de cambraia, que deixava descobertos meus braços cheios e bem torneados.

Uma tiara de brilhantes adornava meus longos cabelos soltos, sob protesto de papai, que os queria em tranças.

O banquete transcorrera tranquilo, regado a vinho francês e dois discursos, um de José Dias e outro de Escobar, que não mediram adjetivos. Serviu-se o café, o licor, os homens fumaram seus charutos. E chegou o baile. Bentinho apressou-se em tirar-me para a dança, logo à primeira valsa. Percebi que estava amuado. Fiquei preocupada. Dançamos sem que ele dissesse palavra ou esboçasse sequer um sorriso. Os olhos da família bailavam conosco. Eu procurava salvar as aparências e disfarçar com a possível descontração do rosto e dos gestos, o desconforto da angústia. Sancha, que dançava com Escobar, ao passar por nós fazia-me trejeitos e sinais, indagadores.

Terminada a valsa, ele devolveu-me a meu pai, sem esconder o seu aborrecimento. Procurei-o, tão logo foi possível.

— O que houve? Porque é que você está assim, tão zangado?

Antes melhor fora não o tivesse procurado. Ele explodiu, irado, numa crise jamais vista, a criticar a nudez impudica dos meus braços, que estava provocando os olhares cobiçosos de todos os homens do salão; nem o maestro havia conseguido disfarçar e por aí além, em desvario. Aquilo irritou-me: — Padreco! Você continua um seminarista! Seria melhor voltar para o seminário! Virei-lhe as costas e tornei ao baile. Escobar, atento aos acontecimentos, tirou-me para dançar, sob os olhos cúmplices de minha querida Sancha. Entreguei-me às delícias da dança.

CXV

Resolvi-me vingar da agressão. Aquilo passava dos limites. E no dia do meu aniversário! Fui pródiga de risos e palavras, enquanto dançava com o meu amigo. Ele defendia o filho de D. Glória: uma mulher bonita como eu, e deslumbrante como me encontrava, era natural, qualquer homem se sentiria inseguro; pediu-me que compreendesse e perdoasse Bentinho; ele sempre fora impulsivo; na aparência era um lago tranquilo, mas bastava a menor brisa, para desencadear ondas tempestuosas. — Mas a tempestade passa, minha amiga, dá-lhe alguns minutos. Eu irei falar-lhe; enquanto isso, deixo-te com Sancha; vocês devem ter muito que comentar.

CXVI

Vi-o dirigir-se aonde se abrigava Bentinho. Falaram longamente. Mais tarde, ele veio ao meu encontro, meio desajeitado: — Desculpe-me, Capitu. Esgueiramo-nos para o jardim. Não sei se disse que havia um, na bela casa, pontilhado de sebes. Procuramos um lugar discreto, protegidos por uma delas. Eu estava louca para ser beijada. Tomei-lhe as mãos, com ternura: — Você não quer-me despentear, e refazer o feito?

Meus olhos ficaram como que pegados nos dele. E eu ganhei o meu melhor presente dos dezoito anos: o beijo ansiosamente esperado. Foi divino! Imediatamente após, ele sussurrou-me: — Vamos entrar, Capitu, as pessoas devem estar estranhando o nosso desaparecimento... Confesso que por mim ficaria ali por toda a eternidade... Só minha amiga Sancha soube do acontecido.

CXVII

Os dias, os meses, os anos, as cartas multiplicavam-se e aceleravam seus ritmos. Numa delas, me chamou a atenção sobremaneira a justificativa de Bentinho para a demora em me escrever:

Fiquei a estudar Direito Romano com um amigo muito especial. A princípio, nos encontrávamos apenas na Faculdade; por coincidência, sentávamos lado a lado na sala de aula. Aos poucos fomos ficando cada vez mais ligados, por vários interesses comuns. Chama-se Luís Nicolau, é de boa família, poeta e — veja que coincidência! — também nasceu numa fazenda fluminense e também mudou de residência, em função da carreira política do pai, o ilustre magistrado Dr. Varela. E sabe que é muito parecido com o nosso Escobar, salvo, há que dizer, na pouca dedicação aos estudos. Noto também que exagera um pouco no vinho. Tenho ido várias vezes com ele ao teatro. Combinamos que, na volta ao Rio, nos visitaremos. Como a família voltou a viver na fazenda, propus-lhe que passasse em nossa casa. Não sei por que não aceitou o convite. Você vai gostar de conhecê-lo.

Seu, Bentinho.

CXVIII

De repente, Bentinho estava de volta, bacharel em Direito. Tinha vinte e dois anos. Estava mais alto e mais lindo. Na sua chegada, esperada por todos, incluído meu pai, José Dias, num arroubo de oratória, provocou risos gerais, ao saudar o abraço da mãe e do filho, com aquela mesma citação do Evangelho de São João que usou quando da febre de D. Glória:

"— Mulher, eis aí teu Filho! Filho, eis aí tua Mãe!"

Só eu não achei engraçado. A citação era totalmente imprópria, sobre lembrar o passado, o seminário, a vocação religiosa. Disse de mim para comigo: — Esse agregado continua o mesmo. Não é pessoa confiável. D. Glória desfazia-se em lágrimas e felicidade: "— Mano Cosme, é a cara do pai, não é?" "— Sim, tem alguma coisa, os olhos, a disposição do rosto. É o pai um pouco mais moderno (risos). E diga-me, agora, mana Glória, não foi melhor que ele não teimasse em ser padre? Veja se este peralta daria um padre capaz!..."

Eles insistiam na lembrança desagradável. O próprio Bentinho estimulou-a ao perguntar pelo seu substituto. O

Dr. Cosme louvou-lhe a preocupação e tranquilizou-o; tudo caminhava bem.

O demorado abraço em Escobar levou-os às lágrimas a ponto de silenciar por momentos a todos os presentes.

A breve cortina de silêncio foi arrancada pela viúva, que voltou à semelhança com o defunto marido: "— É demais! Olhe, Bentinho, olhe para mim. Sempre achei que te parecias com ele, agora é muito mais. O bigode é que desfaz um pouco..." E beijava-o, beijava-o com um carinho avassalador. A frase com que pontuou o comentário deixou-me desalentada: — Se mamãe quiser, eu tiro... Os protestos foram gerais. E, sem mais aquela, todos deram de chamá-lo de doutor.

E eu? Ganhei, algum tempo depois, um breve cumprimento e um piscar significativo... E você, Capitu, como vai? — Muito bem, doutor, seja bem-vindo. Disse, chamei papai e voltamos a casa.

CXIX

Não sei explicar a sensação que estava vivendo. Talvez uma estranha mistura de ressentimento e frustração. Bentinho, sendo o mesmo, parecia-me outro. Afastei, entretanto, esse sentimento nefasto. Não o comentei sequer com meu pai, que estranhara a minha saída intempestiva, respondi-lhe com o pretexto de uma forte dor de cabeça. Resolvi aguardar.

Depois que li o seu livro é que entendi que a minha intuição estava certa. Alguma coisa mudara. O Dr. Bento não era, de fato, o Bentinho do meu juramento. Verifiquei que ele só tinha olhar para si mesmo. É lembrar o que pensava ao desfazer a mala e dele retirar a carta de bacharel do estojo de lata. Só via felicidade e glória. Via o casamento, é verdade, mas não *me* via: eu estava no mesmo plano do seu diploma de advogado.

CXX

Qual seria a atitude de alguém que retorna a casa depois de cinco anos, no encontro com a eleita do seu coração? Que disfarçasse, no primeiro momento, seria até compreensível, dadas as circunstâncias, ainda que não fosse necessário tanto distanciamento; mas que preferisse correr ao quarto para olhar o diploma e ficar de conversa com o agregado, convenhamos, é um pouco demais. Repare: ele mal se dirigiu a mim, sequer estranhou a minha retirada. O que me causava espécie é que ele preferia falar de mim a estar comigo. E decidia com o agregado o *nosso* destino, ou seja, o meu destino já estava decidido por ele. E agora, o centro do plano e da estratégia não era mais decorrência da anulação da promessa materna, mas sim de convencer a mãe a permitir que ele se casasse comigo! É o que deixa entrever aquele capítulo em que, mais uma vez, a decisão estava na dependência do *outro*. Felizmente, por incrível que pareça ou porque Deus escreve certo por linhas transversas, o *outro* era José Dias, interessado em permanecer na família e que percebia a importância do casamento nessa direção. É o que explica os elogios de que me cumula e o empenho em que o novo senhor da casa conhecesse mulher.

CXXI

Ladino como sempre, recordo com você o relato do Dr. Bento, José Dias toma como mote a frase que o herdeiro dos Santiago diz, inebriado de si mesmo, diante do espelho: "— Tu serás feliz, Bentinho; tu vais ser feliz." Nem nesse momento, a insegurança abandona o filho de D. Glória.

"— E por que não seria feliz?", ele pergunta.

Bentinho, que mal percebera o que ele mesmo tinha dito, cuidando que ouvira a voz de uma fada, estranha. Não comento. A frase era a apropriação confessada de uma fala feiticeira: "— Tu serás rei, Macbeth!" Não é novidade para quem conhece o livro do Dr. Bento. Era mais um aval alheio. Mas deixemos isso de lado.

O que importa é que José Dias cumulou-o de elogios ao desempenho de estudante, ao brilho do curso, louvado pelos lentes, à glória do título. Não se esqueceu de vitimizar-se, considerando-se obliterado pelos amigos novos, e não escondeu o seu desafeto, apenas o abrigou num plural minimizador, "os escobares"... Abriu, em seguida, espaço para mim. Revelou, para enorme surpresa de Bentinho, que sabia do nosso envolvimento, "uma bênção do céu", das cartas que trocamos, infelizmente através "daquela pessoa", e, de repente, tornei-me "um anjo, um anjíssimo!" Desculpou-se por tudo o que pensara e dissera outrora a meu respeito, que confundira "modos de criança com expressões de caráter", e não vira que eu era "a flor caprichosa de um fruto sadio e doce". E revelou, para nova surpresa do interlocutor, que todos na casa já o adivinhavam e aprovavam... inclusive D. Glória! — É, Bentinho, a mamãe faz gosto, faz muito gosto!

Bentinho ouvia estarrecido e enternecido.

Com artes de que era mestre, o agregado trazia-lhe as bênçãos da mãe, conseguidas, naturalmente, graças ao empenho, à clareza com que provou junto a ela os meus dotes, que eu seria a nora perfeita, "boa, discreta, prendada, amiga da gente", sobre ser uma dona de casa exemplar, pois não era eu que, depois da morte de D. Fortunata, tomava conta de tudo? De tudo! Depois que papai se aposentou então, ele só faz receber o ordenado e me entregar; eu administro as contas da família, e com que talento! E, com todo o respeito, a formosura, você viu, Bentinho, no baile dos dezoito anos, você viu agora...

"— Mas deveras mamãe consultou o senhor sobre o nosso casamento?"

"— Positivamente, não; fez-me o favor de perguntar se Capitu não daria uma boa esposa — eu é que, na resposta, falei em nora. D. Glória não negou e até deu um riso."

"— Mamãe, sempre que me escrevia, falava de Capitu."

— Elas ficaram muito amigas, é verdade. Tanto que D. Justina está "cada vez mais amuada e talvez se case mais depressa...".

Bentinho levou um susto: Prima Justina casar-se?

Quem se surpreendeu, desta feita, foi o agregado: — pensei que soubesse. Ocorre que o Dr. João da Costa — lembra-se dele? — pois "o Dr. Costa enviuvou há poucos meses e dizem (não sei, o protonotário é que me contou), dizem que os dois andam meio inclinados a acabar com a viuvez entre si casando-se. Há de ver que não é nada, mas não é fora de propósito, conquanto ela sempre achasse que o doutor era um feixe de ossos... só se ela é um cemitério..." e permitiu-se rir, mas logo corrigiu-se e, sério — é só um chiste...

O meu antigo vizinho se sentiu realmente o mais feliz dos mortais.

A defesa descansa, antes do próximo capítulo, curto, mas impactante.

CXXII

Capitu, você quer-se casar comigo?

A frase me pegou totalmente desarmada, dita assim, à queima-roupa, uma semana depois de sua chegada; tomou-me inteira, penetrou-me os poros, e atingiu certeira o meu coração.

Todas as minhas incertezas desfizeram-se em fumaça branca.

Procurei-lhe os olhos; ali estavam firmes, fixados em mim.

Mas é o nosso juramento, meu querido!

Era a véspera da concretização do sonho ameaçado. Estávamos ali, à borda do poço. Nossos nomes, riscados no muro, pareciam reacender-se.

Inebriada, eu o via finalmente um homem, decidido, seguro. Logo verifiquei que nem tanto.

CXXIII

Ele se antecipara. Queria saber se eu aceitava, mas ainda não havia consultado a mãe. Contou-me então a conversa que tivera com José Dias. Disse-me que falara com Escobar e que opinara na mesma direção. Estranhei essa opinião apressada. E mais: o agregado propôs-se falar com D. Glória, era prudente. Não o fez logo, entretanto. Só cinco dias após, depois de longuíssima conversa com Escobar, que o incentivava como podia.

Uma das preocupações que retardava o seu pedido, como confiou ao amigo, que me punha a par de tudo, me deixou novamente intrigada; voltei a manter-me em guarda. Tinha receio de que a mãe não me considerasse à altura da tradição dos Fernandes de Albuquerque Santiago. Era a primeira vez que usava o sobrenome completo da família: o Fernandes era de D. Glória. Eu, ao fim e ao cabo, era filha de um homem honesto e probo, mas sempre um funcionário público, por favor, isso não significava nada para ele, o que importava era o sentimento, mas mamãe, com seus apegos... Enfim, como já afirmei, eu era, ao tempo, uma mulher ainda cheia de sonhos, relevei.

Veja você o que pode o tempo da narrativa: feito e aceito o pedido no capítulo anterior, neste D. Glória, para tranquilidade do sempre angustiado Bentinho, culmina por nos dar a sua bênção, repetindo, por mera coincidência, a mesma frase que Bentinho aproveitara de Shakespeare e que atribuíra a uma boa fada: "— Tu serás feliz, meu filho!"

Tu e não vocês...

(Quando lhe mostrei este capítulo, o Conselheiro sugeriu que eu retirasse essa última frase, por amarga, ressentida e prejudicial à minha argumentação; discordei.)

CXXIV

Era difícil, para uma jovem, nas circunstâncias em que eu me encontrava, avaliar os riscos da nossa união. Casamos. Era março de 1865. Entardecia. Uma chuva forte desabava sobre a cidade. Tive receios de mais uma das costumeiras inundações que, nesses momentos, costumavam acontecer. "— É sinal de sorte", acentuava José Dias, tão nervoso quanto o noivo. Felizmente a chuva cessou, como um presente de São Pedro. A igreja era a da Glória, embora eu tivesse preferido São Francisco de Paula. Venceu a opinião da mãe, que abria mão de tudo, da festa, do que quer que fosse, mas a igreja tinha que ser a da Glória: era promessa. Era apenas uma minúcia. Nem sequer me irritei.

Não lhe conto da cerimônia nem da comemoração: você pode avaliá-las. Conto-lhe do percurso, na sege, ao regressarmos, quando finalmente pude ouvir, aqui e ali, na medida em que seguíamos em meio à curiosidade de uma multidão de curiosos que se aglomerava ao longo do trajeto, a tão sonhada e esperada frase: "— Aquela é D. Capitolina, uma moça muito prendada que mora na Rua de Mata-cavalos; o noivo é o Dr. Bento de Albuquerque Santiago, advogado, é o filho de D. Glória Fernandes Santiago!" Dizer que aquilo não me fazia bem, seria mentir. Como bem me fazia estar aconchegada ao meu marido, ao meu Bentinho. Era como se eu estivesse vivendo um sonho, do qual, vez por outra, acordava, quando ele parecia fugir de uma aproximação mais calorosa do meu corpo e dos meus carinhos: — Componha-se, D. Capitolina, não fica bem para uma senhora... ele me admoestava carinhosamente.

CXXV

Longo e grato foi o percurso até o Alto da Tijuca, onde era o nosso ninho de noivos. Chegamos ao anoitecer. São Pedro parecia efetivamente ter abençoado a nossa união: mandou recolher as nuvens de chuva que lavaram o dia e ofereceu-nos um céu aberto de todas as estrelas, com uma lua esplêndida a emergir entre o mar e a montanha.

No quarto nupcial assumimos finalmente a nossa intimidade. Eu, expectante e um pouco nervosa, usava uma camisola de seda, presente de Sancha, acompanhado de mil e uma recomendações. D. Glória, por seu turno, também me passou conselhos de ordem bem distinta, alertando-me para os deveres de esposa para com o senhor meu marido.

Ao passar diante do espelho, não pude deixar de contemplar-me, e sorri confiante. Reclinada no leito de muitas almofadas, eu esperava, com certa ansiedade. Ele emergiu da sala de banhos num belo pijama e *robe de chambre* da melhor seda estrangeira, adquirido em Londres, presente de Escobar, que o encomendara a um amigo. Releve-me se me permito recordar estas cenas íntimas, omitidas pelo Dr. Bento. Mas são dados importantes.

Para mais uma surpresa, Bentinho convidou-me a sentar à beira da cama e começou a recitar o que me pareceu uma passagem bíblica, não esquecerei jamais: "— As mulheres sejam sujeitas a seus maridos... não seja o adorno delas o enfeite dos cabelos riçados ou as rendas de ouro, mas o homem que está escondido no coração... Do mesmo modo, vós maridos, coabitai com elas, tratando-as com honra, como a vasos mais fracos, e herdeiras convosco da graça da vida..." Não é lindo, Capitu? Eram, concordei, embora não fossem essas as palavras que eu gostaria de ouvir naquele instante... Esse segundo pensamento permaneceu abrigado no meu silêncio. Ele então me explicou que se tratava de versículos da primeira Epístola de São Pedro, que fazia questão de citar, em homenagem à suspensão da chuva que o santo nos oferecera.

Eu, para agradá-lo, disse-lhe: — Também tenho uns versos para homenagear o santo porteiro do Céu e a você, meu marido; citei então a única passagem da Escritura que até aquela data havia decorado, desde o meu tempo de colégio: "— Sentei-me à sombra daquele que tanto havia desejado."

Ele tomou-me as mãos, enternecido, beijou-me os lábios com fervor e... Só lhe digo que o que senti estava muito longe do que habitava o meu sonho e a minha imaginação.

Despertei, pouco depois, com uma sensação de vazio e de frustração inenarráveis; meu marido a dormir pesadamente a meu lado, como um monge. Pensei no que dissera D. Glória; voltei a buscar nos braços de Morfeu alguma compensação, ele demorou um pouco a me atender, mas por fim, abraçou-me caloroso. Na manhã seguinte, acordamos, eu e meu esposo, quando o sol já ia alto. E, nisso, não fugimos à regra da maioria dos recém-casados.

CXXVI

Nossa lua de mel durou exatos sete dias. Dividíamos nosso tempo em caminhadas pelas picadas da floresta, almoços, jantares, leituras. E conversávamos muito. Nossa diversão preferida era lembrar o passado, nossas tristezas, nossas apreensões. Revivemos com intensidade os folguedos de crianças, rimos muito do dia em que ele queria porque queria apossar-se de minha boneca mais querida, numa daquelas nossas brincadeiras de médico, comentamos carinhosos nosso idílio adolescente, lembramos a denúncia e a conspiração de José Dias, que acabou do nosso lado, ele falou do grande amigo que era Escobar, de suas vivências no seminário, "que bom que ele acabou casando-se com a Sanchinha, não?" concordei, "e melhor ainda que estão tendo uma vida feliz". E saudávamos o sol e brincávamos com a chuva, que voltou e ficou durante dois dias. Nossa intimidade diurna limitava-se às mãos dadas e aos beijos leves e furtivos, durante a caminhada.

Permita-me, a este passo de minha narrativa, uma confidência mais íntima. É óbvio que o Dr. Santiago, prudentemente, nunca a ela aludiu. Penso, aliás, que nunca lhe passou pela cabeça. Ele era um homem do seu tempo. Hoje compreendo. Talvez esse dado justifique o seu comportamento. Mas deixemos de circunlóquios. O fato é que eu ansiava pelo gozo do amor de que tanto me falava Sancha e de que eu tivera também notícia nas leituras proibidas no colégio, mas usufruídas à socapa e à sorrelfa, além de qualquer vigilância. Como deixei claro no capítulo anterior, não o experimentei, na primeira noite. Esperei a segunda; Bentinho foi menos açodado, beijou-me lentamente os pés, braços, os lábios; mas quando comecei a experimentar um leve mover de onda, como algo que ameaçava fluir, já tudo estava consumado. Eu voltei a pensar nas palavras de D. Glória: será que lhe cabia razão? Onde estavam as maravilhas que Sancha tanto louvava? E a felicidade dos que se amavam no *Cântico dos Cânticos*?

No terceiro dia, dormimos cedo. No quarto, comecei a sentir saudades de meu pai, e ansiei, confesso, pela conversa com Sancha e com D. Glória. Aleguei que deviam estar ansiosos por notícias, a Tijuca ficava tão isolada, e por aí além. Cheguei a argumentar com a situação do país, às voltas com os conflitos com o Paraguai. Bentinho ficou irado, aquilo não era assunto de mulher. Perguntou se eu já estava aborrecida dele. Não sabia como dizer-lhe da minha frustração. Ele não entenderia. Dissimulei, conscientemente. Tomei-lhe o rosto nas mãos, como gostava de fazer, demorei meus olhos bem juntos dos seus: "... Então eu esperei tantos anos, para aborrecer-me em seis dias? Não, Bentinho, digo isto porque é realmente assim, creio que eles podem estar desejosos de ver-nos e imaginar alguma doença e confesso, de minha parte quero mesmo é ver papai..."

Seu rosto se fechou numa resposta ríspida: "— Pois vamos amanhã."

Cortei, com rapidez, sorrindo o meu melhor sorriso: "— Não; há de ser com tempo encoberto!"

Descemos no dia seguinte, de bonde, debaixo de um belo sol carioca.

Eu não conseguia entender a minha satisfação. Vesti-me com chapéu de casada, vestido de casada, ar de casada, gesto de casada. Dei-lhe orgulhosamente o braço, quando começamos a caminhar na rua. E procurava com os olhos a reação das pessoas. Eu queria ser vista como casada, além das árvores da floresta da Tijuca. E ainda uma vez, nesse retorno e nos outros passeios que fizemos, ouvi de alguns aquele outro também desejado e esperado comentário, que fazia as delícias do meu marido: "— Esse é o Dr. Santiago, que se casou há dias com aquela moça, D. Capitolina, depois de uma longa paixão de crianças; moram na Glória, as famílias residem em Mata-cavalos; é uma mocetona!"

Eu não sabia ainda que a paixão é narcisa. Hoje me arrependo de não ter assumido, naquele primeiro desencanto, uma conversa de risco. Não se impaciente; éramos jovens e eu ainda me julgava apaixonada. Verdade que hoje não sei se pelo meu marido ou pelo casamento.

CXXVII

Não falei do assunto nem com ele nem com ninguém. Afinal, sou a criatura que sou. E quem sabe Sancha não estaria fantasiando? Não, não era bem como tinha me contado. E literatura, afinal, é literatura. É, a razão devia estar com a experiência de D. Glória. Resolvi aceitar a situação como se apresentava. Por outro lado, desde a segunda semana, nossa intimidade noturna foi pouco a pouco reduzindo-se. Acomodei-me.

Nossa casa ficava na Glória. Bentinho pensou inicialmente em morarmos com sua mãe, a casa era ampla, ela estava envelhecendo... — ela sempre tem o Dr. Cosme e José Dias jamais arredará o pé de lá... e nós estamos iniciando a nossa vida comum... olhe, meu querido, a Glória fica a um passo de Mata-cavalos... Ele finalmente aquiesceu. Os dias no novo lar ganharam rotina nova. Os processos começavam a chegar. Bentinho tornou-se advogado de algumas famílias ricas. Menos pelos méritos e mais pela intervenção de Escobar. Foi graças a ele que o Dr. Santiago estreou no foro. A causa não era grandiosa, um caso de pequena herança, mas sempre foi uma estreia. Foi ainda por intermédio do amigo que um advogado famoso o admitiu em sua banca, e para culminar, o mesmo Escobar assegurou-lhe algumas procurações valiosas.

José Dias almoçava em Mata-cavalos e jantava conosco. Trazia-me notícias diárias de tudo o que acontecia na família e na cidade. O defluxo do Dr. Cosme, a tosse de D. Glória, os rumos da Guerra do Paraguai, os comandantes, Caxias, Osório, tudo do seu jeito, na sua visão periférica, ainda que superlativada.

Passávamos alguns domingos com Escobar e Sancha, em sua casa no Andaraí. Nos demais, eles vinham ter conosco. Minha amizade com Sancha era cada vez mais sólida como sólida era a amizade de Bentinho com o seu marido. Passavam horas e horas em longuíssimas conversas. Nunca soube sobre que falavam. E íamos vivendo. "As mulheres sejam sujeitas a seus maridos..."

CXXVIII

E vivendo passaram-se dois anos. Tudo ia bem. Só um desgosto nos turvava: não tínhamos filhos. E esse era um dos grandes dramas do meu marido. Era-me extremamente difícil falar do assunto. A única pessoa com quem eu me permitia alguma confidência, era Sancha. Mas ela, como eu, tinha as suas limitações. Pensei em usar o segredo da confissão. Mas o meu confessor era o Padre Cabral. O que ele me diria? Era fácil adivinhar. Segui na minha acomodação. Afinal, o casamento tinha outras compensações.

Num dia triste, papai morreu. Eu senti muito. Chorei durante dois dias. Acelerava-se o tempo das perdas. Quincas Borba pontuou essa minha afirmação: — É a lei de *Humanitas*, minha querida. O Dr. Cosme não andava bem. D. Glória, por seu turno, gozava de boa saúde e a nossa era excelente. A felicidade do casal Escobar foi ampliada com a vinda de uma filha, o que deixou Bentinho um pouco acabrunhado. Quando o amigo lhe perguntou a causa, disse-lhe, sinceramente, que lastimava ele também não ter um filho, que considerava o complemento natural da vida. Escobar lhe respondeu que Deus proveria, quando fosse de Sua Vontade; nosso filho viria, se Ele julgasse necessário. Não vinha. Bentinho voltou a fazer suas promessas. Só que agora as pagava antecipadamente, como as contas e o aluguel da casa. Era essa a forma que ele encontrava de se relacionar com Deus. Para minha alegria, a recém-nascida ganhou meu nome: Capitu. Fiquei sensibilizada. — Há muito tempo eu vinha guardando essa intenção; coincidentemente, Escobar me trouxe a proposta; adorei, minha amiga! Sancha estava de fato emocionada quando me disse.

Um dia, a propósito não sei de quê, Bentinho contou-me, um pouco desiludido, que tinha ouvido falar de uma aventura do amigo, ao tempo da gravidez de Sancha, "negócio de teatro", não sabia se atriz ou bailarina; se era verdade, não houve escândalo. Sancha não merecia, era uma falta de consideração e de respeito, preferia que você não me tivesse contado... então o Sr. Ezequiel Escobar... Eu estava sendo fundamente sincera.

CXXIX

Por falar em espetáculos, Bentinho cuidava que eu assistisse a vários. Divertia-me muito, ele sabia que eu gostava. Nessas ocasiões vestia-me o melhor que podia, com faceirice e elegância. Usava as joias com que me presenteava sempre. Tanto que reclamei, um excesso, podíamos economizar, para alguma viagem. Sem José Dias, é claro. Ele ria, feliz. Prometia não comprar mais nenhuma. Era mais uma de suas promessas não cumpridas. Como não havia maiores exigências de parte a parte, vivíamos uma vida mais ou menos plácida, de fato. Os espetáculos, sobretudo no Teatro Lírico, o convívio constante com os amigos, os serões e os saraus preenchiam nossos dias. O mais era o trabalho do advogado e as minhas atividades no lar.

Um hábito dos mais agradáveis que cultivávamos era apreciar, de nossa janela, nas noites claras, durante longo tempo, a beleza do céu, de muitas estrelas, o movimento do mar e dos navios, a sombra das montanhas, o ir-e-vir das pessoas na rua. Muitas vezes Bentinho resolvia me dar aulas de astronomia. Eu ouvia por educação; na verdade, ficava era morta de sono. Hoje penso que talvez fosse uma forma inconsciente de provocá-lo. Dormíamos, tão logo deitávamos.

Um dia, resolvi voltar às aulas de piano, para aprimorar-me. Bentinho aprovou. Cheguei a tocar razoavelmente bem. Por vezes me atrevia a cantar; concluí cedo que positivamente me faltava talento. Parei, definitivamente. Bastava-me o piano. Sancha e Escobar lamentavam: sua voz é tão agradável. Não era. Eu tinha consciência disso e, não tivesse, meu marido já se havia encarregado de me advertir. Mas amei o elogio.

O que mais me agradava, entretanto, era dançar. Eu voltava a ser adolescente, sempre que Bentinho anunciava que iríamos a um baile. Num deles, de certa pompa, pus um dos vestidos de que mais gostava. Tinha a peculiaridade de deixar-me os braços nus. Nessa noite, especialmente, eu estava tão bem, que alguém, não sei se foi Escobar, chegou a dizer que eram os mais belos braços da noite. Fingi que não percebera e abriguei vaidosa o meu orgulho de mulher admirada. Meu marido não escondia o seu entusiasmo, exaltava-os, a cada momento.

Lembrei-me da festa dos meus dezoito anos e estranhei o seu comportamento; está curado, pensei.

Veio um segundo baile. Usei outro vestido, que, para agradá-lo, também despia o torneado dos meus braços. Ele teve grave recaída: passou todo o tempo da festa emburrado e a fulminar com o olhar todo e qualquer cavalheiro que se permitisse procurá-los ou roçar, ao acaso no meu corpo, no burburinho da festa. Ficamos pouco; ele pretextou dor de cabeça e cansaço. — Mas o baile mal começou e está tão animado! Já com um pé na saída, sequer me ouviu. Voltamos para casa amuados e em silêncio e em silêncio e amuados dormimos.

Quando contei o episódio a Brás Cubas, ele lembrou que, curiosamente, essa obsessão por braços era um traço muito familiar nas nossas histórias. Mas houve ainda um terceiro baile. Eu já não sabia que roupa iria vestir. Consultei Sancha, consultei D. Glória. Confidenciei minha preocupação a Escobar. Ele, para minha surpresa, não apenas solidarizou-se com meu marido, como afirmou que, conforme lhe dissera, Sanchinha não iria a não ser de mangas compridas e sem transparências; afiançou-me que Bentinho, inicialmente, estava disposto a permitir-me exibi-los, mas, após a conversa, estabeleceu, como condição que eu também as usasse. Chamei-os seminaristas e disse a Bentinho que Escobar agia assim, porque a mulher dele, gosto muito dela, é minha amiga, mas tem os braços malfeitos. Resolvi não ir. Nos demais, que os houve, adotei a sedução conciliatória: usei um tecido transparente à guisa de mangas compridas. Bentinho não reagiu. E eu dancei muito, inclusive com Escobar, aliás um excelente par. Meu marido preferiu a conversa com os amigos. E, na volta para casa, me disse levemente entristecido: — Sabe quem morreu? O Nicolau, coitado! Aquele meu colega da Faculdade de Direito... parece que deixou uns livros de versos...

No dia seguinte, encontrei o meu vestido de baile destroçado a cortes de tesoura.

CXXX

Na noite seguinte, houve um fato que não sei se surpreendeu mais a ele do que a mim; creio que a ambos, mas em dimensões distintas. É claro que eu não havia dito palavra sobre o caso do vestido.

Apreciávamos a paisagem, da nossa janela. Eu pensava comigo: está uma noite deliciosa, uma noite para namorados, sim, deliciosa... há muito que não vejo uma noite assim... os namorados gostam sempre da Lua... Ele, ainda uma vez, falava de astronomia. Eu, como sempre, mal o escutava, absorta a admirar as ondas que bordavam de espumas branquíssimas as areias da praia, e as ardentias projetadas pela claridade da lua cheia.

Ele tocou-me o braço, com vigor: "— Você não me ouve, Capitu!"

Respondi que claro, eu era toda ouvidos para ele...

Ele me pegou na mentira: "— Então o que é que eu dizia? Vamos, responda..."

"— Você falava... de Sírius!" Não, não era Sírius; desse astro ele já havia falado há quinze minutos; não me dei por achada: — é claro, você acaba de falar de Marte, lógico! Não era lógico, acertei por pura intuição ou autodefesa. Ele ficou sério, com uma expressão irada. Resolvi atenuar a situação; com todo o dengo que pude, peguei-lhe nas mãos e disse-lhe que estava fazendo mentalmente algumas contas... — Contas? Que contas? ele indagou, perplexo. — É uma conversão de papel em ouro... espere... Peguei papel e lápis e, sem que se desse conta, ele, de repente, fazia os cálculos comigo, e as contas envolviam nada menos do que dez libras esterlinas. Era bastante dinheiro, na época.

Diante de sua cara espantada, expliquei-lhe que eram o resultado das economias de sua mulherzinha... fui ao quarto e voltei, exibindo-lhe dez libras; eram as sobras do dinheiro que ele me dava mensalmente para as despesas...

— Mas que grande avarenta a senhora está me saindo!, ele disse com um riso feliz e já descontraído. "— Mas quem foi o corretor?" "— O seu amigo Escobar."

De fato. Eu acertara tudo com ele e lhe pedira segredo. Era uma surpresa que eu guardava para ele. Bentinho quis dobrar a quantia e comprar-me uma joia. Não permiti. Se presente houvesse, seria para ele, e com as minhas economias.

Ele procurou Escobar no dia seguinte, e riu com ele do conluio. O companheiro de seminário louvou-me a capacidade administrativa e criticou a pobre Sancha por gastadeira. Bentinho, orgulhoso, chamou-me de anjo, com o que Escobar concordou com um movimento de cabeça. Tudo isso meu marido me contou, sorridente, além de me dizer, para minha surpresa, que ele tinha tido ciúmes do mar. Não deixou entretanto de me pedir que, da próxima vez, entregasse a corretagem a ele.

Como poderia eu, naquele momento de felicidade, imaginar que o Dr. Bento iria usar esse acontecimento para me vilipendiar?

CXXXI

Sua última frase reacendeu minhas preocupações. Percebi até que ponto iam os seus ciúmes, dos quais nem o mar escapava! Sub-reptícia estava também e pela primeira vez insinuada, outra ponta do mesmo sentimento com relação ao seu amigo de fé. Seu livro confirmou esse meu sentimento antigo e momentâneo: ali ele expõe a verdadeira dimensão dos seus sentimentos; era muito mais grave: Bentinho tivera ciúmes do que eu poderia estar pensando!

Era impossível para mim ter tido essa percepção. Julguei que era carência, e redobrei os carinhos e atenções, o que ele também fez comigo. Escobar, por sua vez, por coincidência, amiudou suas visitas e suas confidências com ele. Passavam horas a conversar, sem testemunhas, no escritório, como quem estivesse tramando, no mínimo, a queda do Ministério, isso se, finalmente, passassem a falar de política, o que nunca faziam, a não ser para elogiar o Imperador. Eu me entretinha com Sancha e sua menina.

CXXXII

Eu estava certa. Pelo menos se acreditamos na sua confissão. Ele assume a natureza dos ciúmes que eu captara! Verdade que considera que eram "intensos, mas curtos". Não era bem assim. Faz parte de sua técnica; ele está sempre se fazendo de vítima. Concluo que convivi com um indivíduo enfermo, terrivelmente enfermo. Da alma.

Repare que, ao falar de nossa vida comum, ele nunca usa *nós*. Eu não existia por mim mesma, mas apenas no que representasse para ele. Foi assim no caso das libras esterlinas. O meu esforço só o fez ficar *mais* meu amigo — o que já era sintomático — por força de minha capacidade de economizar. E, não sei por que, um gesto tão comezinho o fez-me ver "mais meiga, o ar mais brando, as noites mais claras, e Deus mais Deus". O capítulo termina rico em dissimulação — e a dissimulada era eu! — quando ele tenta convencer os seus leitores de que "Escobar se fizera, por força da ajuda que me deu, mais pegado ao seu coração".

CXXXIII

Deus tornar-se mais Deus? A hipérbole não ficava bem num ex-seminarista. Mas Ele deve ter efetivamente ampliado sua relação com Bentinho. Talvez tenha resolvido, nos seus sagrados desígnios, compensar os meus desencantos conjugais. Esse preâmbulo aí está, para dizer que eu engravidei! Comecei a sentir-me diferente, algo de bom e grato parecia nascer dentro de mim, até que, um dia desmaiei e acordei com náuseas e um estranho mal-estar. Foi numa daquelas noites de estar à janela. Eu olhava o mar, que batia com força. Bentinho, assustadíssimo, ficou perdido, levou-me para o quarto, mandou um preto imediatamente chamar o Dr. Costa. Ele examinou-me, sorriu e disse para meu marido:
— Parabéns, doutor, o senhor vai ser papai!

Eu quase voltei a desmaiar, agora de emoção. Eu ia ter um filho! Finalmente a nossa vida se completaria! Deus sabe o que fiz para que esse sonho se concretizasse!

Bentinho tomou-me a mão, beijou-a rapidamente e correu para Mata-cavalos: — Preciso dar a notícia a mamãe! Um filho! Meu filho!...

O Dr. Costa me fez companhia até seu retorno. Não nos esqueça de que, agora, sobre ser meu médico, era membro da família. — A Justina vai ficar contente, minha filha...

CXXXIV

A notícia correu. A partir do dia seguinte, foram cuidados e visitas durante mais de uma semana. D. Glória fez questão de que, tão logo eu pudesse, fôssemos a sua casa. Queria abençoar o neto, antes de morrer; há algum tempo vivia obcecada com a ideia da morte. Não sei se disse, mas uma crise semelhante, embora passageira, a tinha acometido na ocasião do casamento de Escobar. Agora era um estado permanente.

Bentinho propôs um almoço, com toda a família e mais os amigos íntimos, para festejar o anúncio do seu herdeiro. O banquete se deu na casa de Mata-cavalos. Todos compareceram. Bentinho não se cansava de dividir com Escobar sua alegria. E confessou, abertamente: "— Ouve, meu amigo; quando íamos a Andaraí e víamos sua filhinha, a Capituzinha, ficávamos cheios de inveja; agora eu vou ter um filho, um filho meu, não é maravilhoso?"

Observei que a inveja era nossa, mas o filho era dele. Pus na conta da natural euforia. Ele, pessimista por vocação, continuava: "— olha, Escobar, um triste menino, que seja, amarelo, magro, não importa, é meu filho você me compreende?" Escobar compreendia, com um sorriso complacente nos lábios. E foi ele quem me emocionou, ao beijar-me respeitosamente a mão, e me dizer, com os olhos marejados:
— Parabéns, cunhadinha!

CXXXV

Meses que passaram céleres. A gravidez correu sem problemas, Sancha sempre comigo, o Dr. Costa, num excesso de zelo e a pedido de D. Glória, a ver-me quase diariamente. Só por duas vezes fui tomada de um desejo incontrolável: na madrugada de um sábado ansiei por comer morangos e na noite tempestuosa de um domingo, foi a vez do bom-bocado. Felizmente pude-me satisfazer sem maiores dificuldades: era época da fruta, nós a tínhamos em casa, e Bentinho providenciou de imediato uma preta para fazer o doce. Enfim, a hora chegou, ele nasceu. Era um bebê lindo! Bentinho parecia ter enlouquecido, tomado de vertigem permanente. E chamava todos para verem o seu menino, o seu filho: — Vejam como é robusto! Há de ser advogado, como o pai! Passou a demorar pouco no trabalho. Voltava correndo para casa e ia direto para o berço, a mirá-lo, a perguntar-lhe, como se pudesse ter resposta, de onde vinha e por que é que estava tão inteiramente nele, e várias outras tolices que os pais novos costumam inventar. Estava tão alucinado, que chegou a perder algumas causas, fato jamais ocorrido antes.

Os primeiros meses do nenê foram os melhores de nossa vida comum, apesar das preocupações e dos desesperos do pai, a propósito de qualquer choro da criança. A ternura nos inebriava, enquanto olhávamos para o nosso filho, conversávamos de nós, do nosso futuro. Bentinho adorava ver-me amamentá-lo. Ficava ali, extasiado, o olhar fixo, meio perdido não sei em que paragens. Devia estar pensando em alguma deusa da mitologia... Talvez Tétis, ou Afrodite, é, ponhamos Afrodite, a amamentar Eros.

D. Glória, surpreendentemente recuperada, e Sancha eram incansáveis. Praticamente mudaram-se para nossa casa e ficaram comigo durante todo o meu resguardo. Bentinho tentou evitar a presença de minha amiga. Seu argumento para ficar foi irretorquível: amor com amor se paga. Eu, quando solteira, muitas vezes tinha ficado com ela, em momentos de necessidade... "— Mas Escobar..." "— Ele está de acordo. E ademais eu janto com vocês e às noites sigo para o Andaraí; oito dias e está tudo passado. Bem se vê que você é pai de primeira viagem..." Bentinho descontraiu-se e brincou com ela, perguntando pela segunda viagem do casal.

Cumpriu-se o combinado. Escobar vinha todos os dias buscar a esposa; chegava cedo. Cumprimentava-me e beijava o menino. Bentinho e ele saíam quase sempre para um passeio. Conversavam, ao que sei, sobre as crianças. Escobar chegou a lembrar a hipótese de casar o nosso filho com sua filha, Capituzinha. Bentinho emocionou-se até as lágrimas. À noite, comentou comigo e concluiu: "— A amizade existe, Capitu!"

CXXXVI

Foi então que tivemos diante de nós o primeiro problema. Bentinho queria que Escobar fosse o padrinho do nosso menino. A madrinha seria — adivinhe, leitora — se pensou em D. Glória, acertou. Ninguém contava, porém, com o desejo do Dr. Cosme que, surpreendentemente, começou a assumir a condição sempre que via a criança. E chegou a ser peremptório: "— Não desisto do favor; e há de ser depressa o batizado, antes que a minha doença me acabe de vez." Era outro que só vivia a falar de doença. Ponderei junto a Bentinho: — Façamos o gosto do seu tio; o próximo damos o batismo a Escobar. "— Mamãe o que acha?", ele consultou D. Glória, que trocava a fralda ao bebê. A matriarca foi taxativa: — Quero muito bem ao Dr. Escobar, você sabe, meu filho; mas ele não é da família... Bentinho, cheio de cuidados, desculpou-se com o amigo, pediu que ele compreendesse. Ele compreendeu, com uma ponta de desencanto, mas sem mágoa. Meu marido me surpreendeu com a frieza de adiar ao máximo a cerimônia, na esperança de que a expectativa do tio o levasse antes do batizado e me confidenciou esse pensamento. Aquilo me deixou estarrecida. O choque não me impediu de sugerir-lhe que déssemos ao menino o nome de Escobar. É o mínimo que podemos fazer, você não acha? Ele concordou, satisfeitíssimo, essa história estava me incomodando muito, Capitu, felizmente você encontrou uma solução conciliatória, e beijou-me de contente. E o Dr. Cosme batizou finalmente o nosso Ezequiel Pádua Santiago. O Céu abençoava o fruto que no inferno iria amadurecer.

CXXXVII

A infância de Ezequiel transcorreu com os percalços usuais de toda infância, compensados pelas alegrias de ter em casa um filho querido. E foram doenças infantis, febres, noites maldormidas, sustos, cataplasmas. D. Glória, sempre alerta e atenta, pronta ao primeiro chamado; Bentinho a escabelar-se, sem condição de qualquer ajuda; muitas vezes temi por sua saúde. Diante de um sono mais agitado ou do menor desconforto do menino, empalidecia, as náuseas o tomavam e recolhia-se prostrado ao seu quarto, até que a criança desse mostras de estar bem. Certa feita, diante de uma febrícula, e Ezequielzinho já estava com quatro anos, chegou a propor que o levássemos a uma benzedeira que havia no Morro do Castelo. Era uma cabocla que acabara de se instalar naquele sítio. José Dias ponderou que era impossível: o lugar era inóspito e incompatível com a posição social da família, e depois era uma cabocla de que pouco ou nada se sabia, Bentinho que o perdoasse... Ele ainda tentou argumentar trazendo exemplos de adivinhos clássicos, como a Pítia, do Oráculo de Delfos, mas acabou convencido, até porque a febre logo cedeu. Não fosse a presença de D. Glória, não sei como poderia dar conta dos dois doentes.

E assim Ezequiel chegou aos cinco anos, robusto e lindo. Com todos os defeitos e problemas que acompanham os filhos únicos. Alternava silêncios preocupantes com euforias extrovertidas. Ficava dias metido consigo, quase sem palavras; outros, corria a vizinhança, alegre e comunicativo, a oferecer doces que eu lhe dava. Tinha gosto por música, o que me encantava e ao pai. Bentinho pediu-me até que lhe ensinasse ao piano o pregão do preto das cocadas de Mata-cavalos, você se lembra, leitora? Eu não me lembrava, confesso, que preto, que cocadas? Ele ficou aborrecidíssimo. Só mais tarde soube por quê. Está lá, no capítulo CX do livro do Dr. Bento: o talento de Ezequiel era múltiplo e vário: "Fazia de médico, de militar, de ator, de bailarino." Adorava ver a passagem da tropa e a marcha dos tambores. Tinha todas as minhas curiosidades antigas. Queria saber de tudo. É verdade. O pai explicava paciente e deliciado. Menos no episódio que, aliás, ele valorizou no seu relato futuro, do gato e do rato. Conto.

Deu-se que um gato colheu entre os dentes um rato dos muitos que andavam infestando a casa, na chácara de Escobar. O pequeno animal se debatia, atravessado na boca do felino. Surpreendemos Ezequiel olhando. Bentinho quis espantar o bichano. Ele não permitiu. Fez sinal para que silenciássemos. De repente, o gato sentiu nossa presença e saiu a correr, sempre com a presa entre os dentes. Ezequiel pediu de novo que nos mantivéssemos em silêncio. E deliciou-se com os últimos guinchos do rato agonizante. Bentinho, irritado, bateu palmas e o gato fugiu. "Ezequiel ficou abatido: — Ora, papai! Eu queria ver!" O pai limitou-se a rir.

Hoje à distância dos fatos e depois de tudo o que veio acontecer, não posso furtar-me a uma conclusão: — saíra ao pai.

CXXXVIII

Eu não sabia, por exemplo, antes do comentário escrito por meu ex-marido, o que havia de fato acontecido quando de minha febre pós-parto.

O que li me estarreceu, mas me iluminou o raciocínio. Eu tinha razão. Ezequiel tinha, efetivamente, muito do pai. Principalmente aquele instinto que o levava a comprazer--se com o sacrifício do rato. O Dr. Bento concluiu, antes de tudo, que o gato e a sua vítima eram incompatíveis. E, como sempre, não se furtou a autorreferenciar-se: "— Um rói-me os livros, outro, o queijo." Afinal era isso que contava. Ambíguo, diz perdoá-los. E traz outro exemplo à consideração. Refere-se à noite da minha febre. Três cães latiam lá fora, na rua. Os latidos o irritavam profundamente. Sancha cuidava de mim, ele roído de nervosismo e náuseas. Suportou, entretanto, o desconforto. No dia seguinte, procurou o fiscal, responsável pela recolha dos cães vadios; não o encontrou. Resolveu, então, matar os animais. Comprou veneno; mandou fazer três bolas de carne; inseriu nelas a droga letal. Na noite seguinte, mais precisamente, à uma hora da madrugada, os cães faziam realmente uma zoada insuportável; nem Sancha, nem eu conseguíamos dormir, imagine Bentinho. Só Ezequiel entregava-se ao sono dos inocentes. Bentinho desceu. Ao percebê-lo, os animais afastaram-se. Eram três. Dois seguiram na direção da Praia do Flamengo. O outro resolveu desafiá-lo, esperando. O pai de Ezequiel foi-se chegando, felinamente, com assobios e estalidos dos dedos. O animal, desconfiado, latia para ele, em impulsos ameaçadores. Mas, como todo cão, acreditou nas manifestações de apreço. Bentinho, as bolas envenenadas a postos, prosseguia na sua direção; o cão, agora, balançava a cauda de tranquilo e confiante e vinha, solícito. O homem dominava a fera. A carne excitava-se na mão do carrasco.

A madrugada fazia-se de silêncio. O cão chegou-se mais e lambeu-lhe os pés enquanto farejava o ar, com alguma sofreguidão. O gesto abrandou o ímpeto canicida; Bentinho guardou a carne envenenada; o cão, silencioso, caminhou atrás dele, até sua entrada na casa. Depois seguiu seu rumo.

Bentinho contou-nos por alto o ocorrido, a mim e a Sancha, curiosas de saber por que não ladravam os cães. Naquele momento, apenas estranhei o gesto e a economia de sua narrativa. Mas no seu texto, a sua desistência veio acompanhada de um comentário revelador: "— Tal não faria Ezequiel." Seria tal pensamento contemporâneo do fato, ou reflexão posterior do advogado? Penso comigo: o homicida latente era mais fraco do que o homem inseguro e tímido, mas o instinto destruidor estava lá, a corroer-lhe a alma. O juízo sobre o filho configurava por certo a projeção costumeira que lhe marcava os atos. Tal filho, tal pai?

CXXXIX

Eu acreditava convictamente, naquele instante, que ele mataria os cães, fosse com veneno, fosse com paus ou com pedras. Percebi, a partir de sua narrativa, que ele teria gostado de ser assim. Incomodava-o, por certo, a sua tantas vezes evidenciada indecisão. Posso imaginar a sua luta interior, principalmente tendo uma companheira como eu.

O destemor de Ezequiel me levou a lembrar-lhe, certa feita, que meu pai também era assim, quando moço. D.

Fortunata é que me contava. Bentinho, ainda uma vez, me surpreendeu, aprovando a atitude do filho: "— Pelo menos não sairá maricas; eu só lhe descubro um defeitozinho, gosta de imitar os outros". Não entendi: "— Imitar como?" "— Imitar os gestos, os modos, as atitudes; imita Prima Justina, imita José Dias; já lhe achei até um jeito dos pés de Escobar e dos olhos..."

O que estaria ele querendo dizer com aquilo? Pensei. Olhei para seus olhos, buscando a resposta. A pergunta perdeu-se. Disse-lhe que era preciso emendá-lo. Dei-me conta de que era verdade. Mas concluí que era só o imitar pelo imitar, como acontecia até com pessoas adultas, que tomavam as maneiras dos outros; mas era de fato urgente corrigi-lo, para que não fosse mais longe...

O pai não concordou. Sempre haveria tempo, sem mortificá-lo. Lembrei-me de que ele também agia do mesmo modo, quando em criança, zangava-se com alguém, isso sem falar nas imitações do Dr. Costa, lembra-se, quando brincávamos de médico... Ele sorriu da lembrança e explicou-me que, no primeiro caso, era vingança de menino. Firmei posição: — Tudo bem, mas eu não gosto de imitações em casa. Ele, batendo-me carinhosamente na face, obtemperou, a fugir do assunto: "— E naquele tempo, gostavas de mim?"

Entretecia-se o lenço de Iago e eu sequer me dava conta. Sua pergunta desarmou-me. Ri o meu mais doce sorriso, estirei os braços, atirei-me sobre os seus ombros, abracei-o com ternura; ele correspondeu, de tal forma, que, como no encontro de Vênus e de Júpiter, se os fados assim quiseram, um irmão de Ezequiel ali geraram... Eu nunca poderia imaginar, naquele instante, que, mais tarde, o Dr. Santiago iria considerar que aquele meu gesto de carinho e de entrega não passava de um "riso doce de escárnio".

CXL

Permito-me uma confidência: momentos houve em que, após a minha decisão de escrever este livro, quase desisti. Valeria a pena? Afinal, este lugar onde me encontro está alto demais para que aqui cheguem a pena e a mágoa dos homens. Por outro lado, talvez eu cometesse um juízo injusto, tal a ambivalência do pronunciamento do meu ex-marido. Quem sabe o meu silêncio me fosse mais favorável? Somos todos na linguagem. Ao assenhorear-se de minha fala ele me atribuiu tal laconismo e contenção, pintou-me de tal forma, que me converteu num mito, num enigma, numa figura sedutora. E mais: tinha por trás dele a arte daquele senhor. E se a minha fala acabasse contribuindo para a diluição dessa imagem, transformando-me apenas numa mulher ou numa velha senhora ressentida, tão vitimizada quanto o meu algoz? Talvez algum dos seus leitores até se permitisse negar-me: não, esta não é a imprevisível Capitu de Bentinho Santiago, o D. Casmurro do Engenho Novo... Troquei ideias com Brás Cubas, Quincas Borba e o Conselheiro; o filósofo advertiu-me que, nesta preocupação com a opinião, eu estava a identificar-me com a família Santiago; concordou o

Conselheiro Aires, e todos eles coincidiram num ponto de vista: eu devia o meu texto a mim mesma e às mulheres de todos os tempos; não era justo que um discurso como o do meu ex-marido se eternizasse, sem qualquer contestação, na magia da arte; e mais me fora confiada uma missão: eu havia de cumpri-la. Aurélia foi mais pessoal: faça-o por mim, amiga, e por todas as minhas contemporâneas. Somei aos argumentos as palavras relativizadoras do meu mestre de além-túmulo, gravadas nas suas *Memórias* de tão boa fortuna: "a obra em si mesma é tudo: se te agradar, fino leitor, pago-me da tarefa; se te não agradar, pago-te com um piparote." Afinal, escrever é risco e jogo. Prossegui.

CXLI

O episódio da mutação foi a ponta de um imenso *iceberg*.

Não demorou muito, e ele voltou à história do pregão. Não compreendia como eu havia esquecido a música e a letra, havíamos jurado não esquecê-la, e num momento do maior carinho. Eu me lembrava vagamente e lhe disse: — Você ainda estava no seminário... — E você ficou tão emocionada que me estendeu o braço, eu beijei sua mão, não se recorda mesmo? — Ah, sim! Mas que importância tem isso agora, meu amor? Ele dizia que eu não alcançava a relevância da jura. E, com uma ponta de irritação que não conseguia disfarçar, argumentou que a toada em si não era o que o preocupava: o grave é que eu quebrara o juramento, e, se acontecia com este, por que não aconteceria com os outros que, com tanto empenho, nós dois havíamos feito? Eu lhe pedi desculpas, que de todos os outros eu me lembrava e comecei a revê-los, um a um, com seriedade. Solicitei-lhe que cantarolasse o pregão, eu ensinaria Ezequielzinho a tocá-lo, não se preocupasse; ele se descontraiu, que compreendia, afinal esquecer todo mundo esquece.

O que eu jamais poderia imaginar, naquele momento, era que ele também havia esquecido a toada! E o que é pior, muito antes de mim, a ponto de pedir a um professor que a transcrevesse! Mais grave ainda: naquele momento, em que me reprovava com oratória de advogado, ele também não se recordava nem da música, nem do texto! Mentiu, por pura provocação. E, como bom causídico, procurou, depois, no seu escrito, justificar-se, mais uma vez, com um primor de cinismo, como comentou Quincas Borba. Transcrevo a passagem: "Faltar ao compromisso é sempre infidelidade, mas a alguém que tenha mais temor a Deus que aos homens não lhe importará mentir, uma vez ou outra, desde que não mete a alma no purgatório. Não confundam purgatório com inferno, que é o eterno naufrágio. Purgatório é uma casa de penhor que empresta sobre todas as virtudes a juro alto e prazo curto. Mas os prazos renovam-se, até que um dia uma ou duas virtudes medianas pagam todos os pecados grandes e pequenos."

Era, mais uma vez, a redução do sagrado ao âmbito do mercenário, como se Deus fosse um capitalista consumado.

CXLII

Mas isso ainda diz pouco. Uma noite trouxe-me bilhetes para uma estreia de ópera. Eu não me sentia bem e insisti para que ele fosse, tal o seu entusiasmo pelo espetáculo, é a Candiani quem canta, imagine a Candiani!

Seria talvez a primeira ou a segunda vez que não iríamos juntos. Ele foi, mas não esperou o segundo ato. Voltou para casa. Encontrou Escobar à porta: "— Vinha falar-te". Ele explicou que fora ao teatro, mas saiu no fim do primeiro ato, preocupado comigo, que estava doente. "— doente? O que é que ela tem?" "— dor de cabeça e de estômago..." "— Então vou-me embora; vinha por aquele negócio de embargos... mas deixa lá, vá ver como está Capitu..." Eu já estava bem e lhe disse, tanto que vim para a sala, tão logo ouvi as vozes no corredor. Foi só a dor de cabeça. Passara, felizmente. Vi que Bentinho franzia o cenho, seriíssimo. Olhou fundo para mim, e depois voltou o olhar para o amigo. Escobar sorriu: "— A cunhadinha está tão doente como você e eu. Vamos aos embargos." Bentinho alegou cansaço, despediu-se de Escobar, disse-me duas palavras e recolheu-se. Adormeceu antes que eu me deitasse. Nem eu, nem tu, nem Escobar, nem qualquer pessoa desta história poderíamos imaginar o que se passara na sua mente, naquele instante.

CXLIII

No dia seguinte, continuava ensimesmado. — Deve ser por causa dos tais embargos, pensei.

Escobar chegou cedo. Ouvi-os conversar. Bentinho, sério, concluiu que a circunstância nova que lhe trazia o amigo não valia quase nada. "— Vale menos que o chá que você vai tomar comigo." "— É tarde para tomar chá". "— Tomamos depressa." Servi chá. Sorveram-no em silêncio inusitado. Escobar, desconfortável, mal me dirigia o olhar.

Depois que ele saiu, veio comentar comigo que estranhara a visita do dia anterior, a urgência de Escobar, diante de algo que, afinal, não tinha nenhuma valia; respondi-lhe que ele era um homem de negócios e estava impressionado com a demanda. Bentinho concordou, mas sempre tenso. Ele aproveitou para dizer-me de outras dúvidas suas, que começara a notar uma certa frieza de sua mãe comigo... Fiquei perplexa, mas conservei a serenidade: — Não dê importância, Bentinho, ciúmes de sogra! Mamãezinha tem ciúmes do filhinho... e depois, tem o neto, que ela vive disputando comigo... Ele aproveitou a deixa e acrescentou que a indiferença de D. Glória também lhe parecia estender-se ao neto... Preocupei-me: "— Quem sabe anda doente?" Ele então propôs que fôssemos jantar no dia seguinte em Mata-cavalos.

CXLIV

Não notei nada de anormal no jantar. D. Glória, tranquila, nos seus cinquenta anos encanecidamente belos; José Dias cada vez mais falante, sempre fiel aos mesmos assuntos, a política, a Europa, a homeopatia, o casamento e sempre periférico; O Dr. Cosme a reclamar de suas doenças, ah, minha filha, não sei se vejo o meu afilhado completar sete anos... D. Justina, convidada, ranzinzando seu amargor contra tudo e contra todos, presentes e ausentes, excetuado o Dr. Costa, um santo marido, com a graça de Deus, e todos com o mesmo carinho por Ezequiel, esse menino é um anjo que o Senhor trouxe a esta casa. "— Graças Lhe sejam dadas", disse o protonotário Cabral, até então silencioso.

No caminho de volta, que resolvemos percorrer a pé, transmiti essa impressão a Bentinho. Ele continuava com o mesmo julgamento. — Você não viu? Mamãe quase não brincou com Ezequiel. — É claro; ela só tinha olhos e palavras para você... bobinho! Concheguei-me ao seu braço; ele voltou a lembrar o antigo episódio da janela. Seguimos em silêncio.

Resolvi deixar de frequentá-la, para tranquilizá-lo. Esperava-o no alto da escada, quase sempre com Ezequiel a meu lado. Beijávamo-nos; Ezequiel me imitava, ao exagero, cobrindo-o também de beijos. Ele me abraçava e mandava-o brincar lá dentro. Jamais podia imaginar o que se lhe ia dentro da alma que, só mais tarde, soube-a desde então atormentada.

CXLV

Aqueles fatos, entretanto, mobilizaram-me a preocupação. Comecei a notar algumas atitudes dele. Sempre que Ezequiel estava a me fazer carinhos, dava um jeito de impedi-lo. Nossas idas ao teatro foram ficando cada vez menos frequentes. Baile, nunca mais. Se alguém, homem ou mulher, se aproximasse de mim, em qualquer circunstância, ele imediatamente me afastava, a pretexto de nada. Pediu-me, com empenho proibitivo, que evitasse conversar com vizinhos, com qualquer homem que fosse, não ficava bem para uma senhora do meu nível. Implicava com meus vestidos, que estavam justos, que deixavam os braços à mostra; irritava-se, se eu insistia na defesa de uma ideia ou de um ponto de vista, fosse sobre o tempero do prato do jantar. Essa irritação repercutia imediatamente na sua relação com Ezequiel. Eu já não sabia mais como me comportar. Comecei a ficar meio perdida. Tentei falar com D. Glória; ele não me permitia ir ter com ela sozinha; quis procurar Sancha; proibiu-me, não sei por quê, visitá-la: só com ele. Passou a voltar do escritório nas horas mais desencontradas. Às vezes, saía após o café da manhã e duas horas depois, quando não antes, já estava em casa, a pretexto de buscar algum documento, que esquecera, ou de algum leve mal-estar. Se eu me punha em silêncio, insistia em saber no que eu estava pensando e chegava à exasperação, se não obtivesse resposta. À noite, à hora de dormir, buscava sempre um questionamento qualquer, que nos levava ao desentendimento e ao amuo. Pela manhã, desculpava-se, que andava um pouco nervoso e tenso. Nossa vida estava-se tornando num inferno dantesco. Eu andava à beira de um ataque de nervos. Concluí que Bentinho tinha ciúmes de tudo e de todos. E eu estava certa. Hoje sei.

CXLVI

Era-me difícil entender aquele comportamento. Eu gostava de ser vista, de ser admirada, é verdade. Adorava meus vestidos, minhas joias. Sentia-me bem, ao me fazer bonita. Mas eu amava meu marido. Fazia tudo para que ele também se sentisse bem, voltasse a ser o Bentinho de antes. Preferia mesmo que retornasse ao tempo em que não tomava qualquer decisão sem me consultar e me ouvia. A insegurança é, muitas vezes, melhor que a indiferença. Eu sentia isso na carne. E no entanto, ele continuava inseguro, traço que nunca o abandonou. Tanto que, numa das visitas de José Dias, um dos raros com que eu podia relacionar-me, surpreendi, sem que me ouvissem, a conversa de ambos a propósito do comportamento de D. Glória. O agregado também estranhou a suspeita de Bentinho: não podia haver coisa nenhuma, tantos eram os louvores que ele ouvia a meu respeito, dela e de todos. E, fiel à sua natureza subserviente, lembrou, dúbio e malicioso, a criança travessa que se transformou em digna senhora... não, sua mãe vive a elogiá-la... "— Mas por que é que não nos visita há tanto tempo?" "— Hão de ser os reumatismos. Este ano tem feito muito frio... e depois, vive aflita com as doenças do irmão, o coitado do Dr. Cosme... mas deixe-me ver o nosso "profetazinho" — era assim que ele gostava de chamar Ezequiel. Vali-me da deixa e entrei com o menino. Fizeram os gestos de costume. E, de repente, para minha surpresa e irritação, o agregado deu de chamá-lo de um modo estranho: "— Como vai o filho do homem? Dize-me, filho do homem, onde estão teus brinquedos?" "— Queres comer doce, filho do homem?"

"— Que filho do homem é esse?", perguntei agitada; ele, sem se dar por achado: "— São os modos do dizer da Bíblia." "— Pois eu não gosto deles!" José Dias me deu imediatamente razão. A Bíblia tem realmente expressões cruas e grosseiras, eu só queria variar... como vai, meu anjo? Meu anjo, como é que eu ando na rua?" "— Não! Já lhe ando tirando esse costume de imitar os outros", interferi. Ele insistia: "— Mas tem muita graça! a mim, quando ele copia os gestos, parece-me que sou eu mesmo, pequenino; outro dia, chegou a fazer um gesto de D. Glória tão bem que ela lhe deu um beijo em paga, uma graça! Vamos, como é que eu ando?" "— Não, Ezequiel, mamãe não quer!"

Bentinho apenas observava. Ezequiel não me obedecia. Tão logo mudamos de assunto, ei-lo no meio da sala: "— O senhor anda assim". O agregado e o pai riram do feito, eu puxei-o com força: "— Não quero isso, ouviu?"

Hoje, depois de tudo o que aconteceu, retorno à fala de José Dias e concluo: Iago — e mais era Iago — não teria feito melhor.

CXLVII

A imaginação é poderosa aliada do mau pensamento, sem dúvida. Hoje lamento não tê-lo percebido em tempo hábil. Eu não avaliava a relevância da comunicação entre os casais. Avaliasse, e teria assumido a iniciativa do diálogo. Teria sido melhor. Compreendam-me; eu era uma jovem do meu tempo, educada para servir ao senhor seu marido, e não era sem muito esforço que procurava um mínimo de espaço. Brás, meu bom amigo Brás, comentou, a propósito, que eu deveria ter conhecido Virgília: "— Você teria aprendido muito com ela, tenho certeza."

CXLVIII

Mas a tragédia estava apenas no seu primeiro ato, que se construía no silêncio de um dos personagens. O segundo vai encontrar-nos vizinhos do casal Escobar. Por insistência antiga de Bentinho, eles haviam deixado o Andaraí e tinham comprado uma casa no Flamengo, já havia algum tempo. Ficava a um pedaço de praia da nossa; não se esqueça de que morávamos na Glória. Parecia que voltávamos à condição idêntica a de nossa vida na velha Mata-cavalos. Só que o muro era outro e a passagem, como os nossos corações, o meu e o de Sancha, bem mais aberta. Vivíamos uma na casa da outra. Bentinho, com o tempo, esqueceu-se do seu cuidado em que eu não saísse. Pelo contrário, muitas vezes eu deixava a casa cedo para ir à da amiga e só voltava ao anoitecer, quando ele passava a me buscar. Outras vezes, as duas íamos secreta e ousadamente, acompanhadas de um pajem, olhar as lojas da Rua do Ouvidor. Os dois casais encontrávamo-nos quase todas as noites; conversávamos, jogávamos ou olhávamos o mar. Capituzinha e Ezequielzinho faziam os dois quintais de território comum. E eram tão unidos, davam-se tão bem, que Sancha chegou a comentar que estavam ficando parecidos. Ao que Bentinho acrescentou: "— Não, é porque Ezequiel imita os gestos dos outros." Escobar concordou; eu me dei conta de que aquilo estava se tornando uma ideia fixa, na cabeça do meu marido. Por que, meu Deus, não tive lucidez bastante para perceber o que se lhe ia no coração? E como adivinhar que a morte logo levaria o meu bom amigo Escobar?

CXLIX

Aconteceu dias depois. Adiemos o desenlace.

Até então, minha vida ia-se tornando um quintal de rosas conformadas. Passáramos a noite anterior, os dois casais e mais José Dias e D. Justina, na casa do Flamengo. Em dado momento, Escobar chamou Bentinho à janela. Conversaram em voz baixa. Sancha trocava novidades comigo, enquanto D. Justina resmungava junto a José Dias. Vez por outra, ouvia-se, em tom mais alto, o enunciar de um superlativo.

Escobar deu por encerrada a sua fala. Veio ter com o agregado. Sancha aproximou-se de meu marido, enquanto eu me dirigi aonde se encontrava D. Justina. Minha amiga queria saber o que tanto sussurravam. Bentinho disse-lhe que seu marido lhe falara de um projeto secreto, que no dia seguinte lhe revelaria. — Nem tão secreto assim que eu mesma não possa revelá-lo, desde que você prometa guardar segredo. — Minha boca é um túmulo de faraó, ouvi intrigada Bentinho dizer e não entendi. Enfim, a conversa era deles. Sancha não só lhe passou a novidade, como veio imediatamente me contar: — Uma viagem de nós quatro à Europa, dali a dois anos. Ficamos excitadíssimas e já ansiosas por preparar as malas. Eu mal podia imaginar o que poderia ser a Europa, mas por tudo que tinha ouvido e lido, só podia ser maravilhosa! Estranhei que, em meio à narrativa, ela deixasse escapar que tinha achado o comportamento de Bentinho um tanto estranho, ele a olhara de uma forma tão esquisita... Não poderia supor o que naquele instante, se passara na mente doentia de Bentinho Santiago.

Enquanto conversavam, o mar batia com força na praia. Havia ressaca. No entusiasmo da revelação do segredo, ela não escondeu a sua alegria. Pois Bentinho, o santo filho de D. Glória, que ela, com tanto fervor, preparara para o sacerdócio, revelou-se apóstolo de outras santas. Custa a crer, mas ele entendeu que minha amiga, naquele momento, deitava-lhe um olhar de sedução, seus olhos e o aperto dos dedos pareceram-lhe quentes e intimativos, a dizer-lhes coisas inenarráveis. E ele foi mais além. Ela se afastou, na direção do piano. Ele buscou-lhe novamente o olhar. Fixou-os, como quem estivesse na iminência de expor talvez outro segredo. Ela aguardou parada onde estava, na expectativa de algum comentário sobre o projeto. Ele nada disse. Mas pensou, e escreveu mais tarde. Ele pensou nela como mulher e não do seu dileto amigo que, graças aos céus, cortou o silêncio com sua voz forte e segura: "— O mar está a desafiar a gente"; disse-o ao pé de Bentinho, entre surpreendido e logo descontraído: "— Você entra no mar amanhã?" "— Tenho entrado em mares maiores, muito maiores, e enfrentado ressacas arrebatadoras. É preciso nadar bem, como eu, e ter estes pulmões" — disse, batendo no peito, "e estes braços; apalpa." Então eu vi. Eu vi o modo como meu marido apalpava-lhe os braços; era como costumava fazer comigo. Passou por mim a sombra de um delíquio, mas consegui prontamente me reequilibrar. Aquilo me deixou muito perturbada. Pretextei cansaço e nos despedimos. Bentinho apertou longa e efusivamente a mão de Sancha e estendeu-se num demoradíssimo abraço em Escobar. E não se conteve, diante do elogio do agregado, no caminho de volta: "— ... uma senhora deliciosíssima..." "— Deliciosíssima", Bentinho repetiu, com ardor inusitado, mas logo reprimido, numa frase-disfarce: "— Realmente uma bela noite." "— Como devem ser todas as daquela casa", completou José Dias, cúmplice. Odiei-os. Com todas as fibras do meu coração. O mar batia com força nas pedras e na areia. A ressaca avolumava-se. Eu me adiantei, com D. Justina. Estava difícil suportar a companhia do meu marido. Refleti, contive a ira. Detive-me com ela numa volta da praia. Aguardei-os. Fomos conversando maquinalmente, os quatro. Os quatro, digo mal. Bentinho calava, os olhos perdidos no céu. Chegamos à casa. O agregado despediu-se. D. Justina ficou para dormir conosco. Iria embora no dia seguinte, depois do almoço e da missa. Bentinho correu para o escritório.

Devia estar admirando o retrato de Escobar que tinha emoldurado sobre a mesa, ao lado do de sua mãe, capricho que nunca entendi, e que agora teimava em dançar na minha cabeça. Estava. Mais do que isso, admitiu por escrito, quem o leu sabe, que o retrato o levou a sentir-se desleal com o amigo. Mas, como sempre, valeu-se do raciocínio lógico: "— Quando houvesse alguma intenção sexual, quem me provaria que não era mais do que uma sensação fulgurante, destinada a morrer com a noite e o sono? Há remorsos que não nascem de outro pecado, nem tem maior duração." Justificava ele assim o seu adultério mental. Vi-o, bem mais tarde, entrar no quarto, deitar-se e dormir; fingi que dormia também; estava enojada. Uma pergunta, porém, ficou em mim e para sempre sem resposta: — Em quem pensava ele, efetivamente, naquele momento no escritório?

CL

Talvez me falte a sutileza do meu ex-marido. Nunca fui cultora de torneios de linguagem. Prefiro a frase direta e objetiva. Por isso lhe digo que a injúria me ofendia ainda mais, na medida em que sua intenção sexual há muito tempo me afastava do foco, se é que você me entende. Chegávamos a um tipo de acomodação muito comum, segundo pude mais tarde constatar. E ele justificava a sua omissão com o excesso de trabalho e a constante preocupação, afinal era obrigado a tanto tempo no escritório ou na companhia de Escobar, no foro ou no escritório comercial do amigo. Pelo menos era o que me dizia, sempre que sua volta encontrava a noite já começada. Eu não conseguia entender a mudança radical de rumo na sua conduta: passara do zelo excessivo para a quase indiferença. Uma amiga de Sancha, aliás, contou-lhe que o marido o encontrara, mais de uma vez, a acompanhar uma cliente nos corredores do foro, uma bela mulher, acrescentou. Louvou sua dedicação e a fidalguia com que a tratava, em outra ocasião, numa conceituada confeitaria do centro da cidade. — Perdoe-me Capitu — minha amiga me relatou, sem malícia, o que lhe foi contado —, eu julguei de meu dever lhe trazer notícia do fato, amiga, eu que acompanho sua vida há tanto tempo! Disse-me que comentou o fato com Escobar e este lhe esclareceu ser a atitude useira e vezeira entre os servidores da Justiça, não havia que pensar mal de Bentinho, e repreendeu-lhe por dar alarde a um acontecimento tão trivial. Preferi concordar com ele; eram maledicências de invejosos.

CLI

De repente, um estranho impulso leva-me a entrar no escritório de Bentinho. Detenho-me diante do retrato de Escobar;

ali estava, sobre sua mesa de trabalho, lado a lado com o de D. Glória. Era uma bela fotografia, na verdade; tinha imponência e masculinidade, a postura de um rei benévolo. Li a dedicatória; nunca tinha reparado nela; estava escrito, ali, inclinada, na parte inferior, à direita: "Ao meu querido Bentinho, o seu querido Escobar." Aquilo me incomodou. Resolvi retirá-la.

Ao chegar, a reação de Bentinho foi tão violenta e inesperada, que a recoloquei imediatamente no lugar. Após considerar-se invadido na sua privacidade, ele passou dois dias sem me dirigir a palavra. Depois voltou ao normal, como se nada tivesse acontecido.

CLII

Sei que, ainda uma vez, detenho-me em pequenos aspectos; mas é necessário recontar o contado, para que se possa chegar a uma conclusão o mais que possível isenta. É que as coisas, deve estar dando para perceber, não foram bem como as apresenta o ardiloso e sedutor discurso do meu ex-marido. As palavras são dóceis, mas se usadas com habilidade, podem tornar-se afiladíssimos instrumentos de destruição. Meu texto quer ter, no caso, funções homeopáticas, com perdão do José Dias: *similia similibus curantur*.

CLIII

Retardei de propósito a narrativa, porque estava evitando reviver um momento dos mais dolorosos: a morte do meu querido amigo. As Parcas, porém, são inexoráveis.

Foi tudo muito repentino. Na manhã seguinte à nossa estada no Flamengo, Bentinho trabalhava no escritório da casa. Eu e D. Justina havíamos saído para a missa das nove, na Lapa. Na volta, encontramos o recado, escrito nervosa e apressadamente:

Um escravo veio da casa de Sancha: aconteceu uma tragédia: Escobar meteu-se a nadar como usava fazer, arriscou-se um pouco mais fora do que de costume, apesar do mar bravo; foi enrolado pelas ondas e morreu. As canoas que acudiram mal puderam trazer-lhe o cadáver. Fui para lá.

Bentinho

Um criado e D. Justina mal tiveram tempo de amparar-me; senti um forte aperto no coração e perdi, por alguns momentos, os sentidos.

CLIV

Bentinho, arrasado, mas firme, encontrou, ao retornar, o meu ar abatido e estúpido, ao lado de uma D. Justina apenas enfastiada, que maçada, morrer num dia como esse e logo de manhã! "— Vão fazer companhia à pobre Sanchinha, eu vou cuidar do enterro." Nunca o vi tão decidido. A concreção da morte parece ter tal efeito sobre algumas pessoas normalmente frágeis. E, justiça se lhe faça, meu marido cuidou de tudo com esmero; o féretro se revestiu de pompa e circunstância. A descrição do fato é, talvez, a única passagem em que o texto do Dr. Bento não tergiversa: "A afluência dos amigos foi numerosa. Praia, ruas, praça da Glória, tudo eram carros, muitos deles particulares. A casa não sendo grande, não podiam lá caber todos; muitos estavam na praia, falando do desastre, apontando o lugar em que Escobar falecera." José Dias comentou que tinha ouvido falar dos bens do falecido, infelizmente de pouca monta, reduzidíssimos, lamentou. A conversa ia das qualidades do morto — um santo homem! — aos últimos acontecimentos da política: estávamos em 1871, março, o mês, e falava-se do recente Gabinete, se não me engano era o Rio Branco. Difícil esquecer um dia como aquele.

Bentinho preparara um discurso fúnebre. Leria no dia seguinte, no cemitério. Retornou a casa; eu fiquei com Sancha; iria passar a noite com ela, velando o marido. Soube por José Dias que Bentinho chorou muito no retorno à Glória, durante o longo percurso do tílburi. E falava de sua amizade com Escobar, de tudo o que passaram juntos, e agora ele está morto, José Dias, morto! Como vou suportar viver sem a sua companhia? As lágrimas eram sinceras, sinceríssimas, repetia o agregado, comovido. Tanto que, por vezes, o cocheiro, preocupado em como estava se sentindo, se queria parar em alguma botica, para tomar um calmante. — Água de flor-de-laranjeira é muito bom, meu senhor... Ele então passou a um pranto silencioso, entrecortado de soluços, e não disse nada.

José Dias ajudou-o a escrever o discurso. Ele redigiu-o diante do retrato, que parecia olhar para ele, reconhecido, prisioneiro da moldura que nunca abandonaria aquela mesa, onde quer que ela se encontrasse. Há afeições que ultrapassam o tempo.

CLV

E chegou a hora do enterro. E da vitória da injustiça e do vilipêndio.

O lenço usado por Iago tomou a forma do olhar de uma mulher entristecida pela perda do amigo querido. E quem o colocou diante de Bentinho não foi nenhum outro companheiro fiel: foi a magia lúgubre das Parcas. Romper-se-ia ali o fio tênue do meu casamento. Ali, diante do caixão, perdi definitivamente o meu marido e, ironia das ironias, eu nem sequer me dei conta.

Nem seria possível. A confusão era mais geral do que no enterro do Brás Cubas. O desespero de Sancha, a quem eu procurava inutilmente consolar conseguia manter-me firme e segura. Houve um momento em que alguém exigia que se cobrisse o caixão com a bandeira do Império. Houve protestos e tumulto. Bentinho resolveu a questão, com a opção pela bandeira da Confederação do Comércio e com a alegação do adiantado da hora, uma vez que seria preciso providenciar o pálio imperial.

Foi então que, momentos antes de fechar-se a urna funerária, lancei, para minha perdição, um derradeiro olhar ao meu amigo, o marido de minha irmãzinha Sancha, o meu cunhadinho... as lágrimas teimavam em forcejar-me os olhos, deixei-as escorrer, poucas e silenciosas.

Antes melhor fora não tivesse chorado. Tanto bastou para que meu alucinado esposo atribuísse à minha homenagem o olhar que ele mesmo, em outro momento menos penoso, dissera ser de ressaca. Novo Otelo sem comédia, o seu ciúme doentio viu nele a marca da traição, o sinal da culpa, por ele buscada em mim durante todo o tempo, como o seu relato o demonstra à saciedade... Só que ele engoliu em seco a sua ira mal contida. Era preciso fechar o ataúde.

CLVI

Seu rosto estava transtornado. Todos pensavam que fosse de tristeza. Não era. Lá fora, um sol de rachar iluminava o dia azul da cidade. A paisagem, indiferente ao luto, vestia-se de luz e de alegria. Cigarras cantavam nas árvores do verde lavado. O mar exibia a paz orgulhosa dos grandes vencedores. Os carros e as roupas escuras acentuavam a atmosfera lutuosa, em contraste irônico com a vida que continuava a fluir, intensamente. Bentinho, à frente de tudo, parecia conduzir suas ações com raiva. Empurrava a quem se lhe opusesse, na condução do caixão; momento houve em que julguei fosse levar os demais a atirá-lo por sobre a multidão.

No cemitério, com mais calma, o caixão baixou à sepultura. Bentinho, sempre no comando, a cuidar das correias, a ser o primeiro a tomar a pá e a cal. Não dava, entretanto, prosseguimento ao ritual; todos os olhares convergiam para ele, ali, à beira do túmulo. O silêncio se fez total e constrangedor. Eu já começava a ficar nervosa. Sancha, desabada em meus braços, mal se sustentava. Foi a voz sussurrada de José Dias que o tirou do estado letárgico: "— Então, homem, fale!" Todos esperavam, todos queriam o discurso anunciado. Ia falar, afinal, o prestigiado Dr. Bento Santiago, você já ouviu os seus discursos no foro? Um talento! Mesmo os que nunca tinham ouvido concordavam; uma vozinha irritante quase me fez perder o controle, ao afirmar que a maioria deles era da lavra do falecido, um homem de muita cultura!

O orador acabou dando razão ao dono da voz e da opinião; não correspondeu às expectativas. O texto saiu aos trambolhões, como eu nunca tinha ouvido, em impulsos, sem clareza, a voz tremia, parecia mais entrar na garganta do que sair-lhe dos lábios; eu mal compreendia; aqui e ali, identificava um ou outro elogio à amizade, à inteligência, ao homem de negócios. Foi aplaudidíssimo; as mãos mais próximas apertavam calorosamente as suas, parabéns, muito bonito, digno de um senador! José Dias definiu a fala emocionada: "a eloquência estivera na altura da piedade." Bentinho, comovido, entregou o texto ao jornalista que o solicitou para publicá-lo. Era um gesto simples e, afinal, a garantia do registro da última homenagem. Mais uma vez, o agregado pontuou: — É verdade; *verba volant, scripta manent.*

O baque surdo da terra sobre o caixão anunciava o fim da cerimônia, e a solidão pouco a pouco tomava conta da última morada do meu querido amigo. O sol ia alto no azul vivo do céu, indiferente à dor e à mágoa dos homens.

CLVII

Quando li o capítulo anterior para os meus amigos, o Conselheiro sugeriu que eu eliminasse a paisagem do primeiro parágrafo, por excessiva. Preferi deixá-la. Talvez porque, naquele momento, a ironia do contraste me passou a sensação frustrante da nossa vã insignificância. De qualquer modo, leitor exigente, se não for de seu agrado, pode suprimi-la.

CLVIII

Meu Deus! Eu acreditava na sinceridade da emoção de Bentinho! Não percebi que ali já estava, diante de mim, estranho a mim, o Dr. Bento Santiago. Seu texto fora claro na turvação da fala; viria mais tarde, o discurso escrito, aquele, a evidenciar a estratégia da autoconfissão aparentemente isenta. Lembra-me que, no livro, comparou aquele seu momento ao episódio da *Ilíada* de Homero, em que Príamo, o rei de Troia, chora, ao ser obrigado a beijar a mão de Aquiles, guerreiro grego que matou seu filho, o troiano Heitor. Desde que o li, pude avaliar o quanto a velhice havia contribuído para a sua megalomania. Em primeiro lugar, a comparação era estapafúrdia e só se admite como recurso de estilo: ele não precisava ter feito o discurso; mesmo considerada a expectativa dos presentes, que nem sei se havia, poderia ter-se eximido, apoiado na condição emocional; em segundo lugar, os conflitos épicos ocorrem às claras, segundo me explicou Quincas Borba; no caso, o seu conflito estava camuflado por ele mesmo e pelas conveniências sociais. Ele tinha consciência disso, tanto que o confessou. Mas fez o discurso. E fê-lo por vaidade. E mais: usou posteriormente a circunstância para tornar ainda mais execrável diante dos leitores a minha imagem de adúltera e de dissimulada. Pobre Dr. Bento! Como deve ter sofrido! Talvez fosse mais feliz se a sua imagem remetesse a Tântalo. Acresce ainda que mentiu; sim, mentiu ao afirmar que, quando saiu do cemitério rasgou o discurso e deitou os pedaços pela portinhola fora, apesar dos esforços de José Dias para impedi-lo. Só que, para sua frustração, o jornalista não o publicou. Recordo-me de ter visto a cópia que guardou. Aquele senhor jamais se permitiria perder um texto fúnebre. Brás concordou comigo, ele que, no dia do seu próprio enterro, também sofreu a fala de um de seus amigos. Fico pensando no que teria sentido Escobar naquele momento...

CLIX

A simulação diante de José Dias era uma forma de provocar-lhe os elogios. O agregado não os economizou. Elogiou a organização do enterro — primorosíssima! Louvou o panegírico do morto, que fez justiça ao espírito reto, ao bom amigo, digno da esposa amantíssima que Deus lhe dera... quando José Dias chegou a esse passo de sua fala, ele tinha que saltar, como afirmou; já ouvira o que desejava. Mandou-o com o carro ao Flamengo, para nos buscar e seguiu a pé, ruminando os seus nefastos pensamentos. Escreveu que se debatia entre a paixão antiga e o desvario que o martirizava; outra mentira: paixão há muito já não a cultivava, eu estava certa disso; desvario, sim, mas acendrado, que o ciúme há muito corroía-lhe as entranhas. Chegado à porta da casa, não entrou; subiu novamente a rua do Catete. Na minha volta, não o encontrei; esperei-o longo tempo, aflita com sua demora. Apareceu às oito horas. Parecia que o defunto era ele. E eu não alcançava a verdadeira razão de tanto sofrimento.

CLX

Talvez não fosse tão grande. Senão, como teria tido condições de parar à porta do barbeiro, como parou, para ouvi-lo tocar rabeca, olhar-lhe a mulher e permitir-se as reflexões que integram o capítulo CXXVII do seu livro?

CLXI

Quando o vi entrar, nervoso, com aquele ar de defunto vivo, eu já estava refeita. Deixara Sancha em casa, em boa companhia. D. Justina e José Dias jogavam cartas. Todos começamos a falar do desastre. Eu comentei a imprudência de Escobar e me emocionei novamente, ao lembrar a dor e a tristeza da minha amiga, agora viúva e só. Ele me perguntou por que não ficara com ela; respondi-lhe que não quis e que já havia muita gente na casa. Disse-lhe também que ela recusou o convite para passar uns dias conosco. Notei-lhe uma contração de contrariedade no rosto. Hoje sei a razão. José Dias ponderou que deveria ter aceito, a vista do mar lhe devia estar sendo penosa... D. Justina pontuou: — Ora, tudo passa sobre a Terra, o que é que não passa nessa vida? Lembrei-me de ir ver Ezequiel, que dormia.

Ao olhá-lo, não segurei a emoção: chorei, chorei muito, ali, sozinha com meu filho. Voltei à sala com os olhos vermelhos. Abracei-me a Bentinho, disse-lhe que, se quisesse pensar em Sancha, era preciso pensar primeiro na minha vida. José Dias achou a frase "lindíssima"; Bentinho divertiu-se com a avaliação e terminamos rindo. Ele falou que talvez refizesse o discurso. Quando chegaram os jornais do dia, correu a lê-los. Só estava lá a notícia do desastre e da morte de Escobar, seus estudos e negócios, os bens deixados para a mulher e a filha. Notei-lhe no rosto a imagem do desapontamento. Era segunda-feira.

No dia seguinte, foi aberto o testamento. Novo desencanto tomou-lhe a fisionomia. O falecido não deixara senão palavras de profunda estima ao querido amigo que Deus pusera em seu caminho. Isso em carta separada, que ele leu em voz alta para mim, com uma ponta de sarcasmo.

Poucos dias depois, despedíamo-nos de Sancha, que iria morar com uns parentes no Paraná. Percebi que Bentinho lançou-lhe um último olhar carregado de lascívia.

Senti-me desamparada e só.

CLXII

A partir do enterro de Escobar, Bentinho mudou. Vivia calado e sempre aborrecido. Nem Ezequiel conseguia fazê-lo rir. Era-me difícil entender o que se passava. Mais de uma vez lhe perguntei o que estava acontecendo — trabalho, muito trabalho; não é nada, era a única resposta. Sua permanência fora de casa ocupava cada vez mais tempo. Em várias ocasiões, recolhia-se ao escritório e ficava horas e horas olhando para o retrato do amigo. Evitava brincar com o filho; chegava a ser ríspido com ele, pelo motivo mais insignificante. Propus-lhe que viajássemos. Para qualquer lugar, "Europa, Minas, Petrópolis". Quis fazê-lo levar-me aos bailes, como antigamente, deitou-me um olhar fulminante; cheguei a propor-lhe que passássemos uns dias no Alto da Tijuca, respondeu com um sorriso enigmático; insisti à exaustão. Alegava sempre que "os negócios iam mal". Se é assim, disse-lhe, na centésima proposta, esquecida de que falava com o filho de D. Glória Santiago, não precisa se preocupar; vendemos minhas joias, mudamos para uma casa mais modesta; viveremos "esquecidos, mas sossegados"; logo, logo "retornaremos à tona d'água", você vai ver. Coloquei toda a minha ternura e compreensão nas minhas palavras. Estava sendo sincera. Aquela melancolia me preocupava. E ele aborrecido e calado.

Num domingo, chamei-o a jogar cartas; não quis; convidei-o para um passeio pelo Centro, não aceitou; propus uma visita a D. Glória, nem isso. Para tentar mudar a atmosfera reinante, fui para o piano e comecei a tocar. Quando o procurei, vi que havia saído. Fui para o meu quarto e chorei.

CLXIII

Este capítulo, por força da ordem lógica dos acontecimentos, deveria ter sido anterior ao anterior, mas eu não vou mudar o curso da minha emoção só para atender a tal imperativo; vai neste lugar, porque a artimanha do meu ex-marido usou de estratagema singular. Fez-se de triste e de melancólico, tentou mover o seu leitor, para justificar-se *a posteriori*. É como se dissesse: — Vejam como me tornei melancólico e triste, mas eu tinha uma razão para isto, só minha pérfida esposa não o queria entender, ou fingia não entender; antes dessa razão, nossa vida havia retornado à placidez e à doçura de viver, "a banca de advogado rendia-me bastante, Capitu estava mais bela, Ezequiel ia crescendo".

A banca nunca rendeu tanto, é verdade; se eu estava mais bela, entretanto, isso não o levou a se fazer mais carinhoso, ou a manifestar por mim interesse sexual, muito pelo contrário; o menino, obviamente, crescia, só ele parecia não notar; a mentira maior diz respeito à tranquilidade e ao mel de nossa vida comum; nunca vivi momento tão amargo. Ele primava pelos longos períodos de ausência e quando estava em casa, passava a maior parte do tempo metido naquele escritório; falávamos pouco. E foi num instante desse pouco falar que eu me referi à semelhança entre a expressão do olhar de Ezequiel e a de Escobar. Repare bem, leitora, fui *eu* que fiz a referência. Lembro-me bem; era uma quarta-feira, de janeiro de 1872, depois do jantar; eu disse: — Você já reparou que Ezequiel tem nos olhos uma expressão esquisita? Só vi duas pessoas assim, um amigo de papai e o falecido Escobar; olha Ezequiel, olha firme, assim, vira para o lado do papai, não precisa revirar os olhos, assim, assim...

Bentinho interessou-se; olhou bem os olhos do filho. Concordou, naturalmente: — De fato, são os olhos de Escobar, mas não parecem esquisitos por isso. "— E de papai", acrescentei. O menino saltou-lhe ao colo e convidou-o para passear. Ele transferiu o passeio. Eu relaxei. Graças a Deus ele começava a sair da mesmice neurastênica. E ainda me lançou um galanteio: — A expressão pode ser de Escobar, mas na beleza saíram aos da mãe. Sorri e abaixei a cabeça; julguei que me olhava embevecido, como nos tempos em que me penteava os cabelos; não percebi a ironia que colocara nas suas palavras.

CLXIV

Foi só naquele dia. Daí em diante, ele reassumiu o ar sorumbático que nunca mais iria abandoná-lo. E vivia observando Ezequiel. Parecia examinar-lhe cada parte do corpo: o rosto, os braços, as pernas, a pessoinha inteira. Ele crescia, modificava-se. Um ou outro traço lembrava o meu falecido amigo, mas tinha muito de Bentinho e de mim. D. Glória achava a semelhança com Escobar muito natural: era decorrência do nosso convívio no meu tempo de gravidez, isso costumava acontecer, com as pessoas que nos impressionam nessas circunstâncias...

Meu marido passou de desligado a agressivo. Já não conversávamos, discutíamos; tudo era matéria de controvérsias; alternávamos discussões violentas com pedidos de perdão e promessas de mudanças. Eu não conseguia alcançar o que estava acontecendo. Não sabia o que faz o ciúme com a mente de uma pessoa. Só fui entender quando li o que o Dr. Bento escreveu. Estarreci. Então ele sentia tudo aquilo? Via o filho como quem lê uma carta denunciadora, caluniosa? E me julgava, à revelia, sem direito de defesa? E me condenava àquela vida infernal, que não poupava sequer o filho, outrora tão desejado? Era verdade. Ele vivia tão transtornado, que, várias vezes, viu, no nosso menino, a imagem de Escobar, a surgir "da sepultura, do seminário e do Flamengo, para se sentar com ele à mesa, recebê-lo na escada, beijá-lo no gabinete pela manhã, ou pedir-lhe à noite a bênção, como de costume". Eu não invento; são palavras que ele escreveu. E, sintomaticamente, assume que fingia: "— Todas essas ações me eram repulsivas; eu tolerava-as e praticava-as, para me não descobrir a mim mesmo e ao mundo. Mas o que pude dissimular ao mundo, não podia fazê-lo a mim, que vivia mais perto de mim do que ninguém." Quase escrevo: sem comentários. Mas não resisto ao ímpeto de dizer que nunca encontrei um autorretrato tão perfeito, confesso; esse era o verdadeiro Bentinho, esse era o Dr. Bento Santiago que eu jamais conheci, revelado ali, na letra do seu texto. Então eu convivi com um ser dividido, um homem que chegou a pensar em nos matar, ao seu filho e à sua mulher. Não há metáforas, por mais elaboradas, que amenizem a crueldade de tais pensamentos e o silêncio com que os acalentou. Pobre filho de D. Glória! Antes melhor fora que se houvesse ordenado padre. Talvez se livrasse com galhardia das penas do inferno em que transformou a sua vida e a nossa vida.

CLXV

Nossa crise conjugal chegava ao limite. Resolvi proteger meu filho. Ele não precisava ser testemunha de tanta discussão e desencontro. Propus que o matriculássemos num colégio interno, de onde sairia aos sábados.

Levou Ezequiel numa manhã de segunda-feira. Ele chorava. Chorou durante todo o percurso. O pai dissimulou a crueldade do pensamento que o mobilizava naquele instante e que dá a medida de seu caráter pois declarou que "o levara a pé, pela mão, como levara o ataúde do outro".

A solução do internato, se melhorou a situação de Ezequiel, só fez agravar a nossa. Bentinho dividia-se entre o desejo de vê-lo, de tê-lo ao pé de si e o desespero de encontrar nele as marcas da traição. Na verdade, ele via no filho o retrato vivo do falecido. Só ele. Nem José Dias, com sua malícia, fazia qualquer referência ao fato. Cheguei, cuidadosamente, a perguntar-lhe. Ele disse que só via alguma parecença na expressão do olhar. O mais punha na mania de imitação do menino. Concluí que tudo estava na cabeça de Bentinho.

Os sábados e domingos passaram a ficar ainda mais insuportáveis. Ezequiel voltava, na sua inocência, todo expansivo, cheio de amor e de riso, fixado na figura do pai. Bentinho não conseguia mais controlar sua aversão. Para não repeli-lo, porque lhe restava ainda algum escrúpulo, decidiu evitar encontrá-lo, para desespero meu e do menino: ora fechava-se no gabinete, ora saía a passear sozinho durante todo o dia. Eu me indignava. E já começava também a perder o que me restava de compreensão. Dizia a Ezequiel que papai estava doente; mas não tinha outra solução senão tentar compensar com meu amor e meu carinho o sofrimento dele e chorar. Muito.

CLXVI

Pensei em procurar D. Glória. Concluí que o amor cego pelo filho não a deixaria compreender. E depois, nossas relações haviam esfriado há algum tempo. Receosa de trair-me e dar a perceber o meu problema pessoal, evitava ir à casa de Mata-cavalos. Ademais, um bilhete que encontrei por acaso, ao arrumar a mesa de trabalho no gabinete de Bentinho, revelou-me o que eu já suspeitava e que havia contribuído para a mudança de comportamento da matriarca: meu marido a estava fazendo confidente de suas dificuldades. Parece-me, entretanto, que não lhe dera as razões do seu sofrimento, nem lhe passou suas suspeitas infundadas; limitou-se aos efeitos. Leia você mesma e veja se não me cabe razão:

Filho querido:

Paciência e ponderação, é o que lhe aconselho, nesse momento de crise. Casamento é assim mesmo, meu filho. E afinal, o que se poderia esperar de uma moça sem berço, filha de um funcionário público? Eu sempre a achei boazinha, abençoei a união de vocês, porque vi que estavam apaixonados e também porque, sinceramente, não estava suportando a ideia de vê-lo padre, longe de mim. Mas o tempo e as circunstâncias estão mostrando que você merecia um casamento melhor, sem essas decepções que o estão atormentando. Enfim, sempre é tempo de corrigir os equívocos. Pense nisso. Quem sabe não é castigo de Deus por você não ter continuado no seminário? Às vezes esta ideia me passa pela cabeça e morro de medo de padecer no inferno; compensa-me saber que Deus é Pai e não desampara os que têm fé. Conte sempre com sua mãe que o ama acima de tudo.

Beijos, beijos, beijos.
Sua mãe que muito o ama.

CLXVII

Na quinta-feira tivemos, eu e Bentinho, uma discussão absurda. Anoitecia. Eu ficara algum tempo calada e absorta, a olhar o mar, de nossa janela. Ele aproximou-se e quis saber em que eu estava pensando. Disse-lhe que em Ezequiel. Não aceitou a resposta; insistiu, primeiro com delicadeza, depois com palavras ríspidas e violentas, que culminaram com o braço erguido para esbofetear-me: — Você não passa de uma... Não completou a frase nem o gesto; saiu batendo a porta com violência. Não vi a hora em que regressou.

CLXVIII

Na sexta-feira, ele passou o dia no gabinete. Tomou café comigo sem dizer palavra. Chegou à janela; ficou alguns minutos, depois enclausurou-se. Não estranhei. Para ser franca, até gostei. Era já há algum tempo, o seu comportamento usual, que tornava possível o nosso convívio. Vi-o sair e não o vi regressar, nem sequer recolher-se ao leito. Há muito adotáramos a prática de um de nós só ir para o quarto depois que o outro já estivesse dormindo. Desobrigávamo-nos, assim, de qualquer diálogo. Cheguei a pensar em propor-lhe dormirmos em cômodos separados; eu passaria a ocupar o quarto de hóspedes; faltou-me a necessária coragem, a antiga Capitu da Rua de Mata-cavalos parecia ter adormecido dentro de mim.

O sábado repetiu a rotina. Só que percebi que ele passara a noite em claro. Levantou-se várias vezes, inquieto, e saiu bem cedo, ao anunciar da manhã. O dia estava encoberto. Retornou com um pequeno embrulho, passou por mim sem qualquer cumprimento, internou-se de novo no gabinete. Não demorou muito; voltou a sair. Balbuciou um — vou à casa de mamãe, não precisa esperar-me, nem para o jantar. Jamais poderia imaginar que, naquele instante, estivesse pensando em tirar a própria vida, como escreveu mais tarde. Ponho, aliás, em dúvida essa decisão anunciada; tenho-a como mais um recurso para mover a cumplicidade do leitor: faltava-lhe coragem para um gesto tão radical. Basta lembrar a noite do latido dos cães.

CLXIX

Eu estava certa. Foi só uma fantasia, como tantas outras que lhe marcaram a vida. Não retornou cedo. Decidi ir ao teatro, com D. Justina e o Dr. Costa. A peça era *Otelo*, de Shakespeare, por isso eu resolvera ir. Não conhecia o texto, mas, como você sabe, conhecia a história. Vê-la assim concretizada no desempenho dos atores, soberbo, diga-se, sentir a fúria do Mouro desencadear-se, movida por um simples lenço e algumas palavras impressionou-me deveras. Senti-me a própria Desdêmona, padeci com ela, assumi com ela a perplexidade, com ela morri nas mãos do homem amado, ela que sequer pôde odiar, por desconhecê-lo, o causador de tanto sofrimento! Odiei-o, por ela. E, confesso, tive pena do Mouro de Veneza, tão poderoso e tão frágil diante da intriga. A peça emocionou-me até as lágrimas. D. Justina dormiu o tempo todo; O Dr. Costa a intervalos regulares, tanto que, de quando em vez, me perguntava quem estava em cena, ou estranhava a mudança de cenário.

Voltei a casa pensando e ainda identificada com a desditada Desdêmona. Só que, na peça da minha vida, Otelo e Iago eram a mesma pessoa. E mais, o segundo passara toda a vida a fingir-se de santo. Não nos esqueça de que se chamava Bento, Bento Santo Iago. Era um paradoxo, eu sei, mas a sua vida era um paradoxo. E se ele decidir que vai me matar? Assustei-me com o pensamento. Depois relaxei. Não mata. Não é agora que vai ser capaz de uma atitude que nunca foi sua, desde os tempos de criança e de adolescência: a responsabilidade de seus atos. E esse ato, nem eu, nem sua mãe, nem José Dias podíamos assumir por ele, e Escobar estava morto.

Ele chegou bem tarde. Já me encontrou recolhida ao quarto. Ouvi que se fechava no gabinete. O que fez, ele mesmo contou. Escreveu sua carta de suicida e, mesmo nesse momento, vacilou, dividido entre transferir-me a culpa ou simplesmente explicar-se; rasgou o primeiro texto, redigiu o segundo, onde citava Escobar; estava certo de que eu morreria de remorso.

Penso, quando escrevo estas linhas: no fundo, será que ele ainda me amava, como Otelo amara Desdêmona? Ou não era amor o que por mim sentira? Ou o diabo era aquele Iago que trazia acalentado dentro da alma?

CLXX

Ou tudo isso é só literatura? Como é que alguém que decidiu tirar a própria vida permite-se, num momento em que devia estar transtornado, lembrar-se de Catão e resolver ler, como ele o fez, um livro de Platão? Era requinte demais para o meu gosto e para a pessoa que eu conhecia. Bentinho tentava conhecer-se a si mesmo; e retardava o gesto que sabia que não poderia levar a termo. No fundo, tinha medo, um medo pânico, de passar desta para a melhor. E ler Plutarco, francamente! Não tinha nada a ver. Procurou o livro como um viciado busca cocaína, no caso, como ele mesmo explicitou, a cocaína moral, que supostamente lhe traria coragem. Não tinha quem decidisse por ele, fisicamente, buscou os escritores.

Brás Cubas deu boas gargalhadas quando tivemos conhecimento desse capítulo do livro do Dr. Bento e disse: ele confere, verdade que com rara sutileza, mais ênfase à galhofa do que à melancolia! E com que artimanha! E a preocupação com a aparência? Ridículo aquele cuidado com esconder o livro. Sinceramente, conheço de perto textos melhores...

Sem qualquer dose de má vontade, seu procedimento não convence. Esperar o copeiro trazer o café, tudo bem; mas levantar-se depois, guardar o livro, decerto lustrá-lo com o lenço, verificar se estava no lugar certo, alertar os ouvidos para os rumores da casa e só então decidir-se a concretizar o tresloucado gesto? Era calma e preparação demasiadas. E o olhar que lançou à foto de Escobar? Nem Shakespeare seria tão teatral, mesmo porque o Bardo conhecia a justa medida da tragédia; a não ser que quisesse compor uma ópera bufa...

Só não me parece ter sido teatro a tentativa de envenenar o próprio filho, de quase obrigá-lo a sorver o café daquela xícara... felizmente ainda restava um resquício de sentimento humano em seu desespero ou teria sido mais uma de suas habituais soluções, a transferência da responsabilidade para o outro?

Faço esforços para crer que, em algum momento, lhe tenha passado pela cabeça dar cabo da existência. Era a forma mais simples de acabar com a sua ambiguidade. Mas todo aquele ritual é meramente literário, sem dúvida. O que efetivamente o movera no rumo da desistência explodiu numa frase que duvidei ter ouvido. Ele tomara a cabeça de Ezequiel entre as mãos, começou a beijá-la alucinadamente, machucando-o, enquanto ele falava — papai, papai... sua resposta teve o impacto de um raio: "— Eu não sou seu pai!"

CLXXI

O mundo desabou sobre minha cabeça. Eu acordara pensando em usar a peça como abertura para um diálogo. Precisávamos conversar. Nossa tragédia tinha muito em comum com a que viveram Otelo e Desdêmona; eles se amavam como nós um dia acreditamos no amor. E, dado fundamental, eles não tinham um filho como nós; como poderia eu imaginar que era justamente nesse filho que estava o núcleo do problema, o clímax da crise alimentada por Bentinho?

Ezequiel e eu íamos sair para a missa e, como de hábito, vínhamos nos despedir dele, porque eu mantive esse procedimento. Mesmo diante da secura e da brevidade dos últimos tempos. Ele mal me respondeu, sequer me voltou o olhar. Aquilo me fez mal. Eu já não estava bem; dormira mal, sonhara com a peça, com Bentinho a estrangular-me com um lenço de seda, enquanto proferia palavras em que eu não queria acreditar e, ao fundo, alguém narrava, com voz abaritonada e rigorosa marcação, todos os movimentos dos personagens; as cenas iam e viam no meu cérebro, alucinadamente e eu fazia esforços para não sufocar.

Surpreendentemente, depois de algum silêncio, Bentinho ergueu o olhar; as lágrimas corriam, silenciosas; Ezequiel também chorava. Desisti da missa; mandei Ezequiel para dentro; contive-me; pedi-lhe que me explicasse... não me deixou completar a frase:

"— Não há o que explicar..."

A lâmina de uma navalha afiada não faria maior estrago no meu coração; busquei todas as minhas forças, lembrava-me do desespero de Desdêmona, impotente, diante do Mouro:

"— Há tudo, não entendo as tuas lágrimas e as de Ezequiel. Que houve entre vocês? O que está havendo entre nós?"

"— Não ouviu o que eu lhe disse?"

Ouvi o choro de Ezequiel, ouvi o rumor de sua conversa com ele...

Eu me esforçava por conduzir com alguma lógica o meu pensamento e minha fala. Ele repetiu, com rudeza: Você ouviu bem: eu disse que ele não é meu filho!

Difícil imaginar o que foram minha estupefação e minha indignação. Toda a minha dor, a minha mágoa, o meu sofrimento explodiram naquele instante; como era possível,

Deus do Céu, como ele podia ter imaginado tal absurdo? mas se não era seu filho, era filho de quem, diga-me, por favor, onde o levou a sua loucura?

Sua resposta era apenas a repetição fria da frase com que me apunhalara:

Ele não é meu filho.

Silenciei por alguns instantes. Respirei fundo. Controlei-me. Não havia mais o que argumentar. Mesmo assim, como pensava conhecê-lo, resolvi ponderar:

"— Só se pode explicar tal injúria pela convicção sincera; entretanto, você, que era tão cioso dos menores gestos, nunca revelou a menor sombra de desconfiança; que é que lhe deu tal ideia? Diga, diga tudo; depois do que ouvi, posso ouvir o resto, não pode ser muito. Que é que lhe deu tal convicção? Ande; Bentinho, fale! fale! Despeça-me daqui, mas diga tudo primeiro". Eu me esforçava ao máximo para manter-me calma; sentei-me numa poltrona, ao pé da mesa.

"— Há coisas que não se dizem."

"— Que se não dizem só metade; mas já que disse metade, diga tudo."

Ele pediu-me que não insistisse.

"— Não, Bentinho, ou conte o resto, para que eu me defenda, se você acha que tenho defesa, ou peço-lhe desde já a nossa separação. Não posso mais!"

Eu estava lhe dando o que ele precisava: a decisão. Mais uma vez, alguém assumia a responsabilidade por ele.

"— A separação é coisa decidida. É melhor que façamos por meias palavras, ou em silêncio; cada um irá com a sua ferida. Uma vez, porém, que a senhora insiste, aqui vai o que lhe posso dizer e é tudo: não há como negar: eu notei o olhar que lançou ao morto do Flamengo, que eu julgava meu amigo, e na presença da sua sofrida esposa, sua amiga de infância..."

Então era isso? Ele acreditava que eu e Escobar... Tive ímpetos de dizer-lhe que, se era assim que pensava, pois que fosse, ele nunca foi o homem que eu esperava, frustrou-me desde a nossa primeira noite, a nossa lua de mel foi um desencanto só, eu nunca fui feliz durante o nosso casamento, sua mãe não passava de uma megera, um lobo vestido de cordeiro, Escobar foi um oásis de compreensão e amizade, desde o primeiro instante em que nos conhecemos, apresentados por ele... preferi silenciar. A ofensa era grave demais para merecer resposta. Reagi com uma gargalhada nervosa, sarcástica, e completei:

"— Pois até os defuntos! Nem os mortos escapam aos seus ciúmes!"

Não havia mais nada a dizer. Estava tudo acabado. Ajustei a capinha; ergui-me; não consegui reter num suspiro que veio do fundo de minha mágoa. Ele pareceu-me ter-se surpreendido. Tentou, já menos duro, pedir-me alguma explicação; não me comoveu; olhei-o com o desprezo dos que não temem, porque não devem e apenas murmurei:

"— Sei a razão disto; é a casualidade da semelhança... A vontade de Deus explicará tudo... Ri-se? É natural, apesar do seminário, não acredita em Deus; eu creio... mas não falemos nisto; não nos fica bem dizer mais nada..."

CLXXII

Ele deixou-se ficar na cadeira, apalermado. Parecia surpreendido com o que fizera e dissera. Muito mais com a minha reação. Foi a voz de Ezequiel que interrompeu o silêncio: "— Mamãe! Mamãe! É hora da missa!"

Olhei acintosamente para a foto de Escobar que, à mesa, diante da bandeja com a xícara de café, parecia nos mirar incrédulo, e como a me trazer toda a sua solidariedade. Bentinho também olhou, só que sua mente entendeu o meu olhar, ainda uma vez, como confissão de culpa, como depois ficou claro para mim. — É, eu repeti, os olhos nos dele, não nos fica bem dizer mais nada. Vamos, meu filho. A missa nos espera.

No caminho, tomada de grande tristeza, senti profunda pena do filho de D. Glória.

CLXXIII

Não há amor sem confiança. E ele perdera toda a que pudesse ter tido. Refaço hoje o nosso percurso e me dou conta de que nunca o tive plenamente. Dividi-o com a mãe, com o agregado, com o amigo Escobar. A dualidade e a insegurança foram o alimento constante de sua infelicidade. E ele nunca percebeu a amplitude de meu afeto por ele.

Encontrei-o como o havia deixado. Sentado à mesa de trabalho, inerte, a xícara de café, que não tomara, fria na bandeja. Eu não sabia que continha veneno. Se soubesse, outra, por certo, teria sido a primeira reação. Mas não quero assemelhar-me a meu ex-marido. Tomei a iniciativa. Sabia-o incapaz de fazê-lo. "— Confiei a Deus todas as minhas amarguras; ouvi dentro de mim que a nossa separação é efetivamente indispensável e estou às suas ordens." Eu havia amadurecido, não sem sofrimento, a minha decisão.

Ele parecia duvidar da minha segurança. Não me conhecia, como eu o conhecia. Sua reação foi dizer-me que iria pensar e faríamos o que ele pensasse. Eu tinha certeza de que tudo já estava pensado e feito. E conversado com a mãe. Naquele momento, eu estava diante, finalmente, não do meu marido Bentinho, mas do Dr. Bento, o filho de D. Glória, herdeiro dos Santiago. Compreendi que, há muito tempo, eu já não tinha lugar naquela família.

CLXXIV

Eu experimentava a leveza que sucede às tomadas de decisões. Era um sentimento estranho, de mistura com uma pesada sensação de perda. Ninguém se casa para separar-se. Retomamos a rotina quotidiana, cada um cuidando dos seus afazeres. Poupávamos Ezequiel. Ele continuava a ir ter com o pai no gabinete sempre que voltava do colégio, mas eu tinha o cuidado de não deixá-los longe de minha atenção. Temia por uma atitude descontrolada de Bentinho. Não tinha com quem conversar. Comecei a arrumar, sem pressa, tudo o que julgava que me pertencia, minhas joias, meus vestidos, um quadro e as libras esterlinas que, de novo, havia economizado. Enquanto isso, Bentinho ia da rua ao gabinete e, segundo sei, tivera uma recaída no seu comportamento alienado: vivia a recordar momentos de nossa vida e andorinhas de outrora. Pobre filho de D. Glória! Tinha mesmo que acabar casmurro e solitário.

CLXXV

Tudo estava, de fato, pensado e combinado. A solução não demorou. Viajamos os três para a Europa. Mais uma vez, salvavam-se as aparências: como poderia a família do Dr. Bento Santiago desagregar-se? O que pensariam os amigos? O que diria o protonotário Cabral? Era tudo muito simples, e resultava de uma proposta de minha sogra: eu ficaria na Suíça, com Ezequiel. Ela ajudaria, no que se fizesse necessário. Por exigência minha, acompanhou-nos uma professora do Rio Grande; ela cuidaria de ensinar português a Ezequiel. E assim foi feito. Eu não tinha escolha. Aurélia chorou de emoção quando cheguei a esse episódio da minha vida.

Bentinho retornou ao Brasil e reassumiu o seu trabalho. Em nenhum momento esboçou qualquer tentativa de reconciliação, para minha surpresa. Não foi sem dor que o vi partir. Eu procurava entendê-lo. Mas concluí que não tive forças para mudá-lo em sua essência. Há almas assim, empedernidas. Nem tudo pode o amor. A fumaça do navio da Companhia Marítima Inglesa, tênue cortina de um palco, caía no final de mais um ato da ópera de nossa vida. E ninguém gritou "bravo!", nem houve pedidos de bis. Não valeria a pena. O velho tenor Marcolini tinha razão.

CLXXVI

Passado o luto da perda, fui-me adaptando à nova vida. Estranhei muito, a princípio. Sobretudo os hábitos da terra. A língua não foi problema: como tinha os rudimentos do francês, aprendido na escola, não me foi difícil dominar o idioma, e por fim, modéstia à parte, cheguei a falar sem sotaque. Maria Helena, a professora, inteligentíssima, sobre ser iniciada em mistérios milenares, foi companheira e amiga como poucas; suas conversas eram um raro prazer. Dediquei-me totalmente a Ezequiel; acompanhava seus estudos, ele e Maria Helena me faziam companhia no teatro, na ópera, nos passeios. José Dias tinha razão: a Europa era um lugar maravilhoso. Com um pouco de sol e do mar do Rio de Janeiro, chegaria perto de um paraíso. Mas a essa conclusão só cheguei bem mais tarde. No primeiro ano, a saudade era mais forte e poderosa.

Bentinho nos assegurava a pensão combinada com absoluta regularidade. Se não foi um marido exemplar, converteu-se num exemplar ex-marido. Pelo menos em termos de exterioridades. Seria remorso? Seus cuidados, entretanto, me sensibilizavam. Passados alguns meses, já refeita, resolvi escrever-lhe. Não déramos certo como marido e mulher, mas, quem sabe, poderíamos ser amigos. Não tocava no assunto proibido. De início, procurei passar-lhe compreensão, dizia-lhe que buscava entender sua atitude; há muito nossa relação estava de fato desgastada, separar-se foi melhor para nós, e, quem sabe, era uma forma de nos levar ao crescimento? Há pessoas para as quais a única possibilidade de reconciliar-se é a separação. Foi a primeira de muitas cartas. Em outras disse-lhe que sentia saudades, e estava sendo autêntica. Na verdade, estava saudosa do Bentinho de minha adolescência. Suas respostas eram secas e breves. Eu não me importava. Ele sempre foi rancoroso e empedernido. Por fim, pedi-lhe que nos visitasse. Nunca o fez. Pouco a pouco, foi deixando de me responder. Após alguma insistência, deixei também de escrever-lhe.

Quem me punha a par de tudo o que acontecia na família e no meu país era, pasmem, o agregado. Foi dele a primeira carta que recebi, emocionada, logo depois de minha partida. Lamentava o que tinha acontecido, mas fora realmente o melhor para todos, e depois, eu estava na Europa, na Europa, Capitu, ah, que dulcíssima inveja e que vontade de estar em companhia de vocês! A partir de então mantivemos longa e regular correspondência.

Foi por ele que eu soube, um ano depois, que Bentinho viajara para a Europa, o que repetiu inúmeras outras vezes. O pretexto era visitar-nos, o que nunca fez. Ao voltar, diante das inevitáveis perguntas de todos, exceto da família, é claro, dava notícias minhas e do filho, que estávamos bem, que era importante para a formação de Ezequiel estudar na Suíça. José Dias, faço-lhe justiça, nunca revelou a verdade, que conhecia através de minhas cartas.

CLXXVII

O tempo curou-me. Esqueci as acusações, as mágoas. Não esqueci Bentinho, o meu Bentinho, infelizmente transformado, por força também de Cronos, no Dr. Bento Santiago. Mas disso trato em outro capítulo. Antes quero relatar o que me contou a professora do Rio Grande e o livro do Dr. Bento confirmou depois.

Não sei se disse que saí do Brasil como se nossa vida fosse um jardim de roseiras floridas. Conformadas, foi o que escrevi; agora me lembro. A família levou-nos ao cais, com emoção e carinho. D. Glória cheia de cuidados com o filho, que não se expusesse demais aos ventos do navio, que não fosse pegar uma pneumonia; José Dias amargava, mas sem demonstrá-la, a sua frustração, por mais uma vez, não voltar à Europa, e logo à Suíça, belíssima, vocês vão adorar, e fiquem tranquilos, eu cuido da casa e dos velhos, Capitu, se em algum momento sentir que eu posso ser de alguma valia, é só escrever, que viajo em seguida...

Um dia, dos muitos que passaram, Maria Helena veio ler-me uma carta que recebera de Bentinho, a única, aliás, que se permitiu escrever-lhe. Ele dava notícia da família, e eu não contive a curiosidade de saber o que acontecia com todos, afinal com a avó e os tios-avós do meu filho.

Tentei chorar quando soube que D. Glória havia falecido. As lágrimas não vieram. A carta dizia que, com toda a pompa e circunstância, fora enterrada no São João Batista, sob uma lápide com a inscrição "Uma santa", esta negociada a duras penas com o sacerdote que acompanhara o féretro. E não era sequer original: era como a ela se referia com frequência José Dias. Não pude deixar de pensar na ironia da expressão. Mas não senti nenhum rancor, sinceramente. De permeio, Bentinho informava que levara o agregado para morar com ele; a morte também levara o protonotário, tão importante no começo de nossas vidas, e levara também José Dias, o superlativíssimo José Dias! Compreendi o porquê da demora das respostas às minhas últimas cartas... Morrera tranquilo, a elogiar o céu claro e azul com o seu derradeiro superlativo: "lindíssimo"! Pobre José Dias! Toda uma vida de subserviência e concessão, quanta frustração e ressentimento deve ter abrigado na maleabilidade de sua alma! Imagino-o em algum lugar do Paraíso a esbanjar superlativos entre os anjos e arcanjos, anjíssimos, arcanjíssimos...

CLXXVIII

Voltemos ao final do capítulo CLXXVI. A vida seguia seu curso sistemático e regular como um relógio suíço. Ezequiel formou-se. Era um rapagão belíssimo e inteligentíssimo e o melhor amigo que tive. A professora casou-se com um maestro da Ópera de Viena. Eu li muito. E envelheci. E num domingo de maio, cheguei, como diria Brás Cubas, à cláusula dos meus dias. Acompanharam-me à derradeira morada, num cemiteriozinho que parecia um jardim, alguns bons amigos que fizera, ao longo dos anos. Só o frio é que incomodava, como sempre, digo agora. Eu sempre tive saudades, muitas, do Rio, e sobretudo do céu, do sol, do mar, do verde das montanhas. Mas já havia chorado todas as saudades que pude. Entre os amigos, estava Pierre, Pierre Vermont, companheiro de meus últimos anos. Curiosamente, sua figura e sua personalidade me lembravam a de Escobar. Foi lindo o discurso de despedida que fez, à beira do túmulo. E a meu pedido, ninguém chorou.

Também, como Brás, morri de uma pneumonia, mas se lhe disser que foi por esse motivo, estarei mentindo. Na verdade, e só agora revelo, fui morrendo aos poucos de saudades, menos de Bentinho, ou de quem quer que seja: morri de saudades do amor, o amor que me alimentou desde a infância, ao qual eu fui fiel durante toda a vida e que trouxe comigo para esses cantões cheios de frio. Eu fui uma mulher feliz, enquanto amei e fui amada. O meu Otelo é que, como o outro, não soube lapidar o diamante que tinha em suas mãos.

CLXXIX

Não, não pensem que meu relato termina assim, com a lógica das histórias clássicas. Ainda me caberia um último dissabor; mas como já estava deste lado, não sofri como sofreria.

Deu-se que o meu Ezequiel voltou ao Brasil. Resolvera procurar o pai, cuja imagem, diante dele, eu preservara sempre. A casa de D. Glória já não existia. O Dr. Bento já construíra a outra, no Engenho Novo. Em tudo igual à anterior. A meu ver, uma desesperada caduquice. Ele insistia na tentativa de resgatar o passado. O presente pesava-lhe sobremaneira. De tal forma que, como o prédio não trazia de volta, nem podia trazer a vida vivida, tentou restaurá-la no texto escrito. Deu no que deu; leia o salmista, está lá em Davi, 36: *As palavras de sua boca são iniquidades e engano; não quis instruir-se para fazer o bem*.

E era uma parcela significativa do passado que agora ali estava, à sua espera, na sala da nova casa, depois de anunciado pelo criado solícito. Ao ler o cartão com o nome Ezequiel de A. Santiago não conseguiu evitar que o coração batesse forte; controlou-se e veio ao seu encontro. Ao vê-lo, como ele mesmo declara, mostrou que continuava ressentido: descobriu nele a reprodução fiel de Escobar, na verdade quis vê-lo dessa forma, como quisera que a casa nova correspondesse à antiga; ao mesmo tempo Ezequiel adulto confirmaria a sua suspeita e justificaria todos os seus sentimentos e atitudes. Já estava velho e casmurro.

Meu filho comunicou-lhe que ansiava por encontrá-lo. Disse-lhe também que eu havia falecido e que falava sempre e muito dele, considerava-o um homem generoso e digno de ser querido. Era verdade. Eu me preocupei todo o tempo com que ele tivesse a melhor imagem de seu pai. E ele sempre o amou, mesmo à distância. O Dr. Bento não conseguiu evitar a emoção, ainda que com o azedume com que procurou marcar o encontro. E trocaram memórias e confidências, o tempo em que o levava ao colégio, os passeios; ele lhe deu notícia dos seus estudos. Formara-se em arqueologia. O pai esforçava-se por confirmar sua tese. Tinha necessidade disso. Precisava convencer-se de que não jogara fora a sua felicidade impunemente. E por mais que o misterioso senso de paternidade o empurrasse para o abraço e a entrega, só buscava ver no filho o retrato da traição. E então dissimulou. Fez-se pai deveras. Ezequiel sequer desconfiava do que se lhe ia no pensamento. Manifestou o desejo de ver D. Justina; Bentinho desculpou-se, estava enferma, a emoção poderia trazer-lhe a morte. Ele a viu, poucos dias depois, no caixão; e não a reconheceu; os anos e as Parcas a tinham tornado outra. No percurso do enterro, lembrava-se dos tempos de criança.

Sei que ficou seis meses no Brasil, mas não quis hospedar-se na casa paterna, ainda que visitasse o pai com frequência; preferiu um hotel do Flamengo. Pouco antes, falou-lhe de uma viagem à Grécia, ao Egito e à Palestina, uma viagem de caráter científico, promessa que fizera a alguns amigos. O pai perguntou-lhe de que sexo, o que o deixou momentaneamente vexado; realmente ele não conhecia o filho, como não lhe conheceu a mãe. Ao responder, meu filho revelou um traço de que nem eu desconfiava; devia ser atavismo, como me sugeriu Quincas Borba: disse ao pai que "as mulheres eram criaturas tão da moda e do dia, que nunca haviam de entender uma ruína de trinta séculos". Se eu ainda estivesse no mundo dos vivos ele não escaparia de uma boa reprimenda... Atribuí o juízo à sua formação de arqueólogo.

Bentinho deu-lhe os dinheiros precisos. Não pense que a generosidade se sobrepusera à malícia: sabia o quanto aqueles sítios eram inóspitos e abrigou no cérebro um dos seus costumeiros pensamentos cruéis e perversos, tão acalentados que nem o omitiu do seu texto: desejou, por um instante que a lepra levasse o jovem arqueólogo. E foi sempre o mesmo Bentinho: arrependeu-se do pensamento e teve ímpetos de abraçá-lo, à semelhança do que fizera quando pensara em fazê-lo tomar o café daquela xícara fatídica. Releia o capítulo CLXVIII. Mesmo que não fosse pai: custa crer que uma mente sadia abrigasse tal malignidade. Ao tomar conhecimento dessa passagem, o Conselheiro, incrédulo, comentou: — É minha filha, esse senhor estava mesmo necessitado de um sério tratamento...

CLXXX

Não foi a lepra. Foram as febres. Onze meses depois. Ezequiel morreu de tifo e foi enterrado nas cercanias de Jerusalém. A inscrição que os dois amigos de viagem e pesquisa lhe colocaram no túmulo me comoveu, como nos meus tempos terrenos: "Tu eras perfeito nos teus caminhos". Era uma frase do profeta de quem tinha o nome. Escreveram-na em grego. Mandaram a conta para o pai, que pagou tudo. Mas, no seu texto, abriu a fenda da máscara e mostrou sua verdadeira natureza; escreveu que "pagaria o triplo para não tornar a vê-lo". Conferiu a passagem na Bíblia, fez uma de suas habituais reflexões e disse que jantou muito bem e foi ao teatro.

Essa passagem do seu livro consolidou a minha decisão de escrever este depoimento. Seu texto, enfim, o iluminava em sua verdadeira natureza.

CLXXXI

De tal forma que o Dr. Bento finalmente assumiu-se.

Não demorou muito, e, na nova casa do Engenho Novo, onde, sintomaticamente, vivia só, com um criado, deu-se de alma e corpo à esbórnia. É o que posso deduzir, com grande lástima, do penúltimo capítulo do seu livro. Passou a receber amigas consoladoras de sua laceração, ao que parece não tão dolorida. E ainda uma vez tenta ludibriar os leitores. Ou seriam nostálgicas visitas de antigas companheiras de foro e de confeitarias? Ao que informa não se fixou amorosamente em ninguém. Era-lhe muito penoso, hoje estou certa. Lamento pelo fato e mais pela decadência. Afinal ele era um homem de berço e de estirpe. Que diria a santa D.

Glória, a santíssima D. Glória, diante dessas senhoras que lhe chegavam *calcante pede* ou que ele mesmo ia buscar, em carro de praça? E mesmo da única que lhe bateu um dia à porta, de carruagem e de libré? E nenhuma delas apreciou a experiência: todas lhe deixavam a esperança plantada num "até amanhã" e nunca mais regressavam. Haveriam de ter suas razões. D. Juan, e mais era D. Juan, não teria sido mais volúvel. A sua inteligência há de tirar suas próprias conclusões, após a leitura deste meu texto. E afinal...

CLXXXII

... afinal, diante de tudo que vivi e li, chego à conclusão de que, por incrível que possa parecer, ele se separou de mim por excesso de amor. Explico-me.

Orgulhoso, empedernido e inseguro, não procurou o diálogo, plantou-se nas suas conclusões unilaterais e carentes de provas concretas; alimentou suas suspeitas de indícios interpretados única e exclusivamente por seu raciocínio doentio, por sua morbidez; por que não se permitiu a conversa franca? por medo do que ouviria? E mais: passado tanto tempo e tanta vivência, estou segura de que, no fundo, pressionava-o o preconceito de classe, sub-repticiamente incentivado pela matriarca, a única voz a que ele docilmente se curvava. Enquanto se formava, enquanto precisava de uma família para consolidar a sua profissão e a sua condição na sociedade, e de uma mulher que lhe desse um herdeiro, ela me aceitou e me cobriu de benesses; eu estava providencialmente próxima do seu controle; acredito mesmo que chegou a nutrir certa estima por mim, sobretudo na nossa adolescência e quando da gestação e do nascimento de Ezequiel; mas diante das suspeitas do filho, não titubeou; lembram-se do bilhete que encontrei no escritório do Dr. Bento? E Escobar? Saiu do coração do amigo com a mesma intensidade com que entrara; talvez se tivessem continuado no seminário, se não houvessem partido para a aventura da vida leiga e do casamento, estivessem ligados até o final de suas vidas. Seriam, por certo, protonotários apostólicos, vinculados por laços de amizade estreitíssimos, como diria o falecido José Dias, certamente a acolitá-los, e poderiam dar-se as mãos e abraçar-se sem nenhum padre-mestre a impedir-lhes a efusão de afeto e de carinho, nem mesmo o protonotário Cabral: os padres-mestres agora seriam eles mesmos e integrariam a mesma confraria; visitariam D. Glória com frequência e rezariam juntos sua missa de réquiem. Quanto ao que sentiu por mim... direi no próximo capítulo.

CLXXXIII

Quanto a mim, custa-me crer no que diz no derradeiro capítulo, quando insinua que não conseguiu "esquecer a primeira amada do seu coração". É mais um estratagema para ganhar os favores da opinião. A sua última avaliação é a que conta, até porque anula a primeira; usa a velha tática de apoiar-se no texto bíblico para tentar convencer o leitor de minha infidelidade e que esta e todas as más qualidades que me atribui faziam parte da minha personalidade, desde sempre. A filha pobre do *Tartaruga* não podia ombrear com o filho do deputado Santiago, teria afirmado D. Glória. Quem nos traiu, a mim e a Escobar, com sua desconfiança e sua maledicência, com o seu falso julgamento, com o seu texto, foi ele mesmo, Bentinho. Traiu o amigo, que o admirava; traiu a mulher que o amava, por fim, traiu-se a si mesmo.

Ele me colocou no coração e na alma todas as razões para traí-lo, mas eu o deixei por absoluta incompatibilidade amorosa. Ele me acreditava uma mulher forte; não sei se foi um bem, ou se foi um mal, mas ele tinha razão: numa certa medida, eu fui mais mulher do que ele foi homem, e ele procurou em mim o apoio dessa fortaleza; não percebeu a minha fragilidade, e não se deu conta de que ele era a fortaleza que eu buscava. Faltava-lhe confiança em si mesmo.

E, ao término deste meu relato, se você se lembra bem do Bentinho menino, há de concluir comigo — e gloso as palavras dele — que o fruto que estava dentro da casca era o Dr. Bento Santiago. Que a casmurrice e a solidão lhe tenham sido leves. Faço minhas, por fim, as palavras do salmista e deixo-as à sua meditação: *E as suas línguas perderam a força, voltando-se contra eles mesmos. Todos os que os viam ficaram assombrados.* (Davi, salmo 64)

FINIS

Sobre o autor

Domício Proença Filho nasceu no Rio de Janeiro em 1936, estudou na Escola Municipal Joaquim Manuel de Macedo e no Colégio Pedro II — Internato, formou-se em Letras Neolatinas pela antiga Faculdade Nacional de Filosofia da Universidade do Brasil, é livre-docente e doutor em Literatura Brasileira pela Universidade Federal de Santa Catarina e doutor *honoris causa* pela Universidade Clermont Auvergne. É professor titular aposentado e professor emérito da Universidade Federal Fluminense. Lecionou Literatura Brasileira, Teoria Literária e Língua Portuguesa na Faculdade de Letras da Universidade Federal do Rio de Janeiro, na Pontifícia Universidade Católica do Rio de Janeiro e em inúmeras outras escolas e universidades. Foi também professor de língua e literatura espanholas. Como professor titular convidado (*Gastprofessor*), ministrou cursos de graduação e pós-graduação na Universidade de Colônia e na Escola Técnica de Altos Estudos de Aachen, na Alemanha. Participou, como conferencista e debatedor, de seminários e congressos no Brasil e no exterior.

É também ensaísta, poeta, ficcionista, roteirista e autor de projetos culturais. Tem 69 livros publicados, entre eles:

Ensaios críticos: *Estilos de época na Literatura* (20ª ed. revista e atualizada, 2020), um dos raros clássicos da literatura paradidática no país, há mais de seis décadas com sucessivas edições esgotadas e considerado pela crítica o melhor livro do gênero no Brasil; *A linguagem literária*; *Pós-modernismo e Literatura*; *Leitura do texto, leitura do mundo* (Prêmio Astrogildo Pereira de crítica de 2017, da União Brasileira de Escritores); verbetes e monografias das áreas de Teoria Literária e de Literatura da *Enciclopédia Século XX* (cinco volumes), da qual foi diretor de texto; e cinco capítulos da *História da Literatura Brasileira*, publicada em Lisboa, dirigida por Silvio de Castro.

Estudos de língua portuguesa: *Noções de gramática em tom de conversa: língua portuguesa*; *Por dentro das palavras da nossa língua portuguesa*; *Nova ortografia da língua portuguesa: guia prático*; *Nova ortografia da língua portuguesa: manual de consulta*; *Muitas línguas uma língua: a trajetória do português brasileiro*; e as séries didáticas *Português* (4 volumes); *Comunicação em português* (4 volumes); e *Língua portuguesa, comunicação, cultura* (4 volumes).

Poesia: *O cerco agreste*, centrado em dimensões existenciais; *Dionísio esfacelado (Quilombo dos Palmares)*, um recuperar poético da presença do negro na formação do Brasil (Prêmio de Poesia de 2017, da União Brasileira de Escritores); *Oratório dos Inconfidentes*, ilustrado com inéditos de Portinari, um canto à liberdade, comemorativo do bicentenário da Conjuração Mineira; e *O risco do jogo*, com edição espanhola na coleção Piel de Sal da Editora Celesta.

Ficção: além de *Capitu: memórias póstumas*, romance com edições em francês e português, publicou *Breves estórias de Vera Cruz das Almas*, mininarrativas, 1º lugar no Concurso Literário da Secretaria de Cultura e da Fundação

Cultural do Distrito Federal 1991; *Estórias da mitologia: o cotidiano dos deuses*, uma extravagância ficcional; *Eu, Zeus; Nós, as deusas do Olimpo; Os deuses menos o pai.*

Roteiro: idealizou e roteirizou as séries radiofônicas *Nos caminhos da comunicação* (de cem programas) e *Os romances de Érico Veríssimo* (de cinco programas), ambas transmitidas pela Rádio MEC; idealizou também, com Maria Eugênia Stein, o filme *Português, a língua do Brasil*, dirigido por Nelson Pereira dos Santos, do qual foi responsável pela definição do conteúdo.

É organizador e prefaciador, entre outras obras, de *Os melhores contos de Machado de Assis*; *Ofícios perigosos*, contos de Edilberto Coutinho; *A poesia dos Inconfidentes*; *Pequena antologia didática de Rubem Braga* e *Um cartão de Paris*, último livro de crônicas deste mesmo autor; e *João Ubaldo Ribeiro (Nova seleta)*. Consultor editorial da Editora Artium, organizou também edições de romances, entre eles *O filho do pescador*, de Teixeira e Sousa; *D. Guidinha do poço*, de Manuel de Oliveira Paiva; *A normalista*, de Adolfo Caminha; *A menina morta* e *Repouso*, de Cornélio Penna.

Promotor cultural, idealizou a Bienal Nestlé de Literatura Brasileira e coordenou a primeira, em 1982, e a segunda, em 1984.

Foi agraciado com as medalhas Tiradentes, do Estado do Rio de Janeiro; Pedro Ernesto, da Cidade do Rio de Janeiro; e com as medalhas do Mérito Tamandaré, da Marinha do Brasil, e do Mérito Naval. Além disso, recebeu o título de Cidadão de Minas Gerais.

É membro, entre outras instituições, da Academia Brasileira de Letras — da qual foi presidente —, da Academia das Ciências de Lisboa, da Academia Brasileira de Filologia, da Academia Carioca de Letras, do Real Gabinete Português de Leitura e do PEN Clube do Brasil.

Este livro foi composto na tipografia Minion Pro,
em corpo 11,5/16, e impresso em
papel off-white na Lis Gráfica